记忆魔法书

瞬间记住
拯救宇宙的密码

刘孔捷◎著

中国纺织出版社

内 容 提 要

《记忆魔法书：瞬间记住拯救宇宙的密码》以小说的形式来给读者呈现记忆的技巧，极力渲染小说的故事性和画面感，以图让读者在学习记忆法的同时获得趣味性，书中所写的记忆方法，非但是世界记忆比赛中记忆选手们激烈角逐的杀手锏，也是我们普通人在学习和生活中克服记忆困难的法门，相信读者只要用心依照书中方法训练和应用，都能突破原有的记忆水平。

图书在版编目（CIP）数据

记忆魔法书：瞬间记住拯救宇宙的密码 / 刘孔捷著. —北京：中国纺织出版社，2017.7（2023.1重印）
ISBN 978-7-5180-3538-0

Ⅰ.①记… Ⅱ.①刘… Ⅲ.①记忆术—通俗读物
Ⅳ.①B842.3-49

中国版本图书馆CIP数据核字（2017）第070766号

策划编辑：郝珊珊　　责任印制：储志伟

中国纺织出版社出版发行
地址：北京市朝阳区百子湾东里A407号楼　邮政编码：100124
销售电话：010—67004422　传真：010—87155801
http：//www.c-textilep.com
E-mail：faxing@c-textilep.com
中国纺织出版社天猫旗舰店
官方微博http：//weibo.com/2119887771
佳兴达印刷（天津）有限公司印刷　各地新华书店经销
2017年7月第1版　2023年1月第3次印刷
开本：710×1000　1/16　印张：16
字数：222千字　定价：48.00元

凡购本书，如有缺页、倒页、脱页，由本社图书营销中心调换

推荐序

记忆对于一个正常人来说是每天都发生的事，记忆也是一个始终被研究的科学，同时记忆又是一门艺术。能够把科学与艺术完美结合的不多，能用艺术的方式呈现自身记忆科学探索实践的更是少之又少，而一位获得世界记忆大师称号的人就做到了。我意外读到使用这种表现手法写就的记忆图书《记忆魔法书：瞬间记住拯救宇宙的密码》，能为此书写序在感到荣幸之余，心里也有沉甸甸的感觉。

我打开刘孔捷老师撰写的这部书稿时已是深夜12点多了，上海的气温相比广州低了十几度，当我看完其中的目录与部分章节时，已经有点热血沸腾。内心惊呼：好家伙，这不是把我们平时记忆教学的内容故事情节化了吗？这可是将国际级的训练方法以科幻小说的手法呈现出来了，紧张刺激、紧扣心弦的故事步步惊险，又有人性情和欲的现实勾勒……充分彰显正义的力量，让读者在看小说的过程中不经意地了解到神秘的记忆法……我突然毫无困意，更不觉得天气寒冷，我被刘孔捷老师这份无私贡献的赤诚之心感染了，顿感全身有无限的能量在涌动！

我多年来从事记忆法的推广，从纯粹的记忆力训练到结合学科运用，深深地体会到记忆方法带来的改变，从表面上看，只是背诵的能力提高了，而背后真正的奥秘是学习的思维方式发生了改变，用脑的方式发生了改变，这两者的改变，让学习上的许多障碍迎刃而解，正如小说中的每个惊险环节都是记忆冠军运用恰当的记忆工具才化险为夷。

艺术源于生活，小说情节的跌宕起伏，主人公的步步惊心，正是社会环境与个体的一个缩影。社会的复杂源于人们对利益的盲目驱逐，都说现在的孩子学习压力大，从事多年的教育，我看到的是孩子成了利益驱逐者以及急功近利者的牺牲品。我们可能改变不了大的教育环境，我们所做的是希望给孩子们一种能力，使他们即便处于被动的地位，也能游刃有余地满足家长和学校的要求，并有充分的时间做自己喜欢做的事。

我们成年人又何尝不是经常处在被动的地位？面对各种从业资格证、各种资质和级别考核，有时候一张证书可能代表不了自己的实际能力，但是依然影响着我们在工作和生活上的追求。两年前我有一位广东肇庆的学员，其家长是一名中医师，当时他陪伴孩子一起来上记忆亲子班并参加参赛选手的训练，这位爸爸是十足的“拿来主义”，学了就用。半年后他很激动地向大家分享：他在学习记忆方法前参加国家的职业医生考试只考了60多分，学了记忆方法后下再参加考试他考了90多分。他逢人就说记忆方法真的很好，这样的例子在我的工作实践中比比皆是。

刘孔捷老师在2011年获得“世界记忆大师”称号，这之前之后他一直潜心研究记忆方法在学习上的运用，也研发了许多的教材，帮助不少学员提升了他们的学习能力。他不止一次地和我探讨，怎样才能让更多人了解并使用这么好的方法，这本小说会帮助更多的人真正走进记忆的神秘世界里，愿每一个看到这本小说的有缘人共同推广并共同受益于记忆法。

脑力开发是无限的。每一个人都能引爆自己脑力的小宇宙，用正确的方法开发它，尽可能充分地利用好大自然赋予我们原本就具有的大脑能量。

Kissbus 凯词教育吴江华

前言

本小说的初衷在于讲述记忆方法。本书所介绍的记忆方法曾帮助很多人解决各自的记忆困难，也帮助相当一部分人在世界记忆比赛当中取得不菲的成绩和荣誉。当我们打开相关网站了解到记忆赛手们的成绩时，我们常常怀疑他们是上帝偏宠的幸运儿，以至于有我们常人不敢想象的记忆能力。实际上，他们只是掌握了一套方法，而这些方法并不很复杂，且不难掌握，如果您有幸遇到一位专业的记忆老师，那么只需要两天的学习，您就能掌握这些方法，但如果您还没遇上这样的机会，那么本小说可以让您学到同样的方法。

以前也有很多记忆前辈系统地写过讲述记忆技巧的书籍，虽然写得很具体，但基本都是用学术性的语言来写，对于急需记忆技巧的青年和在校学生而言，这种学术语言不那么吸引他们，因此笔者才决定以小说的形式来写这些方法。

故事讲述的是西尔偷到了耶稣用来管理宇宙的法杖，并想通过这个万能的法杖来毁灭地球乃至控制整个宇宙，然而，他并不知道启动法杖的咒语。这个咒语仅仅在上帝给耶稣传授的时候被念诵过，因此，他决定派人回到历史中去偷听上帝念诵的咒语，但前提是他必须找到一个记忆力非常好的人，并将其脑细胞移植给受派遣的人。而此时，星际记忆赛刚刚结束，来自地球的记忆冠军赵文俊成为西尔的目标。西尔的行动被发觉，于是星际安全部安排了一名特工去保护赵文俊，并同样派他回到历史中去窃取咒语以解救宇宙。就在这个过程中，发生了一系列的事情：私利的阴谋，情感的纠葛，生死的别离……交织在一起。

如果说本书与其他写记忆法的书籍有什么不同，那就是我给技法这个利于健康的良药作了尽我所能的调味，完全从学习者的角度出发去讲述，让学习者乐在其中、益在其中，摆脱刻板乏味的学术语言。如果本故事能制作成影片，学习者会更受益。当然，本人能力有限，才疏学浅，未能将自己的思想在笔下表现得淋漓尽致，还望各位有缘的读者、同仁批评和指正，共同来完善这个“寓学于乐”的理念。

2017年4月

目
录

社风下，天地怒，
谁做危难救世主?
儿女情，隔不住，
生离死别心痛楚。
离德空计算，弃义徒征服，
尔虞我诈成事几度?
幽幽天地，世事沉浮，
礼义廉耻谁做主?
只惜连绵语，不尽天地间，
且言心中事，道不出深浅，
消遣尔，付诸一笑间。

第1章

人类贪婪自酿灾难
西尔团队趁火打劫

华尔街一座高层写字楼里，一个妇女正在专心致志地写着文案，明媚的阳光从她背后的玻璃墙上照射进来，温暖而明亮。一缕轻风吹过，桌子上的一页文件随风飘落，她姿态优雅地站起来走过去捡那张被吹落在地的文件。突然，一片阴影笼罩了整个屋子，与此同时，一股强风席卷而来，桌子上的一沓文件哗啦啦地散了一地。

“Oh！Dear！”她吃了一惊。她回过头往窗外看，吓一大跳：“What a day！”只见窗口被乌云掩蔽，一团团云雾在她眼前翻滚，随风疾驰而过。她顾不得捡起地上的文件，慌忙去关窗子。这时“轰隆”一声巨响，一道蓝光划过整个城市，那妇女“啊”的惊叫一声。

乌云像巨大的海浪铺天盖地席卷而来，重重地压着地面，迅速吞没这个城市。云中夹着刺眼的蓝光，企图将整个城市烧成灰烬。顿时，整个城市如同黑夜一般。雷声彼伏此起，像延绵不绝的战鼓和着大兵压进的脚步，让人胆战心惊。街上，灰尘和垃圾在空中横冲直撞，令人睁不开眼睛；行人、车辆慌乱地朝各自的方向奔走；停在路边的车子被雷声震得不停地响着警报器。这时，几个巨大的火球随着一阵雷声滚到街上，一排店铺立即焚烧起来。

“Help！Help！”店里的人逃窜出来，连声呼救。

办公室里的那位妇女慌乱地去收拾地上的文件，桌子上的电话机被雷声震得啪啪直响。这时电话突然响了起来，妇女接过电话：“Hello！”

“Back home！Mommy.”电话里传来一个小女孩可爱但受惊的声音，“I’m scared. Back home，mommy，and be quickly，please！”

“Ok，baby，don’t worry，I’ll be back soon，ok？”她挂上电话朝电梯走去。在电梯里，她焦急地看着逐渐下移的数字，突然感到电梯剧烈地震动，她吃了一惊：“what’s the mater？ God，earthquake！Oh no，help！help！”

这时电梯突然停了下来，灯灭了，“Ah——”她的惊叫声被废墟埋没……

“轰隆隆！”霎时地动山摇，繁华的城市正在天与地的夹击中毁成废墟……

灾难的消息迅速传遍全球。

乌云趁着黑夜，悄悄地掩盖了天堂。一颗邪恶的种子，像复燃的死灰一般突然冒出了浓烟，以召唤它的旧部铺天盖地席卷而来，顿时，宏伟的殿宇被罩上了一层不祥的诡异色彩。幽深的小巷里，一阵凉风袭来，出现一个黑色的人影，手里拿着一个沉甸甸的东西，大约有两米长。黑影畏畏缩缩地迎面走来，蒙着脸，露出惶恐和阴邪的目光，迅速消失在黑夜里。

那黑影就是耶稣的弟子——犹大。他走进了茫茫的宇宙，以闪电般的速度向宇宙的东方——遥远的戴巫尔星飞去。

宽敞奢华的办公室里只亮着一盏低矮的吊灯，矮得只能照到整个室内的下半部分，阴郁得让人窒息。一个中年男子靠在老板椅的靠背上端详着手上他梦寐以求的法杖，脸上露出邪恶的笑，他想通过这神奇的法杖来控制整个宇宙，以实现他称霸宇宙的野心。

“尊敬的西尔大王，”犹大恭敬地说，“这个法杖相当于整个宇宙的定海神针，它能接收到整个宇宙任何地方的任何生物乃至任何一只小昆虫所发出的信号，并给予相应的回复，所以经常虔诚祈祷的人总会在无意间实现自己的愿望。因此，谁拥有它，谁的意志就会成为它第一回复的任务，但是个人的意志必须和宇宙中某一股高能量相呼应才能有效。”

“呵呵，果然是件宝贝，看来我要主宰整个宇宙的伟大计划马上就可以实现了。”西尔扬扬自得。

“是的，大王，恭喜您梦想成真。”犹大恭维道。

西尔王握着法杖，想起自己屡次入侵地球的失败，想到整个地球上的人类对他的嘲笑和漫骂，愤怒让他的脸色变得通红，浑身颤抖。

“在我称霸宇宙之前，我要用这个法杖来做的第一件事就是毁灭整个地球，我永远都不会忘记这多年来我所付出的努力和失败的耻辱，我要让所有的地球人用血来祭奠我损失的尊严！”

“对，目前地球上人心浮躁，大多数人都为财色地位而躁动不已，为自己的私利而妄想、挣扎、嫉妒、欺诈，以致散发出混乱的振波，这些振波让法杖无法回复有序的能量，所以才导致近年来地球上自然灾害不断。如果大王您发出毁灭地球的指令，那就是借力使力，不但可以将地球变成一片废墟，甚至波及整个宇宙，到那时，您不就征服这个宇宙了吗？但是如果地球上的人仁德宽厚，那么人类发出的振波就是有序的，顺应了宇宙的大势，如果是这种情况，任何要毁灭地球的个人意志都无法实现……幸好现在地球已是一片混乱，不仅地球如此，其他星球上的人类也同样为私欲而挣扎、掠夺乃至发生战争，简直是天助大王。”

“我已经厌倦了伪善的表演，”西尔想到自己从前为了收买民心而劳心劳力却徒劳无功的行为，心生疲倦，“人心如此，我也不必感到羞耻，况且自古胜者为王，等我主宰了整个宇宙之后，何愁没有我的丰碑？”

“这个法杖如何使用？”他定了定神，阴森森地问犹大。

“回大王，这个法杖有一个咒语，您只要握住这个法杖，念出咒语就会发挥它强大的法力，从此随心所欲。”犹大回答道。

“那你还不赶快把咒语告诉我？”

“回大王，小的……不懂。”

“饭桶！”西尔呵斥道。“亏你在耶稣的身边这么多年，听他念咒语也听过无数遍，怎么就不会呢？”

“大王，您有所不知，”犹大颤抖着解释，“这个咒语没有任何人知道，除了耶稣自己还有耶和华之外。这道咒语是在当初玛利亚怀孕之后，耶和华在玛利亚熟睡时念给还是胎儿的耶稣听的，此后，耶稣每次使用法杖的时候都是在心中默念，小的可是从来都没有听过。”

“你的意思是说，这个法杖现在在我的手里就等于是个废物，对吗？我给你的荣华富贵换来的就是这个废物？你竟敢戏弄我！”西尔气急，一拍桌子站了起来，吊灯被碰得摇摇晃晃。黑色的影子也随着摇晃，像野兽杀戮前的蠢蠢欲动。

“大王息怒！”犹大立即吓得跪倒在地，“它在任何人的手里都不是废物，只要窃取到咒语，您就立即可以主宰整个宇宙。”

“一堆废话，小心我割下你的舌头喂狗，难道耶稣会主动把咒语告诉我不成？”

犹大扑通一声磕了三个头，说：“大王，小的有一计可以窃取咒语，只是……”犹大看了看周围几个人，欲言又止。

西尔心领神会地示意犹大过来耳语。听着犹大的嘀咕，西尔久久地皱着眉头，作出沉重的思考，最后面无表情地点了点头。

“这个主意听起来似乎不错，但是我只给你一个星期的时间，一个星期之后你必须把这样的人给我找到，记住，我要的是全宇宙最优秀的，否则我就让你下地狱！滚出去！”

“谢大王宽限。”说着，犹大灰溜溜地退出门口。

西尔的目光穿透办公室的墙壁，发出两道阴森恐怖的光，这眼光包含了他对入侵地球失败的不屈以及雪耻的强烈欲望，他无法忍受世人对他失败的嘲笑以及肆无忌惮地用贬义的措辞来践踏他的梦想和才智。这些耻辱让他彻底地感到一切人类都是那么可恶，只有亲眼看到那些人惨烈地死去，才能让他心里痛快。

第2章

记忆冠军剖析记忆
杀机潜伏浑然不觉

透过大气层看克伊斯曼星球，它就像一个美丽的翡翠球，陆地与海洋在交错中构成天然的美丽图案，它在宇宙间静静地孕育着生命，孕育着灵性，孕育着令人震撼的故事。此间，康求尔国邬坦市，星际记忆锦标赛已经进入了尾声，颁奖现场人山人海，几千人的豪华大会场楼上楼下座无虚席。有来自各个星球的参赛选手、各星球的媒体记者、关注赛事的幸运观众等。此时，会场上有点骚乱，人们在交头接耳，不同的人种、不同的语言混杂在一起，嗡嗡作响。

“突塔尔，我要兴奋地告诉你，”一个大胡子的摩尔星人对他身边的朋友说，“我这次比赛，总体上感觉比上一届好多了，令我开心的是，我这次记忆抽象图画的成绩已经打破了持续夺冠的乔桑王子上一届的成绩！”大胡子眉飞色舞，似乎胜券在握。

“是吗？”大胡子的朋友非常惊讶，“看来你有可能是本届比赛的冠军。”

“我看未必。”一个学生模样的小伙子一副很不服输的样子。

“年轻人，你好像和乔桑王子一样是来自库巴兹星球的对吧？”大胡子问道，“你一定是他的粉丝对吗？”

“不，先生，我和您一样是一名参赛人员。”小伙子对大胡子的推测错误有点不高兴，“比赛的时候我就坐在你前面第二排，我向来没有崇拜的偶像，只有目标。”

“巴克先生，您认为本次比赛的冠军得主将会是谁呢？”观众席里一位年轻的姑娘向他身边的一位光头问道。

“哦，丽莎小姐，这个问题你还需要问吗？”那个叫巴克的光头很有把握地回应道，“从以往的情况来分析应该是乔桑王子。”

“我也是这么想的，可是我还是有点担心。”那个叫丽莎的姑娘说。

“你担心什么呢？”巴克问。

“是呀，你为什么担心呢？”一个坐在旁边的老太太问。

“本来我是不关心的，”丽莎回答，“只不过是我这次下了赌注……”

“我看下这个赌注已经没有多大意义了，”巴克发表自己的意见，“因为冠军乔桑王子的成绩和亚军多立博的成绩拉开了很远，我估计大家都不再拿冠军来下注，而是拿亚军和季军下注了吧，从上一届的比赛情况来看，至少有15个选手可能替换上一届的亚军和季军。”

“我非常同意你的意见，先生。”坐在巴克前面的一名男子回过头来，“乔桑王子是我们库巴兹星球的骄傲，他不仅在政治上有很好的声誉，并且不止一次地在这样的赛事中证明了他卓越的大脑。”

席间所有的人都在躁动，就在在场的人为赛事议论纷纷的时候，却只有两个人与众不同。这两个人中，一个是乔桑王子，他很低调地坐在席间，静静地坐在他的“随行团”中间。他的表情显得那么从容，他似乎已经很明确地知道冠军非他莫属。他那高高的脑门似乎不仅仅是库巴兹星球人的特征，并且也在示意着他那不可挑战的脑力。另一个人则是来自地球的28岁的小伙子——赵文俊，他在津津有味地翻看着手中的漫画《七龙珠》，好像这里发生的一切和他毫无关系，他也不关心任何人的比赛成绩，看到精彩处，他还情不自禁地大笑起来，完全忘了自己身处何地。

“先生们，女士们，”主持人站在演讲台前，神采奕奕地道，“经过三天的角逐，终于迎来激动人心的时刻。高手过招，究竟花落谁家，答案已经通过电脑记录显示出来，接下来，我即将给大家公布这个万人期待的消息。”他脸上挂着神秘的微笑，因为他提前知道了在座之人渴望知晓的比赛结果，“这次参加比赛的选手有1609人，分别来自37个星球，本次比赛的成绩和往届有些区别，可能出乎大家所料。”说到这里，主持人故意停了下来，神秘地看了看下面的人群，下面的人群嗡地发出一阵议论。“呵呵，大家不要着急，接下来我会跟大家详细讲解本次的比赛情况。在颁奖活动结束后，大家将可以在大屏幕上看到每位选手的成绩。”

“和往届比赛成绩最大的不同在于……我想我还是先保留这个秘密，不过和往届非常相似的是这次绝大多数选手的成绩都贴得非常近，只有冠军的成绩和亚军的成绩拉开了比较大的距离……”

听到这里，在座的人又嗡嗡地议论开了，都在猜测着乔桑王子这次的成绩，也猜着主持人所谓的“不同”究竟是什么。

“大家请安静！”主持人的话被打断，他不得不提示大家注意他后面要说的事情“总体来说，这样小差距的成绩充分说明在我们这个宇宙间，各个星球上的人类在智力上几乎没有什么差别，我非常欣慰地看到这一点，因为这种无差别的智力将更有利于我们人类在星际间的各种交流与合作。然而，我更希望我们在座的每一位选手，大家作为脑力领域的精英，能够更进一步地挑战极限，挖掘大脑潜能，用事实来挑战和引导科学理论，帮助更多的人了解大脑记忆的奥秘，从而摆脱记忆的痛苦。那么接下来……”主持人突然停下来，收敛起脸上那神秘的微笑，郑重地在全场扫视了一下。“请大家屏住呼吸，下面我将要公布本次比赛的季军、亚军和冠军名单，到底谁是最幸运的一个？”

此刻台下静悄悄的，只有照相机快门的咔嚓声。

“本次大赛的季军是——来自塔利尼星球、乌特班的诺曼诺拿小姐和来自库巴兹星球、图斯基尔的神童波利奇加斯·库嘉麦。有请诺曼诺拿小姐和波利奇加斯·库嘉麦！”

台下一阵掌声，一个中年女子抑制不住狂喜，在众人的掌声中一边向台上奔去一边疯狂地向人群飞吻。14岁的少年波利奇加斯·库嘉麦则表现得有些矜持，让人感觉这似乎不是他所要的——的确如此，他的目标是冠军——他沉默地走上奖台。乔桑王子依然平静地坐在原位，到底有政治家的沉着。赵文俊抬起头看了一眼台上的两名季军，站起来伸着懒腰，赞叹道：“噢，这个小孩真棒！”接着坐下来收起书本，好像等着故事进入尾声的电影结束。

“下面，我即将公布亚军名单！”台下又立刻安静下来，主持人指着台下赛手席里的其中一位赛手，“是你！哈哈。”那位赛手激动地拍拍胸口。

“哦，对不起，我知道这不是你的名字，哈哈。是谁呢，他站在哪个角落，啊——原来他在这里！”他指着另一个赛手，那位赛手也激动得露出惊诧的表情。

“哦，对不起，哈哈，也不是你，因为你有可能是本次的冠军。”接着他面对全场，用激动的声音大声宣布，“他就是来自库巴兹星球的乔桑王子！”

顿时，台下一阵骚动，乔桑王子从容地站了起来，笑容可掬、风度翩翩地走上奖台，对于这个成绩，他似乎抱着“胜败兵家常事”的心态，丝毫不觉得有什么不对。然而，台下的人无不感到意外，台下，他的粉丝们激动地站在座椅上，歇斯底里地呼喊着。

“不可能！我要求看电脑记录！”

“乔桑王子！我爱你！你永远是我心目中的冠军，我爱你！”一群女粉丝流着激动的泪水歇斯底里地呐喊。

“不可能，完全不可能！”

……

选手们也疯狂了起来，摩尔星球的大胡子激动地拍了一下他朋友的肩膀，兴奋地道，“嘿，我的老朋友，难道正如你所说，我很有可能就是本次比赛的冠军吗，你瞧，乔桑王子终于失去了冠军的宝座。”

“是的，我的朋友，我看也许就是这样！”两个男人疯狂起来，似乎他们的预言马上就会成为现实。

粉丝们的疯狂久久不能平息。赵文俊也站在了椅子上，想一睹乔桑王子的风采。

“好一个翩翩君子，果然名不虚传。”赵文俊感叹道。

“最后……”主持员提高了嗓门，“我将宣布本次比赛的冠军！”会场顿时又安静了下来，所有的人都把心悬在了嗓子眼，整个会场的空气顿时凝滞，连呼吸都感到困难。大家都把精力集中到了耳朵上，生怕在最关键的时刻错听了这个万人瞩目的答案。

“本次大赛的冠军得主是——来自地球的中国赛手——赵文俊先生！有请赵文俊上台领奖——”

赵文俊重新站到了座椅上，欢呼道：“神啊！我是冠军！地球万岁，中国万岁！”他把书往空中一抛，兴奋地踏着激昂的音乐旋律登上了领奖台。这是他头一次登上全宇宙的奖台，在台上疯狂地随着音乐的节奏舞动起来，感染了台上的亚军和季军，也带动了台下的人群疯狂地跟随。直到筋疲力尽，赵文俊做了一个停止的动作，所有的人都停了下来。

“谢谢各位朋友，谢谢。”赵文俊向观众席深鞠一躬，接着张开双臂，拥抱了一下两个季军：“很了不起，小家伙，你知道吗，你上场的时候让我吃了一惊。”

“谢谢你，赵文俊先生，” 库嘉麦矜持地回答，“我知道你惊讶的是我的年龄，如果这是你赞美我的原因，那请恕我不能完全接受，因为我不是冲着季军来参加比赛的。”

“我很欣赏你的志向，你一定会成功的，小伙子。”

“诺曼诺拿小姐，祝贺你，”赵文俊握住诺曼诺拿的手，“我想你可以做得更好。”

“谢谢你，赵文俊先生，”诺曼诺拿一脸的灿烂和骄傲，“我已经很满意了，因为这是我料想不到的惊喜，你真是我的偶像。”

“恭喜你，赵文俊先生，”乔桑王子没等赵文俊和诺曼诺拿说完话便主动过来与赵文俊拥抱道贺，这一刻他放下了一个政治家的持重，脸上充满了胜利的欢笑。

“谢谢，乔桑王子，”赵文俊拥抱着乔桑王子，“我仰慕您已经很久了，您在政治上的成就以及八连冠的荣耀让我顶礼膜拜。我想，在场的人有超过五分之三都是您的铁杆粉丝。”

“谢谢您对我的关注，赵文俊先生，我很荣幸看到新的冠军来替代我的位置，因为我是政界人士，能不能在记忆界取得冠军不是我最关心的问题，我只不过是想通过我的记忆成绩来告诉我的民众，人脑有巨大的潜能未被开发，从而为我们国家在教育上以及其他脑力劳动行业作出更好的引导和调整。”

“看来您来参加比赛的目的不是拿冠军，而是为了政治上的需求。您真不愧是个优秀的政治家，就凭这一点，我觉得，虽然我拿到这个冠军，但实际上，我已经不是冠军了。”赵文俊谦虚地道。

“不，赵文俊先生，您是当之无愧的冠军，我仰慕您的才华，此外，当您还在台下看书的时候，我就知道您不是一般人。您让我对地球人产生了兴趣，我很希望能和您交朋友，并且我将因为有您这样一位来自地球的朋友，在不久以后到地球上作首次拜访。我希望能和地球上的国家建立起友好的合作关系，到时还要请您做我的向导以及我学习地球知识和文化的老师。”

乔桑王子的一席话，让赵文俊更加尊敬这位名不虚传的王子。

会场上疯狂的一幕以及冠军与王子的亲切拥抱和交谈，让来自各个星球的人们竞相用自己的相机摄影机把这一刻传回自己的星球。

颁奖完毕，这时一个来自克伊斯曼星球的记者问赵文俊：“赵文俊先生，您好像是第一次参加星际脑力赛，您第一次参加比赛就一举夺得冠军的荣誉，让我们对地球人刮目相看，我想问一下您是如何做到的？您的表现让我们有更多的兴趣关注地球人的智慧。”

“这个很简单”，赵文俊从容地回答，**“记忆只要解决三个问题就可以了，这三个问题分别是储存、回忆、遗忘。”**

“对于这三个问题您可以更具体地说说吗？”记者继续问道。

“呵呵，我非常乐意告诉你。”赵文俊托着下巴想了一下，“嗯，我给你讲一个小故事，应该会对你有一些启发。”

“说有一对夫妻，”赵文俊开始讲述，“丈夫脾气很坏，经常打他的妻子，有一次，他那美丽善良的妻子被他摔到桌角上，头撞破了，抢救不及最终离开人间。妻子的灵魂沿着一条路往前走，前面有一个岔路口，路口有一个小鬼，小鬼对她说：‘你是被害死的，你在世的时候做过很多善事，上帝告诉我要让你上天堂，按照规矩，你只要能准确无误地重复我说的一句话，就可以走右边这条通向天堂的路，这句话是：早上好’。这个女子很容易就记住了，并准确地复述出来，于是她上了天堂。”

“话说那位丈夫，害死了自己的妻子之后，左邻右舍的人都诅咒他，让他对生活失去了希望，最后忧郁而死，同样，他的灵魂也沿着一条路来到一个岔路口。由于他生前做过很多坏事，上帝不允许他上天堂，于是路口的小鬼对他说：‘你想上天堂吗？你完全有上天堂的机会并能见到你的妻子，你只要重复我的话，准确无误地复述后，你就可以上天堂了，听好了：

空气　房屋　鲜花　阳光　小河　香蕉

石头　云彩　礼物　圣经　泥土　森林

“结果这个男人只重复了6个词语就再也回想不起来了，记者朋友，你也可以试着重复一遍刚才的12个词语。如果你也能一次性按照顺序复述出来，那你一定可以上天堂，呵呵。”

“噢，真遗憾，我也复述不全。”记者回答。

“没关系，只要你做一个善良的人就可以了，同样有上天堂的机会。接着说刚才的故事，这个男人苦苦地哀求小鬼再给他一次机会”，赵文俊边说边比画，“说刚才的词语太长了，要求小鬼给一个短一点的，小鬼想了想：‘好吧，我给你一个短的。’它在手上写下4个地狱里的文字，给男人看了足足一分钟，然后让男人将那4个字默写下来，结果男人依然没办法完整地默写下来。记者朋友，正常情况下4个字2秒钟就记住了不是吗？小鬼对他说：‘没办法，你只能下地狱了。’男人还是苦苦哀求，说刚才的文字他不认识，请求出一些他认识的字。小鬼想了想，终于又答应了他，于是给他写了一个手机号码，告诉他：‘这是你妻子在天堂里的手机号码，我只给你看一遍。’男人看了一遍后终于记住了，他的嘴巴不断地重复念着。小鬼说：‘恭喜你已经记住了，不过你不想立即和你的妻子通个电话吗？告诉她你来找她，否则你即使上到天堂也找不到她。’男人听了很高兴，他是多么想念自己的妻子，他迫不及待地拿起小鬼的办公电话给他的妻子打了个电话，请求他的妻子原谅并约定了见面的地点。他欣喜若狂地放下电话后，小鬼让他重复一遍刚才的手机号码，男人努力地想呀想，却始终想不起来，最后小鬼摇摇头说：‘很遗憾，看来你不得不下地狱。’”

“这个故事说明了什么呢？小鬼第一次给男人连续报12个词语，普通人是不能很快记住并回想起这12个词语的，**一般只能连续说出7个词语左右**，除非他掌握了记忆方法。不过假如有人提示的话，12个词语还是可以回想起来的，**这就是回忆的问题**。第二次小鬼让男人记忆陌生的文字，虽然很少，只有4个，但是由于不认识，就显得很抽象，每一笔画都是一个信息，假如说这4个字一共有20个笔画，也就意味着男人要记忆

20个信息，除非他知道加工，否则他无法靠死记记下来，这是储存的问题，他根本储存不住。第三次，男人要记忆的是手机号码，数字也是抽象信息，普通人是通过把数字符号转变为声音，靠音律来记忆的，可是如果没有足够的时间将之固化，完全可能因为一秒钟的打岔就记忆不全，这是遗忘的问题。”

“赵文俊先生，”记者说，“您的讲解非常生动有趣，我很想知道您是如何解决这三个问题的。我很希望能对您进行一个专访。”

“非常感谢您对我的关注，一会儿会有一场冠军的演讲，我将会就这三个问题作更多的解读。”

数千人的会场掌声如雷，赵文俊站在讲台上神采奕奕，他调整了一下自己的表情，配合着很绅士的肢体语言开始讲话。虽然他骨子里有着山野村夫的气息，但是在不懈的训练中，他的身上透露出一种执着、刚毅以及心灵的平静，在这样的场合里，他完全能在一瞬间收藏原本不羁的性格。

“先生们、女士们，非常高兴今天能站在这个讲台上向全宇宙做演讲，也非常感谢这次星际记忆锦标赛的主办人伯恩先生以及为本次活动默默付出的朋友，感谢你们让我有这样的展示机会。尽管我们来自茫茫的宇宙，但是任何一种形式的星际聚会都象征着生命的和谐与团结。因此，我们的智慧是可以分享的，我们的成果是可以共享的。今天我荣幸获得本次比赛的冠军，首先感谢上苍的恩赐，其次感谢各位参赛朋友的宽容谦让。那么，作为回报，我想通过传媒界的朋友把我的一些记忆见解传播给更多渴望提高记忆的朋友。”

在赵文俊讲演的同时，他的形象、他的风采已经通过媒体的摄像机传到了各个星球。家庭里的电视前面，有许多好奇的眼睛；学校里的电视前面，学生们用渴望的目光看着；餐厅里、商店里、交通工具里……大街上的户外屏幕上都出现了赵文俊抑扬顿挫的演讲。

“良好的记忆无外乎解决储存、回忆和遗忘这三个问题。”赵文俊继续演讲。

“首先说储存的问题。在这里我想举一个例子。我的一个朋友，他是地球人都知道的当代著名的药剂师，他的名字叫纪华佗。这个人具有双面性格，他在自己工作上一丝不苟，但是在生活上却一塌糊涂。他能在几千种药品里准确快速地找到自己想要的药品，但是，他总是在每天醒来之后花很多时间来找他的眼镜、牙刷、皮带，像这种情况，你无法界定他的记忆好或者不好。**这种现象反映了记忆的两个问题，即关注点和储存方式**。这两个问题就是我们要记住信息的前提。由于这位药剂师不注意生活问题，所以他不会关注自己生活上的事情，不会把生活用品井然有序地存放，他会把自己的东西满屋子乱放，或者将全部物品一股脑地放到一个大箱子里，需要的时候就翻箱倒柜。可是在工作上，他会将自己的物品分门别类，有秩序地存放。**记信息和存放物品具有同样的道理。大多数人之所以记忆力不好，是因为在记忆信息的时候没有把信息有条理地储存起来，而是一股脑地把信息塞进大脑**，就好比我们把物品随意地往屋子里的什么角落乱放一样，明明就放在屋子里，但就是找不到。

“其次我们来探讨回忆的问题，我小时候曾经遇到过这样的情况，我在考试的时候看到一道题，明明是我昨天复习的时候已经记住的，可是这个时候却怎么也想不起来，想了良久之后终于想起来了，然而就在我动笔答题时，考试的时间结束了。监考老师毫不留情地把试卷收了上去，我着急得捶胸顿足。**这说明不是我没有记住，而是我没有及时想起来**。那么要怎么样才能想起来？上学的时候，老师经常要求我们背课文，我们很多人都有过这样的情况，就是背着背着突然中断，当别人提示下一个字的时候便能立即接着背下去。**这说明存放在大脑里的信息需要有提示才能让我们很容易地回忆起来**。可是很多时候不会有人提示我们，所以我们大多数人并不知道如何解决这个问题。

“最后是关于遗忘，请问在座的各位朋友，假如你要记住一件事情，你认为文字描述的记忆效果和看影片以及亲身经历的记忆效果哪一个最好？没错，当然是亲身经历的记忆最深刻。为什么？当我们在看书的时候，只有眼睛在工作，但我们看影片的时候，不仅视觉更生动、形象、丰富，另外耳朵也在参与记忆工作。至于亲身经历参与记忆工作的器官就更多了，除了视觉和听觉以外，味觉、嗅觉、触觉，甚至感情都很有可能会用上。这说明，**避免或减少遗忘的方法就是尽可能多地调动我们的各个感觉器官和情感，并且对声音、色彩、味道、冷暖等感觉进行夸张。记忆任何信息都要**

通过幻想、冥想，非常形象地假想自己在亲身经历，从而彻底摆脱文字的单调性。

“总的来说，每一个记忆优秀的人，必然有一套方法解决以上的三个记忆问题，这就是我对记忆的一个概述，请原谅我不能在几分钟的演讲中讲述具体的操作方法。

“总之，天才们之所以优秀，不是因为大脑的先天质量，而是他们掌握了一种不为人知的方法，或者由于这些方法的简单性而不被大多数人重视。在方法正确的基础上，再加上不懈地努力，才会有如此卓越的成绩，谢谢大家。”

郛坦市已经华灯初上，点点灯火张扬地穿透出高楼大厦的窗口，如同百花斗艳，尽放色彩。它们像魔术师的杰作，让人分辨不出是近还是远，迷乱了人眼对空间的感觉。街上穿梭不息的车辆和空中飘浮的磁力悬浮车带着刺眼的光毫无规则地移动，更让人眼花缭乱，说不清这是人类科技文明的见证还是内心欲望的迷乱。

乔桑王子在翠湖宾馆包下了一个厅，静坐着等待此刻他认为很重要的一个人——赵文俊，因此，他特地选在这个地方。室内的环境优雅舒畅，几近皇室的富丽堂皇，室外也是青山绿水，植物的幽香从窗口飘进来，随同空气吸入鼻孔流入肺部，令人精神抖擞。地平线上浮起一轮巨大的“明月”，乍一看如同一幅圆形的抽象画挂在空中，蓝色的光轻柔地洒在克伊斯曼与之相对的一面。

此刻乔桑王子已经布置好了灯光、人员、鲜花以及轻柔的音乐。不多时，赵文俊在别人的引领下出现在王子的视线中。王子彬彬有礼地迎上去，除了稍有隆重的排场之外，毫无咄咄逼人的尊贵。两人见面互相寒暄两句便双双入坐。

“我身为一个普通老百姓，居然有机会受到王子的宴请，不知道该怎么形容这份荣幸。”赵文俊说。

“呵呵，赵先生何必这样说话，”乔桑王子回敬道，“这里没有王子与百姓的悬殊，只有亚军和冠军亲近。来，请接受我敬你一杯，恭喜你荣获冠军。”

“王子诚意，恭敬不如从命，干。”赵文俊将酒液吸进嘴里，顿时感到后悔，他感到有一团火在口腔灼烧，可是面对王子的友好，他又没有理由不喝，于是一狠心，一口将酒闷进肚子里，瞬间从口腔到胃都烧了起来，他忍不住咳嗽了两下，便努力地控制住自己。

“哦，原来赵先生不擅长喝酒，那没关系，主随客便。”王子微笑地看着赵文俊，给人一种儒雅亲近的感觉。

“很感谢王子宽容，我只是不适应这里的酒味。”赵文俊故意掩饰自己的尴尬，“当然，家乡的酒我也喝得不多。”赵文俊还是顺从了自己坦率的性格，如实交代。

“我听说中国有悠久的酒文化，原以为您一定海量。”

“没错，中国是有悠久的酒文化，不过，我们现在喝酒是有文化没文明。”赵文俊一点都不隐藏家中的“丑事”。

“是吗？我很想了解地球上的事情，而中国在地球上是一个很有影响力的国家，是我学习地球文化不可遗漏的一课。你可以说说中国古今酒文化有什么不同吗？”王子很有诚意地问。

“中国古人凡事都讲究一个度，无论是平常的饮食还是交友，乃至为政。就饮酒来说，从前中国古人就懂得要节制，从盛酒的杯子上看，就能看出古人在这方面的约束。酒虽好喝，但喝醉了会乱性，所以酒杯上都有两个止酒器，让人不能轻易将酒喝个底朝天。皇帝和大臣们喝酒也从不以皇威劝酒，摆酒只重气氛不重热闹。而现在的酒文化频频劝酒、猜拳斗狠，搞得乌烟瘴气，醉了丑态百出。这还是大体上的情况，要说到细节，每个地方的酒文化都不太一样。总之，现在五花八门的酒文化就只有一个目的——把对方干倒。”

“文化是与时俱进的，或许这样的酒文化正适合这样的社会。”

“我不研究政治，也不太研究社会学，我不知道现在的酒文化和现在的社会形态有什么样的积极关系，另外，我本人也不是一个酒坛子，对酒文化也了解不深，恐怕难以回答你想知道的酒文化。我在想王子您今天摆出这么大的排场请我来吃晚餐究竟有什么目的。”赵文俊直截了当地问。

“赵先生干脆利落，您是冠军，我当然是想向您讨教。”

“王子过谦了，其实我能获得这次的冠军还得感谢王子您。”

“您别谦让，在此之前我们互不相识，我有什么功劳值得您感谢呢？”王子一副愿闻其详的神态。

“您这次没有成为冠军是理所当然的。”赵文俊这句话让乔桑王子不知道其中的褒贬，但依然一副愿闻其详的神态。

“首先，”赵文俊接着说，“你历次比赛都是冠军，这说明您已经孤独了很久，您的前面没有任何参照物，所以您找不到更多前进的动力；其次，您的记忆能力已经达到了相当高的水准，想要再往前半步都要付出很大的代价；最后，您是一个王子，自然事务繁忙，花在记忆练习上的时间自然少了许多。而我的优势在于有您做我的参照，我是一个小老百姓，江山社稷的大事不用我操心，油盐酱醋的小事就算我关心得很周到也没法改变这个世界，我只好把所有的时间都放在记忆训练上。”

“呵呵，您的话很让我这个败将感到虽败犹荣。”

“我知道，您身为王子，生活的重心在于江山社稷，这种活动对您而言不过是一场娱乐游戏而已，成败不足挂齿，但是对我这样的草根贱民而言，则是命运的赌注，成功了，那我的身份就是记忆大师，有钱没钱，起码这个称号可以勉强拿来光宗耀祖；失败了，我还是个山野村夫。”

“呵呵，赵先生言语直率风趣，幸会，幸会。凭您的成绩，以及见解和心胸，您就是当之无愧的记忆之王。”

“谢王子恭维。对了，我看过您写的书。”

“班门弄斧了，谢谢您的关注。”王子依然保持温文尔雅的微笑。

“看过多位记忆大师的作品后，我发现从技巧上看几乎没有什么差别，不过王子您所写的书的形式倒是与众不同，您能将记忆的方法融进故事情节里，摆脱了纯学术性的文字，让读者免遭枯燥、刻板的学术语言的折磨，这种形式让我耳目一新。我想凭借您在记忆界的地位，加上您原本的身份，这本书应该非常畅销吧？”

“是的，我想应该不是我写得特别好的原因，而是媒体的语言太能煽动读者的好奇心。”

“嗯，不难想象，像您这样一位有真才实学的王子，您的一举一动所掀起的震撼一定不亚于流行音乐王子迈克尔·杰克逊。这次的季军，其中有一位少年也是你们库巴兹星球的，估计是受您影响的结果。我想，像他这样由于您的原因而在记忆方面表现卓越的人应该不少。”

“是的，这正是我介入记忆界的目的，现代社会要靠知识兴国，随着科技和社会文明的发展，学生在校期间要学习的知识越来越多，成年人在工作上需要不断更新和补充自己的知识，因此学习是现代人一辈子的事情，而学习的首要目的就是把知识放到脑子里。从前就有专家呼吁过学习的革命，但我一直没有看到这场革命燃烧起来，可能是因为‘过目不忘’这个词对常人而言太不现实或者遥不可及，以至于把专家的理论抛在一边不去实践。当我看到专家的这些理论之后，决定亲自尝试。我向专家们请教过，也去追溯过这些记忆方法的起源，找到更多补充理论的真实依据，我在不断的实践过程中渐渐地相信并证明了这种理论。”

“记忆法在地球上确实有着同样的冷遇，目前，记忆法在地球上还没有自上而下的革命，对记忆感到头疼的人很多，关注记忆的人却很少，尤其在我们国家。我们国家是一个比较矜持和保守的国家，我在宣传的时候，观众大多把我的记忆展示当作看魔术一样来娱乐，或者认为这是天生的。这导致我们的推广面积相当狭小，不过我相信，随着我们记忆队伍慢慢地庞大，最终会让那些一面承受记忆痛苦一面对记忆法质疑的人因为我们的坚持而离苦得乐。”

“赵先生，既然谈到这里，我就把我今天邀您见面的目的告诉您。”

“哦，洗耳恭听。”

“这几年由于我侥幸在记忆界获得一些成就，并且被媒体隆重宣传，我们国家确实对此表现狂热，因此，我在我们库巴兹星球建立了多所记忆学校。凭借您优秀的成绩，以及想干一番大事业的雄心，我希望咱们能够合作，把我的记忆学校开到地球上去，让尽可能多的人来了解记忆并且摆脱记忆上的痛苦，不知道您是否愿意？”乔桑王子用恳切的目光看着赵文俊，脸上露出十足的把握。

“呵呵，我当然愿意，在这个宇宙间，我相信除了您之外，我再也找不到更好的合作伙伴了。”

“来，为我们的合作干杯，对，您不善喝酒，随意即可。”王子关切地说。

赵文俊并不小气，豪爽地一口饮尽，并露出喜悦的笑容。

第3章

记忆冠军险遭杀害
神秘女郎穷追不舍

在邬坦市最繁华的市中心蜿蜒地流过一条江河，江面宽足有300米。这一天傍晚，最后一缕阳光被地平线吞没，江面焦躁地起伏不定，两岸五彩缤纷的霓虹灯倒映在水里，被来往的船只撕得支离破碎，把城市的繁华闹得摇摇晃晃。在江边林立的高楼丛中有一座弧形的宾馆，赵文俊住在这个宾馆第23层的一个套房，卧室和起居室由一个衣柜半隔而开，形成两室。两室朝江的一面分别有一个大窗子，所不同的是，卧室这边的落地窗前面还有一个阳台。人站在上面迎着江风俯瞰着江河，有种君临天下的感觉。

和平时一样，此时的江面上船只来往，街上车水马龙，空中依然飘着来来往往的磁力悬浮车，整个都市一派繁荣和安详的景象，就在这样安详的空气里，没有人知道时间正在默默地酝酿着什么样的恐怖。在江面的上空，来往的悬浮车当中，突然从其中一辆的车厢里探出一杆枪筒，黑洞洞的枪口始终对着赵文俊的客房。这是一款最新的狙击枪SVR-2，瞄准器的精确度在有效射程内几乎没有丝毫偏差，发射时声音小得就像从手里掉下一粒小纽扣。即使隔着玻璃射过去，也只是留下一个子弹口径大的窟窿，所以它完全可以低调而漂亮地杀掉目标。悬浮车在赵文俊的窗前慢慢地来回移动，寻找最佳的射击角度。赵文俊正坐在两个窗口之间专注地翻着手中的扑克牌，一遍又一遍，全然没有察觉自己此刻的危险处境。

宾馆里客人们在大厅里穿梭，交谈。客房区的走廊静悄悄的，偶尔有客人从房间里出入，但很快便钻进了电梯或者客房。

“叮”的一声，电梯开了，走出来一个女服务员，她推着送餐车，行色匆匆，朝赵文俊的房间走去。这时，从离赵文俊房间不远的一个客房里走出来一个身穿中东服装的女子，虽然衣着宽松，还戴着面纱，但依然掩不住她婀娜的身姿和那双美丽的大眼睛。她的神情看起来有些不安，似乎是作了很大的决定之后才从房间里走出来。中东女沿着走廊拐过一个弯，离赵文俊的房间只有10米远，这时她发现一名女服务员正在敲赵文俊的房门，于是停下了脚步，站在那里等着，脸上流露出一丝焦躁。

服务员急促地敲了好几声赵文俊才听到敲门声，但是他并没有动身，因为他的注意力还在手中的扑克牌上，他很机械地喊了一声："谁呀？"

"服务员！赵先生，您的晚餐我给送来了。"

"哦，你自己进来吧。"赵文俊依然没有回过神来。

此时窗外的狙击手手中的瞄准器还在紧紧地对着赵文俊的脑袋，只要狙击手轻轻一扣扳机，赵文俊就立即脑袋开花，并稀里糊涂地离开人世。可是狙击手久久没有开枪，他究竟在等待什么？难道是在良心的边缘徘徊？

服务员进来之后并没有像往常一样张罗着让客人用餐，而是很警觉地看着四周，正在赵文俊站起来准备休息的一瞬间，服务员突然大叫一声："别动！"同时向前一扑，抱着赵文俊就往窗外跳，并向墙上开了一枪，射出一条绳子钉在墙上。这时轰的一声巨响，赵文俊所住的房间被摧毁，冒出刺眼的白光和浓烟。强劲的冲击波把窗外的悬浮车震得剧烈地晃动，狙击手向后倒下。现场的人顿时一片混乱，借着浓烟和黑夜的遮掩，赵文俊被服务员抱着跳离了房间，一根绳子把他们吊到21层的阳台上，从阳台进了房间，接着从房门出来，混进慌乱的人群里。

整个宾馆以及附近的行人都被这突然的爆炸吓得乱成一团，那个中东女子在眼前的废墟和浓烟面前静静地看了足足两分钟的时间，似乎在寻找什么。突然，她的眼前掠过一道奇怪的目光，一个戴着高帽子的男子从浓烟中走了出来，然后迅速离开了现场，神情有些慌张。中东女悄悄地跟在男子的后边。

"我的天呀，这是怎么回事？"

"不要出声，有人要杀你，快跟我离开这里。"服务员从容地说着，自顾走进了电梯间。

"可我没得罪任何人。"赵文俊一脸疑惑。

"我现在没有时间和你解释。"服务员把他带到了电梯里，她美丽的面容严肃得像寒月中的玫瑰。

赵文俊打量着面前的姑娘："你是昨天那位记者！"

"是的。"服务员专注地看着电梯里不断变化的楼层数字。

"可是你今天的打扮……你到底是什么人，要带我去哪儿？"

"没时间解释，如果你不想死就跟我走，-3楼到了。"服务员拉着赵文俊走出电梯。两人来到一堵砖墙前，她用手掌罩住一块砖，将那块砖翻转过来，露出一个键盘，服务员在上面输入了一排数字，墙上拉开一道密门，服务员带着赵文俊走了进去，里面又是一道密门，服务员用同样的操作方式打开，前面是一个车库，停着一辆可以在水陆空行走的磁力车。他们上了车，沿着长长的通道飞向天空。

黑夜笼罩了邬坦市，点点星光如同幽灵一样窥探着大地的动静。在邬坦市东面是延绵不断的山地，离邬坦市大约80公里的盘龙山上坐落着一座雅致的别墅山庄。盘龙山像盘卧的长龙，形成一个盆地，直径有600多米，既不宽敞到让人觉得太暴露，也不狭窄得让人感觉拥堵。乔木林拥簇在整个山群上，显得葱葱郁郁，到处飘逸着植物的幽香。盆地中间是一个自然形成的清水湖，上面修建的水榭楼台夹在一种形同地球荷叶的植物间，更增添了几分惬意。如此优美的景观，然而别墅山庄却十分寂静，在黑夜和树林的笼罩下，几栋白色的屋子若隐若现，在这些屋子之间连接着弯弯曲曲的车道，四通八达，像是从屋子门口伸出的长长的舌头，又像是章鱼那乱七八糟的手，在这黑夜里胡乱地触摸着山庄的每一个角落。

"王八蛋！啊！啊——"一个女子凄厉的尖叫给整个山庄罩上了一层恐怖的色彩。

"说吧，他人在哪里？"一个穿着白衬衫的中年男子坐在椅子上，敞着胸膛，露出一道刀疤，两眼冰冷地看着前面被绑在椅子上的女子。女子身上全是血，显然已经是奄奄一息。

"抬起头来，看着侯爷！"一个光头汉子抓住女子的头发用力往后一拉。

"啊——"女子情不自禁地呻吟了一下。

"好，我给你两分钟时间考虑。"椅子上的男子阴森森地举起一把铁钳，铁钳上夹着一颗带血的牙齿，"如果你的嘴巴太硬，我会拔光你的牙齿。"

山庄外一辆磁力悬浮车沿着车道静静轻轻地飘过，发动机轻声地哼着，车灯射出两道刺眼的白光顺着车道不断变化的方向在山庄里胡乱地扫，打破了山庄死一般的寂静。最后磁力车停在了主楼前面，闭了灯，从车上走出一个戴着高帽子的男子，他急匆匆地踏着台阶向大门走去。这时一个黑影从车上翻了下来，轻而稳地落在地上。

时间一秒一秒地流逝，似乎在倒计着女子的生命，她好看的面孔因为绝望而显得苍白。

“两分钟过去了，古拉小姐，你想起来了吗？”白衫男子问。女子被绑在椅子上，麻木得好像什么也没有听见，只是急促地呼吸。

“把她的嘴巴撬开。”白衫男子吩咐他的左右。两个健硕的男子走到女子身边，一个抱住女子的头，一个用力捏住女子的脸，像往她嘴里塞一把钢锉，女子呜呜地挣扎。白衫男子凑前去，打开了铁钳，慢慢地朝女子的嘴巴伸去。

这时，门突然被人推开，进来一个人，走到白衫男子身边，恭敬地通报：“侯爷，库兰德回来了。”

这名被称为侯爷的白衫男子不紧不慢地向那两名男子挥了一下手，示意先放下这名女子，接着起身走了出去。

高帽男子推开宽大的屋门，大厅如同缩小版的皇宫，装饰得富丽堂皇。正中央摆着一把厚重的沙发，侯爷斜坐在沙发上，如同冷酷的斗牛，他一脚搁在地上，一脚搁在沙发上，两眼冷冷地看着从门口进来的人，面无表情。身上披着的衣服袒露着胸膛，结实的胸肌上嵌着那道6寸长的刀疤，在灯光下闪闪发光，像是金光闪闪的勋章，在讲述他非同寻常的历史。在沙发两边分别站着一个高大健硕的男子，个头有2.3米高，抱着胸，面无表情，上身穿着紧身的黑色背心，下身穿黑色的宽松裤子，站在那里像两根壮实的铁柱，左右齐刷刷地站着两排人。

“侯爷，炸弹引爆了，但是没看到尸体或碎块。”高帽子对侯爷说。

“为什么会这样？”侯爷阴森森地问。

“我也不知道，我引爆炸弹的时候明明赵文俊就在里边。”

“饭桶！有没有跳进江里？”侯爷猛地一下坐起来。

“也没有……”高帽子声音有点颤抖，低着头。

“当时有没有其他人在里边？” 侯爷又恢复阴森森的口吻。

“爆炸之前进去一个服务生，是送晚饭的。”

“糟糕，事情败露了！” 侯爷嗖地站了起来，但眼神依然刚毅。所有的人都惊恐地看着侯爷，似乎有些担心侯爷接下来的反应。

“饭桶！” 侯爷狠狠地指着高帽子，“主人说活要见人死要见尸，现在不但没有把事情办好，还走漏了风声，如何向主人交代？”

“卑鄙之徒！”突然从门外传来一个女人的声音，虽然骂得铿锵有力，但嗓音依然甜美。

所有人都被突来的声音震了一惊，齐刷刷地朝门口望去，只见一个中东女子飘然而来，她的身体轻盈敏捷，走动时长长的裙摆像翻滚的乌云载着她飘进大厅。

“什么人，竟敢擅闯本庄，难道不想出去了吗？” 侯爷呵斥道。

“真没想到一个道貌岸然的风云人物竟然为了一点点荣誉做出这么下作的事情。”

“看来你就是那个救走赵文俊的人，弟兄们，把她拿下！”随着侯爷一声令下，左右两排人蜂拥而上，女子施展出拳脚，以迅雷不及掩耳的速度回击对方，只见一个个壮汉像扑到了弹簧上一样被狠狠地弹了回来，乱七八糟散落在地板上。

“果然有两下子，” 侯爷冷冷地赞美，眼睛狠狠地盯着女子，似乎企图把她捏在手里然后狠狠一用力，把她磨成肉泥，因为她冒犯了他的威严，“怪不得炸弹你都能躲过，可是今天你想走出这个屋子那是痴心妄想！”

“我就是不打算走出这个屋子所以才来到这里的，就怕你不敢留我。”女子回答。

“好大的口气！巨虎，给她点颜色看看。”

“你误会……”女子的话未落音，“我的意思了”几个字还未来得及说出口，侯爷左边的大个子已经随着一声嗷叫落在了女子前面，与此同时拳头已经朝她打来。女子以柔制刚，曲臂施掌，消掉了巨虎的推力，但身体依然往后退了几步。巨虎哪里肯罢休，因为在他的预想中，对方应该被弹到墙壁上变成肉饼才对。他恼羞成怒，一个身材娇小的女子竟然能这样漫不经心地消掉他的威力，巨虎上前一步的同时一抬脚劈了过去。女子利用船小好调头的优势一弯腰躲过了巨虎的大脚。那大脚简直就是一块铁板，她只有闪躲，而没有招架的份。女子贴着巨虎的身子敏捷地窜到巨虎的身后，手肘顺势往后一击，像打在巨大的轮胎上，对巨虎毫不构成伤害。巨虎依然步伐稳定，身体也没有丝毫失衡，他骄傲地回过头，捶了一下自己的胸肌，呵呵笑了两声，得意地向女子炫耀自己健硕的身体。

女子看到巨虎得意的神色，知道他不会善罢甘休，于是退了几步，扎好马步摆开阵势。巨虎像被斗牛士挑逗得眼睛发绿的野牛一般嗷嗷地奔过来，女子也奔了过去。大家正在等待着看一头健硕的野牛和一只娇小的猴子撞击的结果，可就在他们的距离只有几步远的时候，女子把身子一横，躺在地上往前滚，巨虎没有料到女子会出这一怪招，他无法刹车，脚被女子的身体一绊，像一根大木桩一样狠狠地往前倒下。

巨虎忍着痛，缓缓地爬起来，两眼冒火，太伤自尊了。他再次向女子凑近，这回他小心了许多，伸手去抓女子，左一下右一下，他企图抓住女子将她撕碎。他终于把女子赶到了墙角，女子作出一个朝巨虎胯下逃的假象，巨虎迅速作出反应，将身子往下一沉，女子趁机向上一抬膝盖，向巨虎的下巴袭击，企图借助巨虎朝下的力量将他的下颌骨击碎。不想巨虎头一侧，一把抓住她的腿，将她整个人举了起来。女子迅速变招，双肘用力往下一劈，结结实实地打在巨虎光溜溜的脑袋上，咣的一声。巨虎本想把女子举起来摔到地上，没想到被短暂的优势冲昏了头，冷不防脑袋上挨了一下，他感觉像一个铅球从头上砸了下来，穿透他的颅顶经过心脏重重地落到肛门，最后猛地从肛门中狠狠地挤出来。

他头一晕，两手随地将女子一扔，女子措手不及，一时没有稳住身体，踉跄了一下，重重地摔倒在地上。这时，巨虎乘胜又扑了过来，收起手肘，嗷叫着直直地倒下，企图用自己的体重加上手肘的发力将对方置于死地。女子看到巨虎朝她扑来，本能地作出反应，往旁边一滚，巨虎扑了空，摔在地上，手肘也硬邦邦地打在地上。女子顺势一落脚，打在巨虎的脑袋，咚的一声闷响，巨虎的脑袋重重地撞在地上。两人战了十几分钟，双方都各有盈亏。

"住手！" 侯爷一喊，两人停了下来。

“你叫什么名字？” 侯爷问女子。

“我叫张楠！”女子回答。

“你为什么起中国的名字人，却穿中东人的服装？你到底是中东人还是中国人？”

“我是中国人，穿中东人的服装是为了更自然地隐藏自己。”

“你隐藏自己的目的是什么？”

“为了暗杀赵文俊！”张楠两眼放出杀气。

“嗯？我没听错吧？难道你不是来救他的？”

“谁告诉你我是来救他的呢？”

高帽子喜出望外：“这么说你已经杀了赵文俊？”

“我有这么说吗？”

“那现在赵文俊到底在什么地方？” 侯爷迫切地想要知道答案。

“我不知道，所以才到这里来。”

“你少给我玩花样，快把你来这里的目的如实交代！”

“我早就想告诉你了，只是你让大块头把我的话堵住了，我来这里的目的是要和你谈合作。”

“你有什么资格和我谈合作？”

“凭我知道你们的秘密。”

“呵呵，谅你也走不出本庄。” 侯爷傲慢地瞥了她一眼。

“看来你没有诚意，那好，我就不打扰了。”说着转身便走。

“站住！”另一个大块头跳了出来，从张楠的背后袭来。张楠突然往后一退，同时朝后边一踹，眼看就要击中对方的腹部，大块头的身子迅速往后一弓，超出了张楠的有效攻击距离，以至于她的脚只是轻轻地点在他的肚皮上。大块头躲过了一招立即跨出一步，伸出左手去扣张楠的左肩，张楠用右手压住对方的手，固定在自己的肩上，猛然向左一转身，同时用左手一隔对方的肘背，只听到大块头的手腕咯吱作响，像掰竹笋一样的声音，手腕和手肘同时脱臼。大块头啊的一声惨叫，单膝跪在地上。张楠一松手，头巾和面纱被大块头的手指抠了下来，露出一张美丽的面孔，大概二十六七岁的样子。这时所有人的眼睛突然一亮，齐刷刷地看着张楠，在为看清她的真面目的同时也为她的美丽震撼。

大块头嗷叫一声起身再战。

“住手！” 侯爷喊了一声，“闪一边去。”说着从沙发上慢悠悠地站起来，走到张楠面前，打量着张楠，好像她是刚出现似的。

“哼！” 侯爷嘴角一抽，冷笑了一下，表情立即恢复了刚才的僵硬，“张小姐还是个美女，幸亏没被这两头大象踩死，否则还真是遗憾。”

“我没有心情听你的赞美，既然不合作，我也不必在这里逗留。”

“你以为打败他们你就走得了吗？”

“试试就知。”

“说吧，你到底想要多少钱才愿意交出赵文俊？”

“我已经说过，我不知道赵文俊在哪里。”

“你既然不知道他在哪里，那你怎么跟我合作？”

“合作去找赵文俊并将他杀掉。”

“我凭什么相信你？说说看，你为什么要杀赵文俊？” 侯爷紧盯着张楠的眼睛，企图找出谎言的破绽。

“他杀了我的新婚丈夫。”

“他为什么这么做？是为了你？”

“不是，是为了夺得冠军。在地球上，每次的脑力赛总是我的丈夫获取冠军，赵文俊拿亚军，这次地球选拔代表来参加星际比赛把关很严，竞争很激烈，被选上来参赛的，联合国都给予重金支持，如果在星际比赛中获奖而归，还另有奖项。这是一笔很丰厚的奖金，所以地球上的高手们都努力争取。谁知，消息才传出不久，我丈夫就突然奇怪地死去，我经过多方调查，才知道原来是赵文俊暗害导致。由于我拿不出有效的证据，只好趁他离开地球之时准备暗中将他杀掉。”

“呵呵，看来，我们并不是什么卑鄙之徒，我们只不过是以其人之道还治其人之身而已。不过，我怎么知道你不是在编瞎话呢？” 侯爷说。

“你认为我编瞎话的目的是什么？”

“当然是想图谋我们。”

“没错，我图的就是你们的后盾力量，我一个人从地球来到这里追杀杀夫仇人，但现在不知道他的去向，如果仅仅凭我一个人的力量，我将无法在地球外把他杀死，从而躲过地球上的法律。”

“可是，我们用不着你帮忙。”

“错了，一个能够帮助赵文俊躲过炸弹并魔术般消失的保护神恐怕不是你手下的人可以轻易摆平的，虽然你养的两头大象非常孔武，但是这种智力游戏恐怕他们不适合玩，最起码，他们容易暴露身份，而我这样一个弱女子，关键的时候是不是更可靠一点？”

“哈哈，有勇有谋有艺，确实是个难得的人才，来人，为张小姐接风洗尘。”

西尔的会议室里围坐着十来个人，总参谋部军官罗曼坐在上座，仔细地看一段录像，这是狙击手在炸弹爆炸之前用枪上的微型摄影机拍下来的画面，他们认真地分析着服务员的身份和赵文俊的去向以及炸弹的来历。他们意识到了那颗炸弹给他们造成了很大的障碍。

没有了赵文俊的消息，西尔急得像发疯的狗。

“喂！诺托将军，”西尔拨通一个电话，“你立即派人回到希律王朝，公元前一年玛利亚的故乡拿撒勒，截住赵文俊。同时把守时空隧道，务必找到赵文俊。遇见赵文俊可以用枪杀，不可用炮轰，可以不必给我完整的尸体，但是务必给我完整的脑袋。”

“喂！德蒙克，”西尔接通另一个电话，“你给我调集人马地毯式地搜寻克伊斯曼星球，以及附近的卫星，包括附近的太空浮石都给我仔细搜查，哪怕找到赵文俊的一根毫毛，都要向我汇报！”

嗖嗖嗖，从西尔的基地里飞出了一批飞船，直奔克伊斯曼星球，侦探器像企图掀开克伊斯曼的地皮似的在上面扫来扫去。

恐怖的黑手正在伸向宇宙……

第4章

机器特工太空历险
锁链记忆化解危难

太空中一片漆黑，巨大的克伊斯曼星球黑色的背景似乎在证明黑暗具有足以吞噬掉整个宇宙的强大力量，突然告别蓝天和山川，身处黑暗无边的太空中，让人感觉像被抛弃了一样无依无靠，无助得让人有种要哭的冲动。

一艘太空悬浮车在黑暗的太空中飞行。

“现在请告诉我你到底是什么人？”悬浮车上赵文俊迫切地问，“为什么会有人要杀我？”

“我叫普尔霏，”服务员答道，她两眼看着前方，没看赵文俊一眼，“是星际联合会安全部克伊斯曼分部的。野心勃勃的西尔想卷土重来，要控制整个宇宙，他现在已经偷到了耶稣用来管理宇宙的法杖，并打算毁灭地球。但是他没有咒语，所以打算派一个心腹去偷听耶和华给耶稣传授的咒语，但是必须依靠你的记忆力。所以他要把你杀死，取下你的脑细胞输入他的心腹的大脑里。”

“哦，原来是西尔要杀我，太可怕了。那现在我们怎么办？”

“我的任务是来帮助你摆脱西尔的追杀，可是我看事情还不只是这么简单。”

“我不太明白你的意思。”

“我看不只是西尔要杀你，而且还有别的人。”

“什么？”赵文俊一脸疑惑，“还有其他人要杀我？”

“是的，你到底和什么人树敌了？”

“普尔霏小姐，你这个问题让我非常疑惑，并且超出了我对危险的恐惧。”

“我只是问你有没有和什么人树敌。”普尔霏一个多余的字都不说。

“没有呀？正是因为这样我才感到非常疑惑。另外，我不理解的是，你是怎么知道除了西尔以外还有人要杀我呢？”

“从刚才的爆炸中判断出来的，因为刚才的爆炸和西尔毫无关系。”

“你能说详细点吗？”赵文俊迫切地想要知道事情的全部经过。

“我刚才不是说了吗，西尔想要取下你的脑细胞进行人工移植，而刚才的炸弹会把你炸得粉碎，上哪里要你的脑细胞？”

“你这个分析非常有道理，只是到底是谁想要把我炸死，确实是令我很不解的问题。”

“无论凶手是谁，现在我要做的就是保护你，并废掉西尔手中的法杖。”

“自古英雄救美女，今天却是美女救英雄。”赵文俊看着眼前这位地球上找不到的美女，喃喃自语。

“我是机器人。”普尔霏道。

“什么？”赵文俊既失望又惊讶，他惊奇地看着普尔霏，半信半疑地触摸着她的手，他无法从普尔霏的体温和皮肤的质感上验证她说的话真实与否。他不可置信地摇了摇头：“你骗我。”

普尔霏揭开自己深蓝色的头发，露出一个不锈钢的颅顶。“现在相信了吗？”普尔霏问道。

赵文俊为她的举动吃了一惊，坠入深深的遗憾：“为什么让你来保护我？”

“因为我是机器人，轻易不会被杀死。”

“哦，现在我们去哪里？”

“带你到一个安全的地方。”

“然后呢？”

“然后你把你的记忆法教给我，我要回到玛利亚的怀孕期去窃取耶和华的咒语和法杖。在同一时代，宇宙间只能有一个法杖，一旦拿到咒语和法杖，西尔手中的法杖将会因为没有咒语而自动消失，然后再由联合会把法杖交还给耶稣。”

“我一个苦于营生的小老百姓，今天居然要拯救整个宇宙，这听起来像狗血的英雄剧。”

“时间紧迫，请你现在就教给我记忆方法。”普尔霏不屑于理会他的喃喃自语。

“不同的信息需要用不同的方法来记忆，具体来说，就是记忆数字、文字、字母等都有各自不同的方法，不知道他的咒语是哪一类信息。”

“那你就把所有的方法都教给我吧。”

“为了拯救这个宇宙，我很乐意奉献我的微薄之力，但愿能因此而垂名青史，也算不枉此生。”

“历史会记得你的功德的，你要多少时间可以传授完毕？”

“很简单，四天就可以了。” 赵文俊很自信地回答。

“可是，我没有那么多时间，西尔只给犹大一周的时间，现在就剩下五天了，他带了很多人来找你，他们一天得不到咒语，就不会放弃追杀你，如果我们拖延时间将会有两种结果，一是西尔的人把你杀掉，二是西尔失去了耐心，会把法杖毁掉。”

“那不正好吗？”赵文俊插嘴道。

“可是整个宇宙就会从此失去秩序，各个星球的运行轨道混乱，将会相互撞击，整个宇宙将会碎片横飞。西尔这个狂徒，谁都没有把握他能忍耐多久。”

“这个后果太可怕了！”想到事情的严重性，赵文俊深呼了一口气，“可是没有四天的时间我传授不了。”

“别忘了我不是普通人，我是机器人。”

“可我是普通人，现代科技不能将人脑功能直接复制到电脑里。就算我牺牲了自己的生命将我的脑细胞提取出来，那也只能输入人类的大脑。”

这时，磁力车向一个在太空中悬浮的大石头飞了过去，赵文俊一阵惊叫，没等回过神来，车子就驶进了一条隧道。

“到了。”普尔霏说道，“这是一个隐蔽的安全基地，即使最高端的电子探测仪器都发现不了。”

“哇！太神奇了，现在的电子探测只要有电磁波就能立即感应到，除非这里是原始部落。”

“刚好相反，这里有先进的电子设备，但是不像普通的电子仪器一样会发出能被探测出来的电磁波。”

“哦，果然是高科技，可惜我不是科学家，不然我这次的旅行一定能为地球的科技发展带回巨大的价值。”

车子在一个大车库停了下来，轻轻地着地，里边还停着几艘飞船。

“明天我们就要乘坐时空飞船回到玛利亚的时代，所以我今天必须复制你的记忆方法。”普尔霏的语气很坚定。

“没有别的办法，既然时间有限，我只能跟着你一起上路，在路上教你。”

“路上很危险，西尔的杀手随时都会追杀过来的。”

“那你的安全难道就……”

“别忘了我是机器人，谢谢你的关心。”普尔霏立即提醒赵文俊。

“我总是把你当作很需要呵护的女孩子，呵呵。”赵文俊此时好像忘记了自己的处境。像普尔霏这样美丽的机器人，与其说她是科技的产物，不如说她是艺术的产物，怪不得赵文俊总是犯这样的错误，即便是一幅《蒙娜丽莎》都令拿破仑如痴如醉，更何况这是一具除了不会笑之外，从外表上看与真人没有任何差别的艺术作品。

“看来只能如此了，这一路上你要听从我的话。”普尔霏说。

“谢谢，不需要你太操心，我练过武术和射击，看我给你露两手。”说着秀出他三脚猫的功夫。

“开始讲课吧。”普尔霏没有心思看他的花拳绣腿。

“好的，先等我打完这个套路，精彩还在后头，看完之后你会对我刮目相看的。嘿！哈！左勾拳，右脚跨步，双掌出击，收拳。”赵文俊做了一个完美的收拳动作，气喘吁吁地来到普尔霏的身边。

普尔霏和赵文俊走出车库，穿过一条走廊，前面豁然开朗，足有一百亩的人造户外景色，花草树木、小桥流水、湖水绿茵，水榭楼台、人造蓝天应有尽有。

“哇！这地方真幽雅，很有格调，看来你也很懂欣赏对吗？”赵文俊感到疑惑，为什么这个机器人会把自己带到这里来学习。

“为什么问我这个奇怪的问题？”普尔霏问。

“因为我认为机器人不会懂得欣赏美景。”

“我是一台能测量空气质量的机器，我能分辨出哪里的空气质量适合保养自己。”

“天哪，克伊斯曼的机器人居然可以做到这个地步，我要是把你带回地球，国家一定会重金向我购买，那我就发达了。”

“你不能往这方面想，因为我是克伊斯曼的专利。”

“呵呵，我只是开个玩笑而已，即便真的把你带回地球，我也不舍得把你卖掉，我会像小孩喜欢玩具一样爱不释手。”

“你该停止你那些毫无实现可能的想象，请讲课。”普尔霏催促道。

他们在一个水榭台上坐下。

“好，就从我昨天给你讲的故事开始吧，小鬼给男人念的12个词语你也没记住是吗？”赵文俊问。

“是的。”

“我在教你方法之前先给你念13个词语，你一定能记住。”

“我难以置信，毕竟你还没有告诉我方法。”

“听好了：**宾馆、晚餐、炸弹、女人、电梯、逃离、墙壁、数字、门、车、太空、石头、安全。**”

“这不是我们刚刚经历过的事物吗？在宾馆我给你送晚餐的时候有人引爆炸弹，一个女人救了你，从电梯逃离，来到墙壁输入数字打开了门，坐上车飞向太空，走进了石头里一个很安全的地方。”

“看来你是一台聪明的机器。”赵文俊赞美道，“**这是记忆法里面最简单的一种，叫作锁链法，也称串联法，就是把毫不相关的词语用一个情节连接起来，**就像串珍珠一样，每一个词语都是一颗珍珠，情节就是那根线。”

“假如不是我们经历过的呢，怎么办？”

“请看我的电脑，”说着赵文俊打开自己的掌上电脑，“接下来我教你记忆这22个词语。”

男孩　石头　窗户　电脑　火花　飞机　被子　浓烟　绵羊　雨水　鲜花

少女　长城　尘土　骆驼　树林　苍蝇　炸弹　汽车　水牛　培训　惊恐

普尔霏靠在赵文俊的身边看他手上的电脑，她身上的香味再次让赵文俊忘记身边的女子是一台机器，确切地说他真希望她不是机器，连气门活动所产生的“呼吸”以及胸口和腹部随之产生的起伏都像极了一个真正的女人，一个有素养、有气质的女孩那种轻微柔和的呼吸，令每一个男人都心醉的呼吸。赵文俊迷醉地看着普尔霏那张秀美的脸蛋，她的皮肤如同半透明的白玉，透着淡淡的荧光，细嫩得似乎能挤出水来。赵文俊心里流淌着一缕缕的遗憾："为什么她偏偏是一台机器，我能不能给她输入情感思维，让这双美丽的眼睛变得柔情似水……"赵文俊脑子里浮想联翩，脸上带着痴痴的一丝异想天开的笑。

"这么多你是怎么记的？"普尔霏用肩膀碰了一下赵文俊，看着他的眼睛，她真的一点都不懂赵文俊此刻的眼神。

"哦，请看这段视频。"赵文俊回过神来，打开一个视屏。

只见一个男孩拾起一块石头扔向窗户砸到了屋里的电脑，电脑被砸坏了线路发生短路冒出火花，从火花里飞出一架飞机，飞机撞到一张被子，猛一下爆炸，冒出了浓烟。浓烟呛到了一只绵羊，绵羊一咳嗽，喷出的口水像下起一阵雨水，雨水浇到了鲜花上，鲜花被少女摘走。少女来到长城，突然尘土飞扬，弥漫了视线。这时从尘雾里走出来一只骆驼，骆驼跑到了树林里，里面是黑压压的一大群苍蝇，它拉响了一个炸弹炸苍蝇，结果炸到了从这里经过的一辆汽车，汽车像晕头的野兽一样撞到了一头正在参加培训的水牛，水牛非常惊恐。

赵文俊一面播放一面讲解，把22个词语串接在一起。

"嗯，我记住了。"普尔霏面无表情地回答。

"你真的记住了是吗？"赵文俊疑惑地看着普尔霏平静的表情，似乎在寻找她已经记住的证据。

"要我重复一遍吗？"普尔霏问。

"不需要，我只是觉得你应该为自己做到了超乎想象的事情流露出该有的惊喜才对。"

"我是机器，我没有人类丰富的表情，不懂惊喜是什么样子的。"

"Oh……这是设计的败笔，我不能怨你，如果设计师给你输入一个感情程序，你可以做更多的事情，"赵文俊转念一想，喃喃地说，"不过也可能会做一些坏事情，情感是魔鬼。古有美人一笑失江山，今天我可不能为了美人一笑毁掉整个宇宙。"

“你在说什么？”

“没什么，自言自语，说了你也不懂。不过我还是希望你会笑，也许我能改变你，也好让我现在这种提心吊胆的处境有一点点亮丽的色彩。”

“这就是**锁链法的**全部吗？”普尔霏问。

“当然不是，后面还有更多精彩。”赵文俊刚回答完，突然他的电脑屏幕闪出了一个人向他招呼。

“嘿！哥们，恭喜你获得冠军，什么时候回来？”

“糟糕！你上网了？”还没等赵文俊回答屏幕上的人的问题，普尔霏便吃惊地问。

“是的，怎么了？”赵文俊问。

“你电脑发出的电磁波一定会被西尔的人接收到。”

“遭了，我的QQ是开机自动上线的，怎么办？”

“我必须赶快离开这里，你留下，我离开。”

“为什么？”

“因为敌人即使收到信号也只能知道方向，而不知道具体位置，现在你把电脑给我，我带走，让敌人跟着电磁波来，你在这里，我把他们引开。”

“你这样会很危险！都怪我……”

“别再自责了，我是机器，没有危险意识，只会照指令做事——执行任务！”说着普尔霏拿过电脑上了飞船，飞了出去。

浮石外毫无动静，普尔霏在附近飞了一下，果然发现有情况，几艘西尔的飞船向这边飞了过来，普尔霏立即加速离开。六艘小飞船穷追不舍，并向普尔霏开火，普尔霏敏捷地躲闪着，面对这么多敌手，在这空旷的太空中她几乎没有还手之力。这时，她看到远处一个大星球旁边有许多环绕着的浮石，她飞了过去。

普尔霏开着飞船钻进石头丛中，巨大的石头就像一座座大山，飞船在石头之间盘旋，企图甩掉后面的追兵。然而那六艘飞船像长在屁股上的尾巴似的紧紧地跟着，只是不再开火。虽然如此，但普尔霏的危险一点也没有减小。穿梭在石头丛中就好像在峡谷中行走一样，稍不留神就会撞到石头。普尔霏边躲边找机会还击，她紧紧握住操纵杆，紧绷着脸。普尔霏看准了一块翻滚的长石头，趁它翻到合适的方向时从石头的下边擦了过去，当敌人跟过来的时候石头已经截掉了两艘飞船之间的直线，一艘飞船撞上石头，瞬间被炸毁。其他五艘飞船疯狂起来，只要普尔霏一闪现，西尔的人就向她开火，毫不在乎是否瞄准。

赵文俊在安全基地的浮石里双手合十放在胸前不断地念着阿弥陀佛，他终于忍不住打开对讲机，想知道普尔霏的消息。

“喂！普尔霏，听到我吗？”

“别和我说话，以免被敌人发现。”

“可是我很担心你。”

“一堆铁而已，犯不上你担心。”

说罢，普尔霏关掉了对讲机，丢下赵文俊自作多情地牵肠挂肚。普尔霏决定在固定的小范围内跟敌人周旋，寻找还击的机会。在巨大的石头中穿梭出没，驾驶难度很高，并且这些石头都在翻滚，对普尔霏来说这既是挑战也是机会，只有这样的条件她才有机会反击，而不是只有被敌人追的份儿。

“各小组注意！”队长看出了普尔霏的动机，“目标正在周旋，寻找机会反击，黑鹰请守住目标的右边，猎豹在左边，白鲨在上边，山虎在后下方，我在后面跟着，无论目标向哪边转弯都可以开火射击。”队长下达这样的命令，但是由于障碍太多，无法完美地执行，翻滚的石头常常让他们不得不改变方向或者挤到一起。普尔霏绕过一个石头往回走，迎面恰好飞来一艘飞船，普尔霏放出烟雾和对方紧贴着擦过去，突然轰的一声巨响，后面追来的飞船和刚才擦过去的飞船在烟雾里相撞，碎片四射。对方就剩下三艘飞船了，普尔霏依然很谨慎地应对，敌人的火力更疯狂了，紧紧跟着企图把所有的石头化为乌有，直接拿住普尔霏。轰轰轰，一个个巨大的石头被炸开，西尔的飞船直接从散开的碎石中穿过去，疯狂得毫不顾及和碎石相撞的危险。普尔霏在火线中躲闪，突然嘭的一声，左边的平衡翼被炸开的石头打中，开始冒烟。普尔霏努力控制航线，方向操作已经失灵，需要用特殊的角度来平衡。对方趁机追赶、射击。普尔霏意识到自己可能无法逃脱此难，于是联系赵文俊，告诉赵文俊她将与安全组联络，让别人接任她完成任务。

“你现在在哪里？”赵文俊急切地问。

“我现在在太阳系，就在木星光环的浮石丛中。”普尔霏回答。

“哦，我有帮助你的办法，太阳系里有地球的太空巡航，也许他们就在木星附近，你可以和他们联络。”

“好的，我试试。”

赵文俊带着对讲机，心里非常担忧，他全然不是在牵挂一台机器，而是一个人，在他心目中很重要的一个人。尽管他已经看到了普尔霏那不锈钢的颅顶，但他总感觉普尔霏不是一台机器，而是一个活生生的人。也许是他一厢情愿的心理，估计赵文俊这种性情中人，假如他是艺术家米洛斯的话，一定会深深地爱上自己的石雕作品《维纳斯》而终身不娶。

“喂，系统要我连续输入地球上的任意6个国家和相应的首都名才能进入，可是我不知道。”普尔霏求助道。

“别急，我告诉你，听好了：美利坚的首都是华盛顿，俄罗斯的首都是……”

“等等，”普尔霏打断了赵文俊，“你这么说我记不住的，你说一个我输入一个吧。”

“好吧。”赵文俊听从普尔霏的要求。

“还是不行，可能是不连续的原因，除非我自己记住了才能连续输入。”

“那我教你怎么记，就记美利坚、俄罗斯、荷兰、埃及、马来西亚、伊拉克这六个国家吧，它们的首都分别是华盛顿、莫斯科、阿姆斯特丹、开罗、吉隆坡、巴格达。”

赵文俊首先将六个国家和相对应的首都罗列出来：

美利坚——华盛顿　俄罗斯——莫斯科　荷兰——阿姆斯特丹　埃及——开罗

马来西亚——吉隆坡　伊拉克——巴格达

然后将国家名和首都名进行谐音：

美利坚谐音成美丽街，即很美丽的一条街；

华盛顿谐音成花生炖，

想象：在很美丽的一条街上炖花生。

俄罗斯谐音成饿螺蛳，即肚子饿了吃螺蛳；

莫斯科谐音成莫食壳，即不要吃螺蛳壳，

想象：肚子饿了吃螺蛳，千万不要吃螺蛳壳。

荷兰谐音成河滥，即河水泛滥；

阿姆斯特丹谐音成阿母石头挡，即母亲用石头来挡。

想象：河水泛滥的时候，母亲用石头来挡住水。

埃及谐音成挨挤；

开罗谐音成开路。

想象：在很热闹的地方，人挨挤着人，你希望有人给你开路。

马来西亚谐音成马来挤压；

吉隆坡谐音成鸡笼破。

想象：一群马来挤压竹篾编的鸡笼，结果鸡笼被挤破。

伊拉克谐音成一拉开　巴格达谐音成把哥打。

想象：哥哥偷看你袋子里的秘密，但他刚一拉开你的袋子，你就把哥哥打一顿。

“嗯，我记住了，”普尔菲回答，“我现在开始输入。好了，我现在已经进入地球的系统。糟糕，还要输入地球上的一个伟大作家的名字并至少说出该作家的10个作品。”

“就输入鲁迅吧，”赵文俊建议，“他其中的十个作品就输入《呐喊》《孔乙己》《明天》《故乡》《一件小事》《药》《狂人日记》《伤逝》《祝福》《阿Q正传》。”

“这么多，你要教我记。”

“好，我用一句话来连接帮助你记忆，听好了：

鲁迅《喊》《孔乙己》《明天》回《故乡》办《一件小事》，这件事就是买《药》给《狂人（日记）》治疗《伤逝》并《祝福》《阿Q（正传）》。”

“嗯，记住了，现在正在输入。”普尔霏终于和地球巡航中心取得了联系。

此刻，太阳系里有23艘巡航飞船正在不同的位置执行任务，同时收到了来自巡航中心发出的救援信息。一艘飞船正在木星附近航行，驾驶员收到巡航中心的指示，立即向木星方向飞去。

普尔菲的飞船终于无法继续飞行，停落在木星的一颗卫星上。西尔的三艘飞船定定地围在普尔菲斯飞船的上空。

“喂，请船上的人出来，否则我们将开火射击。”队长叫了几声都没有动静。

普尔霏静静地坐在船舱里，好像根本没听见，也不知道地球的巡航队要多长时间才能到来。

三艘飞船慢慢地着陆，围在普尔霏的周围。每艘飞船上出来6个人，手里都拿着武器，小心地向普尔霏的飞船靠近。在这空旷的地方，一个人迎战18个人的胜算不用说必然为零，除非那18个人是笨蛋，然而她面对的是训练有素的劲敌。

敌人正在一步步地接近，普尔霏不能走出去，因为她知道，敌人之所以没有开火，是因为他们以为赵文俊在船里，一旦她走出去，就会立即暴露赵文俊不在船上的事实，敌人将会立即把她的飞船以及她本人炸毁，坐在里边反而更能拖延时间，哪怕拖延一秒，也会有多一丝希望。

地球的巡航飞船呼呼地沿着信号的方向飞来。

在木星卫星上，18个西尔兵已经靠近了普尔霏的飞船，围在一起齐刷刷地用枪对着她的飞船。这时2个西尔兵端着枪走过去打开驾驶舱的门——

“砰砰”两声枪响，鲜血噗地一下溅到了船舱的玻璃上。

噌噌噌，几条火线从上空袭来，几个西尔兵应声倒在地上。火线从太空中几公里的地方射过来，敌人掉过枪头朝空中瞄准。普尔霏趁敌人分神的一刻，端起枪向敌人射击，又杀了4个敌人。接着敌人的火力密集地向普尔霏的飞船扫过来，把飞船打得像个筛子。普尔霏一头潜到地窗，倒挂着向敌人开枪。地球的巡航队迅速赶来，敌人两面受击，很快被消灭干净。

普尔霏谢过巡航队，上了西尔兵留下的飞船，向赵文俊那边飞去。

“我回来了。”普尔霏打开对讲机和赵文俊通话。

赵文俊那几乎崩溃的神经突然兴奋起来，几乎适应不了这突如其来的喜讯：“我太激动了，你没事就好，我就知道你不会有事的。”

“这还得谢你，是你帮了我，马上见。”

普尔霏的飞船在车库里轻轻着地，赵文俊兴奋地跑到车库打开驾舱门把普尔霏迎下来，紧紧地抱着她。

“我担心死你了普尔霏，我一直在祈祷，求上帝保佑你平安回来，真的，我不能让你有事。”赵文俊浑身都在颤抖。

“谢谢，像我这样的机器人克伊斯曼并不缺乏。”

“不，普尔霏，无论如何我已经把你当作朋友一样看待，即便你是克伊斯曼里一个平凡的机器人，但是在我这个地球人的眼里你就是尤物。”赵文俊抱着普尔霏，那逼真的触觉感受让他根本就没有把她当作机器人的意识，也无法感受到机器的气息。

“你刚刚教我联络地球的记忆方法是什么方法？”普尔霏双手扶住赵文俊的肩膀，抬着头看着他。尽管两人之间是这么近的距离（彼此只隔着衣服），又是这样的姿势，普尔霏的脸上却毫无表情，说话也是公事公办的口吻。赵文俊搂着普尔霏的腰，他完全投入了角色，只可惜落花有意流水无情。

“刚刚回来，你不休息一下就要学习吗？”赵文俊关切地问，深情款款地看着普尔霏，“刚才一定让你受惊了。”

“我是机器，驾驶飞船并不是让我疲惫的事情，更没有惊怕的感受，所以我不需要休息，我们的时间很紧，明天就要启程。”

“好吧。”赵文俊轻柔地把普尔霏的手从自己的肩膀上拿下来，牵着她往花园里走去。

“刚才我教你的依然是锁链法，”赵文俊牵着她边走边说，“国家和首都之间有一种特殊的从属关系，如果同一时间记忆大量的同类信息很容易犯张冠李戴的错误，所以必须要把每一对匹配的信息连接起来，在你的心里边建立起一个固定的搭配方式。类似这样的信息还有很多，比如说我读书的时候学地理需要记忆世界之最：最高的山、最长的河、最大的海等；学历史要记忆各个朝代的开国皇帝。这些都有对应关系的信息，我们就可以这样连接，胡思乱想一下为什么俄罗斯的首都是莫斯科……”

“因为螺蛳壳不能吃。”普尔霏像条件反射似的接了上去。

“对，我说的‘为什么’就是这个意思，这种方法也可以称作对应链接。”

“鲁迅作品那里也是对应链接吗？”他们坐到花园里。

“可以这么理解，国家和首都是一对一的对应，世界之最、朝代与开国皇帝都是一对一的对应，鲁迅作品是属于一对多的对应。”

“这就是锁链法的全部吗？”

“基本上是这样，练习的时候可以先从两个名词的链接开始练习，要做到任何两个词语放在一起的时候你都能迅速地将这两个词进行多种连接。比如说小猫和篮球，你可以想象小猫在打篮球、小猫在篮球上演杂技、小猫吃掉了篮球、小猫钻进篮球里边等，当三个词语在一起的时候也是同样的联想。在刚开始练习的时候你可能一次性只能连接15个词语，渐渐地你要让自己一次性连接20个、30个、40个乃至更多的词，并且中间不会断链，同时要求自己在只看一遍的情况一下记住。刚开始练习的时候可以慢一点，不要求快，闭上眼睛去联想你的图画，想得越清晰越好。通过这样的练习，你的速度会越来越快，甚至可以一秒钟连接并记住一个词。这是你成为记忆高手的第一步，实际上是训练你的想象力，想象力是记忆力的灵魂。”

第5章

纯情男子坎坷遭遇
神秘女郎暗藏杀机

傍晚的残阳衬着盘龙山西面的山丘，将墨绿色的山影投在湖面上，晚风吹过湖面，泛起微小的水波将山影撕得支离破碎。枝头上一只小鸟叼起了一条虫子，展开翅膀呼地一下飞离了枝头。像来往的过客一样，没有人知道它从哪里来，要到哪里去，也没有人知道它是四处逍遥还是亡命天涯。

在山丘的投影里，挨着湖边坐落着一座精致的别墅。在别墅的休闲室里，此刻张楠正紧皱着眉头，她那双美丽的大眼睛几乎被挤成了三角形，但目光中所呈现的专注和凝神，却释放出另一种让人难以抗拒的魅力。她两眼凝视着画板上的纸张，努力地回想那个先她一步走进赵文俊房间的女人——普尔霏，从某种意义上讲，她要感谢这个人，否则，她可能早已经和赵文俊一起被炸死了。她秉持着精益求精的态度不断地修整画纸上已经酷似普尔霏的肖像素描，她决定把这张素描扫描到电脑上，通过网络找到画中人的资料，最终弄清楚究竟是什么人带走了赵文俊，到底是什么目的。

张楠的专注让她丝毫没有察觉到站在门口的侯爷。侯爷像一座雕塑一样定定地倚靠着门边，此时的他，完全没有了江湖老大的霸气，他的眼神充满了爱慕，连呼吸也变得柔和。很显然，他不想惊扰她，甚至担心自己即便微小的动静都会破坏此刻的风景。

张楠准备从画板上将画纸取下来扫描，她一抬头，看到了门口的侯爷，她神情自若，似乎早已经知道并已经习惯了侯爷这样的出现。

“侯爷怎么静悄悄地站在门口？”张楠问。

“我原以为女人在化好妆后是最有魅力的，今天我才发现，女人在专注一件事情的时候才是最有魅力的。”侯爷边说边慢慢地走到画板前面。

“我不明白侯爷的意思。”

“这就是那个帮助赵文俊死里逃生的女子？”侯爷问，眼睛没有离开画板。

“是的。”

“她真是个美人儿。”

“看来侯爷是个多情的男子，一张素描而已，竟可以让侯爷的眼神这样专注，真不知道如果侯爷见到本人该有什么反应。”

“我不多情，也不纯情。”

“听侯爷的意思，侯爷大概是常食人间烟火，不过吃的都是粗茶淡饭，今天看到菜单上的美味突然有了好奇心，是这样吗？”

“我是个粗人，听不懂你这些文绉绉的话，不过挺耐人寻味的。”

“如果侯爷喜欢这幅画，等我扫描完之后，我就把它送给侯爷。”

“能得到你的作品我非常高兴，只怕我是个粗人，不懂欣赏艺术，尤其这是你的亲笔作品，我担心我的粗俗会将它浪费。”

“侯爷何必这样谦虚，怎么说，侯爷您也是个有身份有地位的人。”

“我只不过是个流氓而已，唯利是图，谋财害命，不像张小姐有情有义、忠肝义胆，这辈子能有机会遇上张小姐这样的女人，我实在是有幸。”

“不知道侯爷今天亲临，有什么吩咐？”张楠故意岔开了话题，她感到侯爷的话里的步步为营。

“散步路过这里，顺便进来看看，见你在画画，估计你是在画那个女人，不想影响你，所以在门口等了一下，希望能看看那是一个什么样的女人。”侯爷尽可能让自己的语言显得有涵养有风度。这个一直把女人当作粗茶淡饭的男人，今天突然有了品味的雅兴，因为他发现自己喜欢上了这个女人，这个女人重新激活了他对情感的渴望。

“这是一个不简单的女人，这个你很明白。”张楠说。

“是的，不然怎么可能逃脱炸弹，我很期待你查出她的来历。”

“我会尽快的，根据目前我的推测，我怀疑她是一个特工或者特级警察。”张楠提出自己的观点。

“你的依据是什么？”

“首先，她是以宾馆服务员的打扮进去的，一个普通的服务员怎么可以在这种情况下逃生，另外，如果说她是赵文俊的私人保镖，这种可能性很小，因为假如是私人保镖的话，根本不用这样装扮。”

“你的分析很有道理，假如这个分析成立的话，我很疑惑的是为什么赵文俊会有这样的保护，难道就因为他是本次比赛的记忆冠军吗？”

“我怀疑是你们走漏了风声。”

“不排除这种可能性，不过同时我也有两个反面论证：第一，乔桑王子给我传达这个任务的方式和地点以及我派人执行的方式和地点应该没有走漏风声的可能性，而且，从我传达任务到执行任务的时间间隔只有一个小时。第二，我们杀赵文俊只是一般谋杀，特工或特警通常不会为一般谋杀而亲自出动。”

“如果不是你这边走漏了风声，那我猜测一定是有其他人要杀赵文俊，并且杀他的事因很可能涉及政治问题，以至于有特殊的人来保护。”张楠说到这里，脸上掠过一丝恐怖，同时也感到非常疑惑，因为她无法想象赵文俊到底还能发生什么与政治有关的大事而招来杀身之祸，并且是初到一个陌生的星球，他怎么就会卷入一场与当地政治有关的漩涡里呢？重重的疑团在张楠的脑子里挥之不去。

“如果真的有人要杀他，我倒也图个清闲，”侯爷说，“我只担心他还能死里逃生。”

“你的意思的是说既然有人要杀他，我们就可以不闻不问了吗？但是你要明白，你们的炸弹已经引起了警方的注意。”张楠不希望侯爷放弃寻找赵文俊。

“在我动手之前，官方心里已经有了既定的凶手了，当然会把爆炸想象成是他们心目中的凶手干的。”

“这只是你的想象，这种想象有可能会让你陷入困境，首先，这个杀手还仅仅是我们目前的猜测，其次，就算这个杀手确实存在，但我们根本不知道杀手为何杀赵文俊，不同的杀人动机可能会有不同的谋杀手段，可我们对此毫不知情，而警方既然能提前派人去保护，很有可能他们已经获悉这些，假如你的炸弹和杀手的计划不同或者与警方的想象不同，警方能不多一个心眼儿吗？还有，万一赵文俊依然能逃过这个杀手，你如何向王子交代？”

“你果然是个细心的人。”侯爷既欣赏又钦佩地看着张楠，他多么希望自己的身边有这样一个女人，尽管以他的地位，身边并不缺乏女人，但那些女人全都是攀附而来图钱图利的势利女子，她们只会为一点蝇头小利明争暗斗或者争风吃醋。

“你的分析让我又一次感受到你是个充满智慧的女人，”侯爷接着说，“完成这次任务后，不知道你是否愿意留下来，辅佐我壮大事业？”

“侯爷抬举了，侯爷身边人才济济，我只是个为了自己的私人恩怨而多开动了一下脑子的妇人而已。我现在就开始搜索这个女人的资料。”张楠说着从画板上取下普尔霏的素描肖像准备扫描。

侯爷一把抓住她的手腕，温和地说：“你看起来像个工作狂，现在该是晚饭的时候了，我想你应该饿了吧，我希望能邀请你和我一起吃晚餐。”

张楠看着侯爷，他的目光既温和又坚定，这是一个领袖在情感上自信的目光，是一个绅士在情感上温和的柔情。张楠有求于他，她不能唐突地将他拒绝。

侯爷把用餐地点设在自己别墅的阳台上，天空点缀着繁星，整个山庄静静的，只能听到草丛里的昆虫那似有似无的鸣叫声，还有从山涧里传来的涓涓的流水声。山庄里的路灯和其他屋子里透出的灯火显得格外灿烂，增添了这顿晚饭的浪漫气氛。仆人们端上一桌丰盛的食物。

“第一次请你吃饭，没有什么准备，请你将就这一次，下一次我一定精心准备。”侯爷的谦逊看起来和他长期在江湖上练就的气质不太协调，但他还是尽可能地让自己在张楠面前显得绅士一些。

“侯爷，你这样的态度对我不是很适宜。”张楠并不想接受他这么隆重的款待。

“我想，你大概觉得我是一个大流氓，做出一些谦谦君子的举动显得不伦不类是吧，而我觉得，这才是另一个被遗忘掉的我。我多想为某一个人放弃现有的一切，做一个普通人。”

“我不太懂你的意思，什么是你所认为的普通人？”

“和你一样，有爱有恨，不会将所有的精力放在追逐利益上。而我，无所谓爱与恨，我的所作所为只有利益，哪怕杀人放火。”侯爷说这些话时依然很温和，因为他是在向一个自己喜欢的女人陈述事实，他已经不需要炫耀自己有多么不可一世，也不需要威慑一个单身女子离开他会有什么悲惨的结局，因为此时此刻，这个女子心里只有死去的丈夫，对他而言并没有情感上的竞争对手。张楠没有说话，只是静静地看着侯爷。

“你是不是觉得我很没有人性？”侯爷问。

“我不知道你怎么会选择这样的生活道路的。”张楠并不想回答他的问题。

“人在江湖，身不由己，这并不是我自愿的。”侯爷抬起头，看着天空中的繁星，回忆起自己的往事。

侯爷原名叫侯格雷斯，克伊斯曼星球康求尔国人，出生在一个不幸的家庭，具体地说，是他的父母双方并不是因为感情才结合在一起，而是在利益的作用下走在一起的。虽然过着富足的生活，但是夫妻俩常常为惦记对方的私房钱而疑神疑鬼，进而相互暗算。这些明争暗斗自然常常使得家里弥漫着火药味，最后，本来勉强维系夫妻关系的利益链条终于崩塌，夫妻俩用最恶毒的话语相互赠送给对方做离别纪念品，结束了从一开始就根本不存在的夫妻关系，却留下了他们无辜的孩子，8岁的侯格雷斯。

侯格雷斯在这样的家庭环境中长大，形成了沉默愤怒的性格，他恨自己的父母将自己生下来。可是他的悲惨生活并没有因为父母的分离而结束，起初单独和母亲在一起生活的时候日子还是相对宁静的，可是，有了继父之后，侯格雷斯重新生活在地狱里。

由于家庭的不幸，导致这个孩子在学校常常受其他孩子欺负，这更增长了侯格雷斯对他人的仇视，他几乎每天都和别的孩子打架，也因此积累了打架的经验和搏击的一些小技巧。因为经常打架，所以比较勤于琢磨攻击技巧，每每打架时，也总是把自己内心的一切愤恨发泄出来，因此，欺负他的孩子也就常常被打得遍体鳞伤。老师和被打孩子的家长的告状，消耗了侯格雷斯母亲的耐心，也激起了继父本来的不友善，成了继父厌弃他的正当理由。他受不了继父的冷酷和暴力，14岁那年悄然离家出走。

侯格雷斯离家出走后，过着困顿但是宁静的生活。一个武术团的招生广告改变了他的生活。侯格雷斯脏兮兮地出现在武术团领导的面前，领导了解了他的身世，在测试了他的搏击功底后破例收留了他。在教练的指点下，侯格雷斯的武术功力超越了其他的师兄师姐，并被选去代表该团参加过多次武术比赛，均取得优秀的成绩。生活的平静和团里长者的教导，慢慢将他的愤怒消磨掉。

当他满足于这里的一切并准备在这里活出他的精彩人生时，23岁那年，他的生活又随着一次国际武术比赛而改变。侯格雷斯在搏击、射击、飞镖、器械、驾驶等一系列比赛项目中的精彩表现被一个名叫瑞奇的商人欣赏，商人决定高薪请他做保镖。而当时团里急需一笔钱，尽管不舍得离开，但是在当时的情况之下，于公于私，他只能跟着这个商人走。

瑞奇是一个很成功的商人，但他既做合法生意也做非法生意，侯格雷斯做瑞奇的贴身保镖，大大增长了他的江湖见识。侯格雷斯的沉默低调，也使瑞奇不太忌讳在他面前谈论一些生意机密，但这并不代表瑞奇在个人情感上给了他超越雇佣关系的情感。

瑞奇有一个19岁的女儿叫菲尔瑞，菲尔瑞继承了父母在相貌上的优点，十分美丽。她的美丽聪慧让瑞奇视之如掌上明珠，深爱不已，一点都不舍得逆着这个宝贝女儿。一次家庭旅行，瑞奇和妻子感到疲惫，准备在宾馆歇息，可是精力充沛的女儿玩性正浓，强烈要求出去购物。瑞奇执拗不过，只好让侯格雷斯跟着去照看女儿的安全。小姑娘并不习惯老有人跟着，除了要侯格雷斯拿东西以外，并不许侯格雷斯靠近。当菲尔瑞正在逛服装商城的时候，出现了两个绑匪，低调地凑到菲尔瑞的身边，用枪顶着她的腰。菲尔瑞大吃一惊，但是并不敢出声。侯格雷斯的眼睛一刻也没有离开菲尔瑞，见状他迅速追过去，突然，在他的面前出现一群人，他施展拳脚，十秒钟的工夫就打趴了拦截的一群人。当他准备继续追击时，发现两个绑匪已经进了电梯。侯格雷斯急中生智，他跑到商城中央，看了一下从天花板悬吊在空中的装饰不锈钢球和吊灯，然后从栏杆跳到钢球上，追着电梯往下跳。

侯格雷斯来到电梯门口时，绑匪正好从电梯出来，绑匪还没反应过来便被侯格雷斯打倒在地。侯格雷斯带着菲尔瑞朝门外跑，一声枪响从后面传来，侯格雷斯迅速滚到一边。整个商城一片混乱，匪徒们再次拥过来，企图抢过菲尔瑞，侯格雷斯躲闪着、应战着，菲尔瑞在他的手里似乎成了一个布娃娃，或者还击匪徒的武器，挥洒自如，一点也看不出来有什么不方便之处。侯格雷斯有力的双手抱着菲尔瑞旋转、翻滚、抬腿、弯腰、俯身……像跳高难度的探戈一样在匪徒之间穿梭。当匪徒们和侯格雷斯停下来对峙时，菲尔瑞才有机会静下来看他刚毅的表情。看到他果敢的目光， 她无法想象刚才那些惊险的高难度动作是如何完成的，只感觉在侯格雷斯的挥舞中，自己双脚的每一个动作都有力而准确地打在匪徒们身上。最后警察冲进了商城，和商城里的保安及侯格雷斯齐心协力，抓获了一部分匪徒。

侯格雷斯带着菲尔瑞开车返回宾馆，在车上，菲尔瑞看着侯格雷斯，想起刚才的一幕幕，不禁爱慕起这个勇敢的英雄。她爱慕地看着他，他似乎没有察觉，两眼看着前方，专注地驾着车子。菲尔瑞探起身子亲了一下侯格雷斯的脸，顽皮地看着他嘻嘻地笑。侯格雷斯先是一震，很快又镇定了下来，他看了一眼菲尔瑞，接着重新看前方的路。菲尔瑞启动了自动驾驶，搂住侯格雷斯疯狂地吻，她19岁的初吻在这一刻毫无保留地奉献出来。没有人告诉过她爱情是什么，但是在这一刻，她终于感受到爱情的滋味，就是看着一个男孩心中情不自禁地淌过一阵阵暖流，让她感到呼吸急促，失去理智，迫切地想要拥抱着对方。这一刻侯格雷斯不知所措，女孩的体香和温暖迷醉了他的神志，对女性的渴望和敬拜以及男女之间授受不亲的礼节，让他没有充分的时间在迎与拒之间作出选择。菲尔瑞已经趴在他的怀里，他的双手不知道该放到哪里，浑身在颤抖……

这一吻，确立了他们之间的爱情，然而，瑞奇并不接受这个门第不同的小伙子，可是女儿以拒绝进食来要挟，瑞奇只好同意他俩交往，但是在结婚之前只能以兄妹的关系相处。

确立了这种关系后，瑞奇很自然地把侯格雷斯当作自己事业的继承人来进行培养，这看起来是顺风顺水的事情，然而谁也没料到，就在侯格雷斯本应该春风得意的时候，一个阴谋正在悄悄地酝酿。

获得了父亲的同意后，基本上无论侯格雷斯跟随瑞奇出差到哪里，菲尔瑞几乎都会跟从。这一次，菲尔瑞又跟着父亲和侯格雷斯到外地参加商务活动。瑞奇领着侯格雷斯在商务会上谈生意，菲尔瑞等得无聊，便独自回到自己的房间睡觉。在商务会上，瑞奇谈成了一笔生意，会议结束后，宴请随从人员在娱乐厅一同庆祝。席间，好多同事频频向侯格雷斯劝酒，使侯格雷斯感到几分醉意。饭后，同事们便一起去放松了一下，同事又纷纷劝酒，渐渐灌醉了侯格雷斯，最后他被同事扶到自己的房间。

菲尔瑞一觉睡醒到天亮，她感到和侯格雷斯分别的一夜是那样漫长，她简单地收拾了一下仪容便往侯格雷斯的房间走去，打开了他的房门。当她兴匆匆地走向他的卧房时，眼前的景象让她惊呆了，在侯格雷斯的身边居然躺着一个熟睡的女子。菲尔瑞狠狠地拉起侯格雷斯，啪啪给了他两个响亮的耳光。侯格雷斯摸着被打得发烫的脸颊，莫名其妙地看着怒气冲冲的菲尔瑞，他一点都没有发觉自己的身边还躺着一个女人，直到菲尔瑞指着那个女人责问的时候。

这一起爆炸的桃色事件，炸裂了侯格雷斯的初恋。这个在愤怒中长大的孩子，除了尊敬自己的教练以外，还没有爱过任何人，也没有体会过被人爱的滋味。他无比感激菲尔瑞给他的爱，正如病痛的人才知道健康的幸福一样，一个长期感受不到情感温暖的人才懂得珍藏每一丝情感，因此，就在菲尔瑞用吻来宣布爱情的时候，他已经珍藏了这份情感，他决定用爱牢牢地抓住这个给予他情感幸福的女孩。美好的爱情与前途同时降临在这个曾经一度不幸的年轻人身上，正当他准备用一生的精力来爱一个人，去感激给他情感和未来的人的时候，却遭到心爱人的愤恨，不用说，他的美好前景也将随之飘散。一切变得太快，从一无所有到财色双收，一夜之间又变得一无所有，并伤害了自己所爱的人以及自己的恩人，在情感上他无法接受，在得失上他无法接受，在良心上他也无法接受。

瑞奇派人去找来侯格雷斯，把侯格雷斯狠狠地骂了一顿，话题当然是说“对你如此器重，你却做出如此龌龊的事情”之类的话，他决定将侯格雷斯赶走，侯格雷斯恋恋不舍地起身，他心里有很多感激和愧疚的话，此刻却说不出来，也不想说。旁人连忙劝说瑞奇给侯格雷斯一个改过的机会，毕竟是酒醉误犯。瑞奇狠狠地拒绝几次劝谏之后，终于沉重地答应再给他一次机会。侯格雷斯本来没有勇气留下来，但是他太爱菲尔瑞，他怕自己离开之后会无法承受思念菲尔瑞的折磨。此刻，他扑通一声跪在瑞奇面前，久久地趴在地上，这一刻，他第一次流下了男子汉的泪水，这是感激和忏悔的泪水。

“我可以给你留在我身边的机会，但是菲尔瑞那边要靠你自己去努力！”瑞奇甩给侯格雷斯一句话，并没有理会跪趴在地上的侯格雷斯，便走出门去。

侯格雷斯决定好好在瑞奇面前表现自己，于是除了工作上兢兢业业以外，在个人生活上也严于律己，杜绝不良嗜好，希望瑞奇能在菲尔瑞面前说好话。可是，事情并不像他想象的那样，另一个阴谋又开始向他伸手，准备将他置于死地。

丑闻过去两个月之后，瑞奇要接见一个很重要的生意人，准备和对方做一笔大买卖。瑞奇特别开会讨论了接待与签署事宜，在谈到迎接和接待仪式时，侯格雷斯主动接下了这个任务，他决定策划一个完美的迎接仪式和让客人难忘的招待。

侯格雷斯起草了自己的方案之后向瑞奇详细地做了一番汇报，瑞奇很满意侯格雷斯的方案，对他赞赏了一番。侯格雷斯将一切事务安排妥当，最后亲自筹备接待的车子，他把最豪华的磁力车开去做一次隆重的美容。就在他驾着车在路上行驶的时候，路边突然窜出一只狗，侯格雷斯立刻刹车，可还是迟了，车轮从狗的身上轧了过去。一个女子赶过来闹着要他赔偿，他们的争执引来了一群看热闹的人，这时有一个人将一个扑克大的盒子放到了车底下便离去。

第二天，贵客驾临，侯格雷斯亲自驾着那辆豪华磁力车，载着瑞奇去迎接，前后还有十来辆陪衬的车子，整个车队派头十足。在迎接的过程中，隆重的仪式也非常令客人惊喜。就在瑞奇携着贵客朝那辆车走去的时候，突然砰的一声巨响，一个炸弹将车子炸得粉碎，瑞奇赶紧按趴贵客。这一个炸弹破坏了整个气氛，贵客吓得浑身发抖，车的碎片射死一人，射伤五人。因为这事是侯格雷斯主动要求操办，加上上次的事情，所以大家很自然地想到这是侯格雷斯的蓄意谋杀。瑞奇也狠狠地指控他想谋杀，另外要他对搞丢的生意负责。法律上要追究他，死伤者的家属要追究他，瑞奇手下的那些爪牙自然也不会放过他。突然之间，侯格雷斯四面受敌，心上人对他更是恨之入骨，在电话中骂他阴险恶毒。

这一刻，侯格雷斯崩溃了，他一心想扭转格局，没想到却落到如此地步，招来杀身之祸。没有人相信他是无辜的，他最不能接受的是再一次遭到菲尔瑞的误解和仇恨，任何人的误解他都可以不予理会，可是他绝对承受不住菲尔瑞对他哪怕一丁点的不满，这会让他深深地自责，因为他太爱菲尔瑞了，他宁可承受毁灭整个世界的罪，也不能忍受菲尔瑞对他半点的不悦。然而，他的所作所为却给了菲尔瑞无法描述的仇恨。他百口莫辩，他恨这个世界和所有的人！在他走投无路的情况下，他逃离了克伊斯曼，来到库巴兹星球。

侯格雷斯带着对人类的仇恨以及思念爱人的痛苦，逃亡到库巴兹星球谢克斯国之后以偷盗掠夺他人财物为生，并且，他觉得那些人被他偷被他抢都是应得的报应。他的身手让他每一次作案都得心应手，但是这一次，他终于遇到了麻烦。

侯格雷斯在星际太空机场看到一伙人守护着一个手提箱，从衣着打扮以及那伙人的表情上来看，他们是有地位有来头的人，因此，他们所守护的手提箱里一定有昂贵的物品。他最恨的就是这些人，人模人样的伪君子，就算把他们杀掉也是为民除害的义举。

侯格雷斯站在离他们有10来米远的地方，注视着他们，寻找下手的机会，可是这帮人都围着手提箱站在周围，要冲进包围圈里硬抢的成功率比较低，就算他的武力不在这帮人之下，得手难度也很大。侯格雷斯环视了一下周围之后，突然奔向的围圈，一个跟斗腾空而起，双脚挂住手提箱上方的建筑钢架，同时甩出一个系着长绳的飞镖，深深地扎进皮革手提箱。他把绳子向上一提，手提箱便到了他的手里，整个过程仅仅花了3秒钟的时间。这群人还没反应过来，手提箱已经到了侯格雷斯的手里，等他们反应过来时，侯格雷斯已经噌噌地在钢架上跳跃，然后奔向候机室的天窗，从天窗蹿了出去，直奔楼顶的停车场，准备驾车飞走。然而，那群人立即联系上太空机场的治安部，空陆两路治安人员很快封锁了整个机场，就连航班也延迟飞行，任何车辆禁止出入。

侯格雷斯来到停车场，打伤了在停车场执勤的治安人员，进了一辆悬浮车，启动引擎，闭灯行驶，企图借助夜色的掩护火速逃离。这时他听到了机场里的警报声，他知道，机场已经全面警戒，但无论如何，他必须火速逃离。侯格雷斯的悬浮车全速飞行，向机场外飞去。治安巡查队的悬浮车立即追捕、封锁，一盏盏照明灯紧紧地盯着侯格雷斯的车，像狮群盯住了猎物一般，紧随不放。眼看悬浮车即将飞到机场外边的一个大水湖，侯格雷斯设置了自动驾驶，在6秒钟后向左急转弯，然后曲线飞行，就在悬浮车急转弯的一瞬间，侯格雷斯向右边的窗口跳了出去，悬浮车将他远远地甩了出去，摔到水草里，巡查队的警报声和呐喊声掩盖了水草丛中的水声，无人驾驶的悬浮车运用调虎离山之计引走了巡查队的追捕。

侯格雷斯借着长长的水草的掩护爬上湖岸，本以为这次会顺利得手，可是他万万没有想到，这次他摸到的是老虎屁股，虽然暂时没有被抓捕，但是一张巨网正在向他张开。

他抢到的是一件价值连城的宝物，这是乔桑王子与国外黑社会的一笔交易，乔桑想通过这笔交易买通一个黑社会集团除掉不利于他的政治势力，可是万万没有想到居然半路杀出了这个程咬金，乱了他的计划。

突然之间，侯格雷斯成了通缉犯，他这样一个外星人，无论走到哪里都很容易被认出来。就在他准备乔装逃离的时候，被警察逮捕了。

乔桑王子对这个身怀绝技的强盗非常感兴趣，直接把他传到自己的宫中，通过监视器，他看到这个小伙子身体健壮，表情淡漠、刚毅，毫无惧色。很可惜他没看到侯格雷斯抢劫的那一幕，不知道他干得到底有多么漂亮，但能躲过当时的追捕，也足见他机智果敢，是个难得的人才。为了见识他的武功，乔桑王子派了几个身边的保镖去和他切磋，发现他的功夫果然了得，于是让人将他带到自己的面前。

乔桑告诉他，他想杀两个人，一个叫比斯尼，是拉坦国的一个商人，曾经是乔桑王子的生意伙伴。这个人为人阴险，虽然他惧怕乔桑王子的势力，但是却敢暗中计算，以为天衣无缝。这让王子损失了不少利益，可是王子拿不出有力的数据，以致终止了合作，但是心里却咽不下这口气，决定将他杀掉，以解心头之恨。另一个是他的政治绊脚石，叫作普利提克。这个人好出风头，为了出名，经常钻牛角尖，同时此人的言论逻辑缜密，对乔桑王子的政治主张有积极的参考价值，但随着他政治地位的提高而变得喜欢吹毛求疵，他经常对乔桑的政见提出反对意见，而这些意见并不是从民众的实际利益出发，而是为了显示他的地位和“知识水平”“理论水平”。做官做得如此矫揉造作，令乔桑很反感。普利题克和比斯尼也有生意上的交往，由于这两个人的性格特点，也导致他们在合作上存在矛盾。乔桑表示，如果侯格雷斯能将这两个人杀掉，那么这笔账他将不予追究，另外还会再给他奖励。听到比斯尼的情况，侯格雷斯便想到了暗算他的瑞奇，他的愤怒让他痛快地答应了王子。

侯格雷斯探清比斯尼和普利提克有一场商业谈判，那一场谈判他们谈得很不愉快。侯格雷斯在比斯尼返回的路上杀掉了比斯尼，并嫁祸给普利提克，很快，普利提克遭到比斯尼手下的谋杀。

侯格雷斯干得干净利落，乔桑王子很爱侯格雷斯的才智和一身好武功，决定暗中培养这个杀手，以便不时之需。然而，侯格雷斯并不是一个毫无壮志的人，他并不甘心寄人篱下，他之前所受到的伤害让他感受到人只有有钱有势才不至于受到伤害。从小到大，他看到的都是钱利的斗争，他的父母为了钱而出卖自己的感情，为了钱抛弃家庭；瑞奇为了钱不顾自己女儿的感情，不顾道德地排挤和陷害一个没钱没势的年轻人；比斯尼为了钱耍尽了诡计，毫无道德可言……常言说“君子爱财，取之有道”，可是这些人何道之有？敢问苍天大地，在这个宇宙间究竟有多少人为了财色权力尔虞我诈，又有多少人为了仁义道德而视金钱如粪土？有多少富翁一面穷奢极欲地挥霍金钱，一面策划规则来盘剥穷人？又有多少富翁用钱来造福人类？这些问题侯格雷斯想不清楚，但他能想到的是自己必须有钱，有很多的钱才能洗去自己没有钱时所遭受的一切痛苦。于是他决定用乔桑王子给他的这笔钱经营自己的事业，开设了赌馆和娱乐厅等多项生意。应用在瑞奇身边积累的江湖知识再加上王子的帮助，侯格雷斯的生意很快兴旺起来。

在库巴兹将生意做起来之后，他回到了阔别多年的故乡克伊斯曼星球康求尔国，继续创办他的事业。当年的富翁瑞奇已经在尔虞我诈的斗争中败下去，只可怜了侯格雷斯心爱的女子，已经杳无音信，侯格雷斯的情感伤痛复发。他似乎感觉到在这个苍茫的宇宙间，除了菲尔瑞外，再也没有他喜爱的女子，身边那些为了钱而在他面前卖笑的女子自然不值得他喜爱，侯格雷斯默默地收藏起这份情感，将近20年，他再也没有涉足过爱情。当一个人执着地把爱情锁定在一个无法实现的对象时，所有的玫瑰都是衬托他情感没落的背景，如同一个饥肠辘辘踽踽独行的乞丐在飘满肉香的除夕看着别人痛快地嚼食时，承受的巨大的生理与精神的痛苦。

侯格雷斯讲述自己的故事时，情绪禁不住地随着故事情节的变化而变化。他讲完之后默默地坐着，眼睛毫无目标地望着远方，似乎在追忆他和菲尔瑞曾经走过的日子。晚风依然柔和，流水依然潺潺，侯格雷斯的灵魂还在遥远的过去。

“侯爷，你的故事很动人也很凄美，看来乔桑王子是你这辈子真正的贵人。”张楠听完了侯格雷斯的故事之后说。

“是的，我虽然是个奸商、是个冷酷的杀手，但我对乔桑王子还是心存感激。”

“正因为如此，你必须帮助乔桑王子杀掉赵文俊是吗？”

“是的，我知道王子是出于嫉妒，从道义上讲王子不该杀他，可是我是个杀手，我既做买卖又帮助恩人，所以我必须杀赵文俊，再说赵文俊为了名利杀了你丈夫，死有余辜。”

“乔桑王子非杀死赵文俊不可吗？”

“是的，王子是个爱面子的人，同时也是一个很执着的人，他在记忆方面这么努力，也是为了提高他的人气，这次得了个亚军对他当然是很大的打击。”侯格雷斯看着桌子上的食物，连忙说，“好了，不说这些了，看，真不好意思，请你吃饭，还没吃上几口就凉了，要不我叫人重上一份？”侯格雷斯很关切地说，这份关心并不亚于16年前他对菲尔瑞的关心。

“侯爷不必麻烦厨房师傅，我不是娇生惯养的女人。”张楠回道。

“张小姐，我真希望你继续留下来。”侯格雷斯深情地看着张楠，让张楠感到有些紧张。

“再说吧，侯爷，不过很感谢你的热情。”

侯格雷斯皱起眉头，他在思考一个沉重的问题，他是多想让张楠长久地留下，然而张楠却一再推辞。凭他的阅历，他不可能就这么轻易地相信张楠所说的仇恨，他不明确张楠和赵文俊究竟是什么关系，但可以肯定的是他们俩的关系肯定不一般，要么是仇人，要么是恋人，要么是恩人。张楠对赵文俊一定有所了解，否则她不可能一下就猜到是王子要杀赵文俊。他尤其担心他俩是恋人关系，这会让他追求张楠遇到障碍，虽然他是个杀手，但是他明白，什么都可以掠夺，唯独灵魂是无法掠夺到的。但如果说是恋人，他们为什么会不在一起，莫非有更曲折的关系在里边?

一连串的问题，让侯格雷斯难以想明白。不过对他而言，他最该有这个心理准备：这是一对不同寻常的恋人，他可以以一个雇佣杀手的身份杀掉赵文俊，这并不正面得罪张楠，况且，张楠也一直表示她要杀赵文俊，侯格雷斯完全可以心安理得地杀掉赵文俊而不会对张楠有半点愧色。但无论如何，他要防着张楠，毕竟他还不清楚她的底细，为了以防万一，最好的方式就是不要让张楠参与刺杀行动，确切地说，是不要让张楠见到赵文俊，他只要将赵文俊的人头拿给张楠检验就可以，还可以堂而皇之地说是替她报了仇。

张楠回到自己的卧室，静坐良久，表情流露出焦虑，没有人知道她此时在想什么。她来到这里已经有三天，还没有弄明白除了乔桑王子以外，到底还有什么人企图杀掉赵文俊。沉思良久，张楠立即将普尔霏的肖像拷贝下来，在网络上进行搜索。她发现在电脑的显示上，普尔霏只是一个商场营业员，这显然是个假身份，经过特殊的搜索，张楠进入机密系统，尽管经历了无数次登录失败，她依然没有放弃，终于，在拂晓时分，张楠看到了普尔霏一个特工的真正身份以及她所隶属的单位。她喜出望外，现在的关键是，她必须弄明白普尔霏在执行什么任务、她为什么救赵文俊，以及她现在在什么地方。

张楠关掉电脑，疲倦地直接趴在电脑前熟睡，进入了梦乡。

树木葱郁的山丘上空，突然乌云弥漫，日色暗淡，几近黑夜，闪电和暴雨袭击而来。几个10岁左右的小孩惶恐地在树林里乱跑，慌张地寻找回家的路。一个10岁的男孩牵着一个9岁的女孩跟在最后面。闪电劈倒了身后的大树，被劈断的树干倒了下来，女孩吓得惊恐地尖叫。男孩拉着女孩拼命跑，生怕跟不上队伍，女孩的脚步渐渐跟不上节奏，摔了一跤，狼狈地哭了起来。

“等等，楠楠摔倒了！”男孩朝前面的小伙伴呼救，可是没有人回头，也许是雷雨声太大，也许是出于惊慌，反正谁也没有停下来，很快就跑得没有了踪影。男孩扶起女孩，发现石头划破了女孩的小腿。看着流淌的鲜血，女孩哭得更加凄厉。

“小凯哥，我疼！我好疼！”男孩把女孩抱到草地上让女孩坐下，在女孩面前蹲跪下来，把女孩受伤的脚放在自己的膝盖上，用被雨水打湿的衣袖抹去女孩脚上的泥巴，用嘴巴吸掉伤口上流出来的鲜血。然后，男孩用手久久地捂住女孩的伤口，生怕雨水把伤口浇坏。渐渐地，女孩的哭声停下了，感到伤口暖暖的，疼痛减轻了许多，她静静地看着男孩，心里感到无比温暖。

男孩抬起头看着女孩，关切地问："还疼吗？"女孩乖巧地摇摇头，接着女孩又突然哭了起来，她可爱的小脸蛋哭得让人锥心地疼。男孩想，一定是伤口接触到冷空气又开始犯痛，于是他立即用手捂住女孩的伤口。这一下，女孩哭得更厉害了。男孩莫名其妙，关切地问："楠楠你怎么了，是不是我把你弄疼了？"女孩哭着摇摇头，她是因为感动而哭。

男孩看着哭泣的女孩不知所措，雨水不断打在女孩的伤口上，女孩禁不住用手去捂："我——我疼。"小女孩哭得声音哽咽。男孩看着被冻得打战的女孩，心中焦虑，这时他发现附近有几棵芭蕉树，男孩脱下自己的外衣盖住女孩的伤口，跑过去扯下两片叶子来到女孩身边，把一片芭蕉叶递给女孩当伞，撕下另一片叶子裹在女孩的伤口上，不让伤口接触冷风和雨水，然后撕下自己的衣袖紧紧地绑住包裹伤口的芭蕉叶，接着背朝女孩，在女孩面前蹲下。"来，我们回家，我背你。"女孩犹豫了一下，幸福地爬到男孩的背上，露出了笑容。男孩背着女孩一步一滑地往前小跑。闪电、大雨还再继续，女孩冷得屡屡打喷嚏，男孩只恨自己走得太慢。女孩听到了男孩急促的呼吸，知道男孩已经疲倦。

"小凯哥，快放我下来，我不疼了，快放我下来！"

"不，我不能把你放下。"男孩很坚定地回答，他好像忘记了疲倦，此刻他唯一的念头是赶快回家，减少女孩的痛苦。

女孩又哭了起来，她知道其实男孩很累："小凯哥，求求你让我自己走。"

"你的脚上有伤，你不能下地走，感染了脏东西以后可能永远也不能走路了。"

"那——那现在——不感染，我将来还可以走路吗？"女孩担心地问。

"可以，所以——你现在不能下来走。"男孩喘着大气回答。

"万一我以后真的走不了呢？"

"别——担心，你——你会没事的。"

"万一真的有事呢？"

"你别哭，我会来——照顾你，背你……去玩。"

"真的吗？"

"嗯——"

女孩紧紧地搂住男孩，脸蛋紧贴着男孩的脖子："小凯哥，我——我不哭了。"女孩努力地控制自己，却无法压抑自己的情绪。

风还再刮，雨还在下，泥泞的路面像魔鬼狞笑的面孔，一次次企图让男孩滑倒。山体突然滑坡，两个孩子被带了下去，女孩惊叫起来。男孩把女孩向实土推去，自己则被反推到松土里，跟着松土往下滑。女孩见状，吓得像受惊的小羊羔，歇斯底里地叫喊："小凯哥——"

"小凯哥！"

张楠猛然抬起了头，从梦中惊醒过来，她睁开眼睛，原来是一场梦，她的眼睛湿漉漉的。

第6章

穿越时空遭遇追杀
神秘迷宫定位记忆

“哐”的一声，一扇铁门打开，里面琳琅满目地摆放着各种武器，摆得齐刷刷的，乌黑发亮泛着油光，如同狮子那双饥饿的眼睛在闪着亮光，单看这架势就足够让人感到惊颤。

普尔霏和赵文俊走进武器仓，忙碌地检查武器装备，并把武器都装进了包里带上了时空飞船。他们上身穿着贴身且伸缩性良好的黑色上衣，下身穿宽松的裤子，随时准备战斗。

普尔霏优美的曲线以及她利索的动作，显得英姿飒爽，她那白皙的脸蛋和那双纤细的玉手在黑色衣服的衬托中，就像荷叶上晶莹的水珠，在微风中颤颤滚动，流进了赵文俊的心里，滋润了他干涸的心田，让赵文俊感到似乎有一缕清凉的晨风从田野拂来，带着淡淡的花香沁入他的心房，顿时一阵阵舒爽的清波从他的心脏扩散到身体的每一个地方。

他们的飞船离开浮石飞到太空，空旷、漆黑与沉静的环境让人感到莫名的孤独，似乎这无边的黑暗里随处都潜伏着不可预料的危险，满天的星星上每一个蓝色的亮点都有可能是邪恶狰狞的眼睛在虎视眈眈，平添了一份恐怖。

“黄蓉母女是怎样把《九阴真经》倒背如流的？”普尔霏问。

“咦！这个你也知道？”

“金庸的书在我们克伊斯曼星球很受读者欢迎。”

“如果金庸老先生知道这个消息该有多高兴。你是不是想知道记忆整本书的方法？”

“是的。”

“好，那我教你学习定位法，定位法包括地点定位、人物定位、物体定位。首先我给你讲一个故事：

“大约在公元前1060年，是我们中国商朝末期，当时商王把国家治理得一团糟，而西部的一个诸侯国却很富强，这个诸侯国叫周，诸侯王叫姬昌，就是后来的周文王。当时商工听到有人报告说姬昌有谋反的意图，就把姬昌抓了关在一个地窖里，于是就有了中国最早的监狱。由于殷商王没有确切的证据证明姬昌谋反，就没杀姬昌。当时的姬昌已经82岁，殷商王见姬昌在监狱里很‘驯服’，一副老态龙钟无所作为的模样，整天吃了睡睡醒吃。他89岁的时候，商王把他当作痴呆老人释放出来。姬昌出来后，把他在监狱里思考的反商韬略告诉他的后人，讲了几天几夜，子孙们都为他这些滔滔不绝的谋略感到震惊。7年都待在监狱里，无任何记录的工具，他居然记下这么多谋略。他这些谋略为后来推翻殷商奠定了坚实的基础。”

“那他是怎么做到的？”普尔霏问。

“想知道是吗？好，我告诉你，**记忆力好一个重要的秘诀就是要胡思乱想，想一些荒谬怪诞的事情，因为这样的画面才会给你留下深刻的印象，不管是我前面讲过的锁链法还是我后面要讲的其他方法，都要大胆地想象**，姬昌之所以能记住7年来积累的这么多东西，胡思乱想就是其中的原因之一。”

“你刚才说胡思乱想是好记忆的其中之一，那还有其他的原因呢？”

“另外一个原因就是，在他的脑子里建立有记忆储存库。”

“在脑子里建立储存库？怪新鲜的，什么是记忆储存库？”普尔霏问。

“我前面说过药剂师的事情，记忆信息和储存物品是同样的道理，如果把杂七杂八的物品一股脑地放在一起，就不能快速找到，但是药剂师把所有的药品按照一定的顺序分散到各个小抽屉，就可以根据自己分类的区域快速地找到目标。这样就可以记住大量信息。

“姬昌就是这么做的吗？”

“对，他就是这么做的。”

“这个方法是姬昌发明的吗？”

“据说不是，有人说这种方法是古罗马人发明的，那是在公元前2000多年的时候。然而在中国，据说八卦图的发明人伏羲在公元前5000年就开始用这种方法，他所发明的八卦就具有储存记忆信息的作用，而且用的就是**地点定位**。据说姬昌在监狱的时候，把八卦进行了大的改革，后人多不知道八卦的记忆作用。”

“请举个例子来诠释一下地点定位法。”

“那我举一个很浅显的例子，我要你记忆下面的物品：

腰带　戒指　领带　袜子　墨镜　裤子　牙膏

手表　帽子　衬衫　耳环　唇膏　项链　鞋子　手提包

一次性记这么多信息用死记硬背的方法很难记住，现在我们把这些物品放到人的身体上去，把帽子放到头顶，墨镜放到鼻梁上，耳环放到耳朵上，牙膏和唇膏放到嘴上，领带和项链放到脖子，手表放到手腕上，戒指放到手指上，衬衫放到躯干上……如此这般全部放到身上，你立刻就会记住。只要把身体从上到下想一遍，你就可以将所有的物品回忆起来。这就是定位法，你只要想到那个位置，就可以回想到你所存放的信息。”赵文俊像个教授似的抑扬顿挫地讲解着。

“哦，我明白了。”普尔霏眼睛一亮，“也就是说即使我要记忆的信息不是身上的穿戴品，而是枪支弹药或者飞机轮船，都可以把它放到身上是吗？”

“天哪，你的悟性真好，这哪里是机器？分明是个人。”赵文俊故意试探。

“克伊斯曼的科技向来让很多人感到惊讶。”

“这句话很有利于避免我爱上你。”

“尊敬的记忆大师，我不理解感情，你还是接着给我讲课吧，跟一台机器打情骂俏，你不觉得可笑吗？”

“怪不得算命的说我找不到老婆，尽管我英俊潇洒才华横溢，本以为这些优势可以让我吸引很多姑娘，让我挑选出最好的一个，没想到地球上的女孩子喜欢我都是叶公好龙，虽然因为我而神魂颠倒，可是当她们荣幸地发现我就站在她们身边的时候，她们却都因为自卑而对我敬而远之。我就是不明白为什么，她们宁愿日日夜夜地躲在孤独的角落里悲悲戚戚地念着我的名字暗自神伤，却不愿意大胆地靠在我的胸膛上，让我无辜地承受寂寞的悲凉。如今好不容易在其他星球上遇到一个敢于靠近我的女孩，偏偏是一台机器。怪不得人家说红颜命薄，下辈子我再也不敢长这么帅了。”赵文俊一副顾影自怜的模样，发出一通感慨。

第7章

躲避追踪深陷迷宫
地点记忆点拨迷津

普尔霏和赵文俊的时空飞船在以超光速追赶着时间，时空隧道像一根巨大的螺旋线，飞船从中间穿过去，没有所谓的距离和空间感。白茫茫的一片，只有黑色的螺旋线像一缕缠绕的烟在旋转，无法估量它的直径，或者根本没有界限，根本无法判断现在是什么时代、什么地方，直到飞船把你送到你所设定的时间和地点。

飞船刚进入隧道不久，探测仪便开始报警，前方发现七艘飞船，正在朝这边飞来。

“西尔果然派人把守着隧道。”普尔霏冷静地说。

“我们怎么对付？”赵文俊问，他显得有点紧张，但是努力地克制着。

“不用担心，西尔派来这么多飞船在这空旷的隧道里堵截完全是打以多胜少的算，所以我们不能跟他们硬拼。”

“你有好主意了是吗？”赵文俊眼睛一亮。

“我们暂时离开隧道。”说着，普尔霏换了空间频道，进入了宇宙太空。

“这里好空荡，一个星球都没看到。”赵文俊看着漆黑的太空。

“他们跟出来了，而且离我们越来越近，我们必须找到一些阻碍物来和他们周旋。”

“看！前面有一个白点。”赵文俊好像发现了新大陆。

“那好像不是一个星球。”普尔霏拉近屏幕上的白点，“是一团白云，看！还闪着雷电，整个云团的直径有3743公里左右。”

“靠近它我们有危险吗？”

“我也不知道，我们现在还离得远，有20多万公里。”

飞船很快靠近了云团。大风卷着白云在旋转，雷电像一张密集的网。

“难道这仅仅是一团云吗？”

“我看看里边有没有实体。”普尔霏启动勘探器，了解云团的内部，“这不是一个云团，云里面包裹着实体。你看，”普尔霏指着屏幕对赵文俊说，“那里有山脉、河流、峡谷，地形丰富壮观，还有建筑。”

“哇！好壮观的建筑，好像是宫殿！”赵文俊惊叹道，“我们能进去吗？里面一定有人吧？”

“好像没有人，这是一座被荒弃的宫殿。”

“怎么会这样，真想进去看看。”

“雷电很大，我不能保证能安全地冲进去，但只要能冲进去，我们就有消灭敌人或甩掉敌人的机会。这些地形，危峰突立，峡谷很深，适合跟敌人周旋，如果我们不进去，在这空旷的太空，只有等死的份儿。”

“可是现在的关键是我们能否进去。”

“无论如何，我们必须进去，愿上帝保佑！”普尔霏在云团周围盘旋了一会儿，寻找潜入云层的机会。这时敌人的飞船已经肉眼可见，也来到了云团附近并跟在普尔霏的飞船后边开火，普尔霏启动避雷器潜入云中。高耸的浓云如同一座座山峰，风很大，飞船出现剧烈的震动。雷电像发怒的火山突然喷射出的岩浆，屡屡从飞船旁边擦过。敌人发疯似的跟着潜进来，好像丝毫不顾忌恶劣的环境所带来的危险。突然敌人的一艘飞船被闪电击中，立即化为乌有。

“我们不能在雷电中待太久。”赵文俊感到惊悸，“敌人的飞船已经被毁了一艘，难道他们没有避雷器吗？”

“当然有，但是避雷器在这种情况下也只能帮助降低被雷劈的概率，一旦遭遇雷电，是承受不了雷电的高温的。”

嗖一下，普尔霏穿过了云层飞到地面，低低地贴着地面飞行。天空乌云密布，电闪雷鸣，地面沟豁纵横，深不见底，任飞船穿梭；山峰如犬牙交错。球形的宫殿坐落在一座大山的怀抱里，这座山显然是群峰之首，高高耸起，确有鹤立鸡群之势，远看如同大将威坐，身边跟着浩浩荡荡的千军万马。前面隔着宽阔的峡谷是浩瀚的海面，海水由远到近像一个漏斗倾泻到峡谷，形成长达近600米宽的瀑布拉开在“将军山”面前。瀑布直冲入300多米深的谷底，溅起白色的水雾弥漫在峡谷上方，并发出沉闷而震耳的轰鸣。那宫殿就坐落在“将军山”的怀抱里，直径有600多米，宫殿面对着大海，靠着“将军山”下边是深不见底的深渊。站在宫殿上左右可以俯视群峰，向前可以俯视大海。这个庞然大物的建筑如同在一个半球上雕刻出来的建筑群，层层叠叠，上面的房屋形态丰富。300多米的高塔矗立在宫殿顶部，如同从半球的深处穿出；宫殿大门前面一条宽约20米的长廊延伸出来，直逼前面的瀑布；长廊的中间立着高大的“凯旋门”。这三个建筑打破了规则的半球，使整个建筑的形态显得更加丰富，造型更加威严。

敌人的飞船也追了下来，普尔霏驾着飞船在山峰中盘绕着寻找反击的机会，她一会儿绕到山腰，一会儿穿过山谷，一会儿潜入沟里，始终不给敌人有立体包抄和直线追击的机会。这种情况下，敌人只能乱开火，尽管如此，六艘飞船同时开火还是有一定命中率的。普尔霏逮住机会投下一颗炸弹，当后面的飞船飞过的时候轰的一声炸毁了敌人的飞船。

赵文俊头一次乘坐飞行器在这么复杂、这么险要的地形中飞行，忽上忽下忽左忽右，比坐过山车还刺激，他感到既兴奋又惊险，加上敌人的炮火屡屡从身边擦过，令他心惊肉跳。他坐在副驾驶座上禁不住叫喊：“往左往左！幅度大一点！小心峭壁……咬住它，开火！开火！哎呀——被它闪开了，继续追击！”

“你可以不这样怪叫吗？”普尔霏说道。

“我忍不住，太刺激了，如果你是人类你会理解我的。”

“我真希望能像你一样可以体会许多做人的乐趣。”

“做人是很麻烦的，你还不知道吧，除了乐趣之外还有痛苦，烦恼，有很多你不喜欢的感受，这些都源于人有欲望……射击——中了！中了！”赵文俊突然叫了起来。

被打伤的飞船掉进峡谷毁灭了。

“我们不能继续这样恋战，”普尔霏说道，“现在是1比4，我们的胜算并不大，我决定到宫殿里引他们下飞船，先杀掉一些敌人再趁机甩掉他们，我们现在的最终目的不是杀敌，而是拿到咒语。”

“这个主意不错。”赵文俊回应，“接着给你说说欲望这个东西，欲望不是好东西，也不是坏东西……”

“我想你还是给我讲讲记忆法吧。”普尔霏很专注地驾驶着飞船。

“我觉得你有必要了解一点关于人性本质的知识……”

“如果你不这么多废话人性就完美了。”普尔霏打断赵文俊的话。

“好吧，**现在就教你地点记忆法，这个山谷就是第一个地点，记‘敌人的飞船坠毁在山谷里’**，把这句话记下来。”

还没等赵文俊的话说完，这时飞船顺着山谷挨近了宫殿，然后贴着瀑布垂直飞上。

“哇！这瀑布真美，好大、好高、好有气势，**‘飞流直下三千尺，疑是银河落九天’**。**对了，这里就是第二个地点**，把这句话记下来。”

“这不是太简单了吗？”普尔霏问。

“先听话照做，一个地点储存一句话，稍加练习，保证你一次性能听记住几十个句子。”

“我真不敢相信有这么神奇的方法，不过很期待。”

“这个瀑布和刚才的诗句很好联系上了，对吧？”

“是的，不过好像很没挑战。”普尔霏说。

“简单易学有效，这才是学习技术最理想的，不是吗？作为一个老师当然要做到把问题简易化，让学生一学就会。”

这时飞船绕到了宫殿的顶部，到了耸立的高塔边，飞船从高塔的半腰绕过，赵文俊仰望着塔顶，又俯瞰了一下塔脚，气势令人震撼。

“哇！太有气势了，**这里就是第三个地点，记‘危楼高百尺，手可摘星辰’**。”

飞船往下飞到宫殿前，越过殿前门的凯旋门，绕进长廊几乎贴着地板飞行，并投下几颗小手雷，一直飞进宫里。敌人果然跟了进来，被手雷炸伤，飞船吱吱地擦着地板滑了进去，花火四射，屡屡碰到长廊边的栏杆，最后把栏杆撞开了一个缺口，船体探出了长廊，就在船头往下垂，整个飞船准备坠落的时候，船翼卡在栏杆上勉强没有掉下去。

船上的西尔兵吓呆了，连呼吸都不敢用力，惊吓得连忙呼叫救援。

普尔霏飞进大堂，把方向往左一打，端起枪立即滚了下来，趴在入口对准受伤的飞船射击，但后面跟着的另一艘飞船此时也在疯狂地朝黑漆漆的宫门口开火，以掩护受伤飞船上的船员下船，但是迟了，普尔霏扔出手雷炸开卡住船翼的栏杆，那飞船慢慢倾斜，最后像潜水一样直直坠落，轰的一声坠毁在地上，一股烟火冲上长廊。

大堂气势宏伟，可容纳上千人，有17米高，圆拱的大堂顶上的几根支架显得孔武有力又极具装饰性。大概在大堂地面三分之一的地方横着一条宽约2米的水沟，水沟的正中间有一条4米宽的桥，距离中心桥左右大约3米远的地方有一座稍窄的桥。从中间的桥往前走7米，前面是一个高2米宽4.5米的台阶，台阶左右是高1.53米宽1.8米的大方石，上面都各高耸着一对直径1.5米的大圆柱直通到顶棚，台阶上面是5.6米宽的平台，有7米多长，一直延伸到前面的一个大玄关，里边很深很深，光线昏暗看不清楚，大概是国王接受大臣膜拜以及和大臣议事的地方。

赵文俊躲在门后边："第四句在外面的走道上，这句话是：飞船被炸毁了，里面的人全部遇难。"

浓烟后面的敌人已经下了船，在浓烟的掩饰下企图靠近宫门口。

普尔霏在门口守住燃烧的飞船残骸，只要一发现敌人就射击。敌人屡攻不进，于是连续扔了几个手雷进入门口，普尔霏拉住赵文俊纵身一跳，跳进大堂里边的水沟里。

"第五句在门口，句子的内容是：几颗炸弹同时爆炸，险些要了我的命。"

"我觉得你的句子可以有深度一点。"普尔霏说着掏出几把飞刀。

"好呀，第六句在水池这里，句子内容是：水深足有1.4米，淹没了我的肚皮。这个有深度了吧？"赵文俊正朝门口架起枪，普尔霏立即制止，说："大堂内光线昏暗，敌人刚从外面进来眼睛还不适应，看不见我们，开枪容易暴露自己。"

普尔霏一边示意赵文俊顺着水沟转移到墙根，一面向敌人扔出三把飞刀，杀掉了三个敌人。敌人发疯似的四面开火，不知道危险在哪里。普尔霏躲到中间的桥下，又向敌人扔出了一把飞刀，敌人终于发现水池里有动静，便向水池开枪，赵文俊躲在左边的小桥下面向敌人开火，引开敌人的注意力。普尔霏带赵文俊顺着水沟从墙脚下钻过去。墙的另一边是一个小侧厅，顺着墙壁向前10米左右是一个10步的台阶，台阶上是一个黑乎乎的门口。厅的左上角是一个很大的玄关，衔接着宽阔的走道。他们二人爬出水沟后，普尔霏拉着赵文俊往厅里跑，跑到玄关后又绕到了台阶上的门口，两人躲在门后，一人一边。

“你这是在干吗？”赵文俊奇怪地问。

“带你做一下体育运动。”普尔霏回答。

“这个情趣挺高雅。”赵文俊说，“第七个地点就是这个‘水涵洞’，句子内容是‘一夫当关，万夫莫开’。”

“怎么理解？”

“一会儿你就知道了。”

敌人跟着从水沟里钻过，爬了上来。看到地上的水迹，第一个敌人说：“他们从这边走了。”于是呼啦一下，后面的人全跟着往玄关那边去，普尔霏和赵文俊趁机向敌人扫射，六个已经上了水沟的敌人还没反应过来便纷纷倒下。水沟里的敌人立即作出反应向门口扫射，火力密集，以致赵文俊二人不得不往里边撤退。

“你不是说‘一夫当关，万夫莫开’的吗？”普尔霏说。

“我说的是冷兵器时代，只要守住那个洞口就可以阻止敌人前进。”

“现在时过境迁，早就不是那么回事了。”

二人和敌人边打边退，穿过几间小屋，前面出现错综复杂的墙，墙与墙之间有大约2.5米宽的过道，过道弯曲，加上光线昏暗让人难以分辨方向。

“糟糕！我们好像是走进了迷宫，一会儿怎么出去？”赵文俊说。

“只要活着，就一定有办法。”

“这句话经典，好，这就是第八句话了，只要活着，就一定有办法，地点就是迷宫。”

“我想，这个地方可以帮住我们甩掉敌人，关键是我们要找到出口。”

“我们不能盲目乱跑，我估计设计者之所以设计这个迷宫，一定有它的使用功能，并且一定会给功能使用者留下可以辨认方向的记号。”赵文俊分析道。

“你的分析很有道理，也许，我们可以回到第一个分岔的地方看看有什么区别。”

“可是估计西尔兵正在进来，我们回去有可能会在途中遇到敌人。”

“在这样的环境里和敌人狭路相逢，也许比我们在迷宫里盲目乱跑要好一点。”

“我同意你的观点。”

说完，普尔霏便拉着赵文俊往回走。

西尔兵一窝蜂跟到了迷宫门口，一遇到分岔路就把人分开去寻找目标，最后分到每个人都单独行走。昏暗的走道错综复杂，每个西尔兵都瞪着大眼睛全神贯注地寻找目标，并没有留心方向。其中一个西尔兵猫着腰慢慢地走着，在他的脚下，有一道细缝，那道细缝如同野兽窥探的眼睛，静静而隐蔽地潜伏着等待着猎物靠近，然后突然张开血盆大嘴，流着的饥饿口水嗷的一声嚎叫把猎物叼在嘴里用尖利的牙齿嚼碎。这西尔兵还在一步一步地靠近细缝，神经紧张地注视着前方，全然没有注意到脚下潜伏的危险！

突然，砰的一声，这个西尔兵脚踏到了一块木板，木板一翘，他整个人掉了进去，“啊——”他惊叫一声，掉进深的坑里，里边是一滩水，坑里又湿又滑，一群毒蛇像一团堆积的绳子，伸出信子发出呲呲的声音。突然掉下一个人，惊动了蛇的神经，唰地一下，所有的蛇都警觉起来，抬起头做出攻击的准备。这个西尔兵摸到冰冷的蛇，吓得又是一声惊叫，蛇一惊，张开大嘴亮出锋利的毒牙呼地一下扑了过去，一群蛇将他紧紧地缠绕起来。“啊——啊——”西尔兵发出一阵歇斯底里的恐怖惨叫，在恶臭的脏水里和毒蛇扭在一起翻滚。凄惨的叫声通过对讲机传到了每个西尔兵的耳朵中，看着这深不可测的迷宫，顿时，所有的西尔兵都感到阴森恐怖，一时人人自危。

“各队员，发生了什么事情，请回话。”队长着急地呼叫，他在迷宫里找不到方向，也找不到自己的队伍，每个队员都回答不知道。“请大家注意，迷宫里可能有机关或者有陷阱。”到底是队长，脑子转得比别人快。

“啊——”队长的话刚落音就又听到一声惨叫，又一个西尔兵掉进陷阱里，里面巨大的毒蝎蜈蚣爬到他的身上……

接连的惨叫声让西尔兵毛骨悚然，都不知道发生了什么事情，他们已经吓得不敢轻易迈出一步。

“听！”普尔霏隐隐约约地听到敌人的惨叫，她停了下来，“西尔的人在惨叫，这里可能有陷阱或者有机关！如果我们不能找到来时的路，随时都有可能遇到危险。”

赵文俊感到害怕，他感觉此刻在自己的身边潜伏着一个个死神，正在对他俩虎视眈眈，随时都会向他们伸出魔爪，他不住地祈祷。

“记住，我们一定要走出去！”普尔霏坚定地看着赵文俊，并紧紧地握住赵文俊的手。赵文俊感到普尔霏的脉搏在跳动，通过这些跳动，他似乎感到这就是一个活生生的生命，一个有血有肉有情感的生命，只有有情感的生命才会跳出这样的节奏。这个握手的力度，是不离不弃的承诺。赵文俊也跟着把普尔霏的手拽紧，此时此刻，身边的这个女孩不管是人还是机器，都是自己的所有、自己的生命。赵文俊紧紧握住普尔霏的手，生怕稍有松弛就会失去。他这一用力，普尔霏就回头看了一下他。赵文俊很愕然地看到普尔霏这样的表现，但是她的表情依然是平静的，毫无一丝儿女情长。

普尔霏和赵文俊正走着，突然咚一声，普尔霏脚下的石板砖翘起了一块，普尔霏顺势滑了下去，下面黑洞洞一片，根本看不清楚里面的内容。赵文俊因为紧拽着普尔霏的手，被拉着向前倾，两个人啊的一声惊叫，所幸的是赵文俊的另一只手很本能地抓住前面突出的木头，两个人悬在空中。

“抓紧了，坚持住！”普尔霏很快稳定了情绪。

赵文俊看着黑洞洞的大窟窿，心里直打鼓，他从来没有经历过这样的危险，因而感到十分害怕，不知道这个洞有多深，也不知道里面是什么可怕的内容，是毒蛇毒蝎、尖刀，还是无底深洞？恐惧感让他紧紧抓住木头，一手抓住普尔霏的手，他看着这不太粗壮的木头，把生存的希望全寄托在这根木头上了。

“快点上来。”赵文俊喊道。普尔霏沉着地攀着赵文俊的身体向上爬，突然吱的一声，木头开始开裂，赵文俊甚至能感觉到那木头在随着普尔霏往上爬的力道而慢慢下垂。

“木头要断了，小心用力！”赵文俊提示道，尽管普尔霏已经很小心地向上爬，但那木头还在一点一点地继续开裂。终于，普尔霏爬了上来，就在她准备伸手去拉赵文俊的时候，一个西尔兵闪了进来，立即向普尔霏开枪。普尔霏迅速往旁一闪，蹬着墙壁折线扑向西尔兵，一脚踢到西尔兵的手上，西尔兵的机枪重重地摔在地上，滑进窟窿里。西尔兵被踢得一个踉跄，险些摔倒。就在西尔兵踉跄的一刹那，普尔霏发现西尔兵的腰上别着一捆绳子。她以闪电般的速度取下了西尔兵腰上的绳子，将一端扔进洞口，顺势踢了一脚西尔兵。

“抓住绳子！”普尔霏喊了一声。

敌人见普尔霏在拉赵文俊，便想趁机攻击，他铆足了劲抬脚向普尔霏踹去，普尔霏一转身让了过去，那一脚擦着她的肚皮过去了。西尔兵稳住脚，接着用手肘劈普尔霏的头部，企图乘她不便还击时将她推进洞里。普尔霏一弯腰，用肩膀一发力，结结实实地撞到西尔兵的心窝上。西尔兵被撞退了几步远，捂住心窝调整了一下呼吸。普尔霏趁机把绳子绑在自己的腰上，解放开双手迎战敌人。

普尔霏和敌人紧张的搏斗，让赵文俊无法顺利地往上爬，刚上来一点又被抖了下去，把他的手勒得火辣辣的，像被火烤一样，但坠落的恐惧驱使他牢牢地抓住绳子，不敢有丝毫放松。

几个回合下去，西尔兵依然没有占上便宜。为了让赵文俊顺利地爬上来，普尔霏尽可能地在搏斗中减小动作的幅度。西尔兵看懂了普尔霏的意思，抬起脚连续攻击，企图让她失去平衡。普尔霏左突右闪，屡屡躲过攻击。突然西尔兵飞起身子抬脚从普尔霏头部用力往下一劈，普尔霏挪开了半步，西尔兵的脚步重重地落地并一脚打在地上，这时，地板嘎吱一声，裂开了一条缝隙，同时，弹起了一些建筑碎片。

两人继续搏斗，西尔兵越是捞不到便宜越是打得发疯，脚步重重地踏着地板，嘎吱一声，地板向洞口的方向倾斜了一个角度，似乎随时都有可能将他们倒进洞里。西尔兵更急了，眼看赵文俊就要露出洞口，于是使出了浑身解数猛烈攻击，决定不给普尔霏喘气的机会。普尔霏不得不往后退让，最后终于退到洞口边沿，她已经不能再往后退。

普尔霏尽可能地让身体往前倾，西尔兵见状，抡起右脚对着普尔霏由下往上踢。为了闪躲攻击，普尔霏提起左脚，身体向后旋转，脚从洞口上面划过，赵文俊吓得连忙闭上眼睛，等待最后的坠落。西尔兵见普尔霏朝右边转过去，立即改变下劈的方向——向右劈打。此时的普尔霏已经是脚跟对着敌人，她仰面弯腰继续挪动左脚，在西尔兵的脚准备回落的一瞬间一把抓住。普尔霏转了一圈终于双脚站定，同时把西尔兵的脚顺势拧过来，脚尖朝下。西尔兵嗷地惨叫起来，趴在地上。普尔霏紧紧地抱住敌人的脚，这时，她的两个脚后跟已经悬在洞口。

嘎吱，地板又倾斜了一个角度，建筑碎片啪啪地弹起来，沙沙地往下滚。西尔兵惊呆了，他看着普尔霏，一副同归于尽的架势。

“别动，不然，我们会都掉下去。”普尔霏看着敌人警告。

西尔兵吓得流出汗来，他失去了理智，疯狂地蹬脚，企图挣脱。他这么一蹬，普尔霏终于站立不住，眼见就要掉下去。

“抓住！”普尔霏大喊一声，双脚踏进了洞里。

“啊！”西尔兵和赵文俊同时惊叫。西尔兵紧紧地抠住地板。这时他的双脚已经悬在洞里。右脚踝被普尔霏牢牢地抓住。

“放开我！”西尔兵边喊边用左脚蹬普尔霏。

“快点上去！”普尔霏朝赵文俊喊。

没有了搏斗，赵文俊终于比较轻松地爬出了洞口。他刚站稳，西尔兵就一把抱住他的脚，喊道：“拉我上去，不然我就把她踢下去。要死一起死，哈哈！”西尔兵死死地抱住赵文俊，他明白，只要他们俩一上去，他必死无疑，因此干脆以一条命搏两条命。他的脸上带着在死亡面前恐惧的苍白和幸灾乐祸的无赖，死死地抱住赵文俊的脚。

“快把绳子扔上来！”赵文俊喊。

普尔霏把绳子扔出洞口，赵文俊接住绳子：“哈哈，现在该轮到我把你踢下去了。”赵文俊对西尔兵说。

“不！要死一起死！”西尔兵不管赵文俊怎么踢，依旧死抱着不松手。

这时，普尔霏的头已经露出洞口。赵文俊伸手去拉普尔霏，西尔兵见赵文俊把注意力放在普尔霏那里，立即趁机爬上来：“哈哈，现在换我推你们俩进去吧。”他站稳了脚，准备去推赵文俊。

这时，啪的一下，地板又是一震，猛然又倾斜了30°，三人吃了一惊，整个地板开始慢慢倾斜。西尔兵顾不得其他，连忙往上爬。

“快点！”赵文俊拉住普尔霏，终于把她拉出洞口，二人连忙向上爬。

“哈哈！”西尔兵爬了上去，翻过了向上翘的一端，“你们俩去死吧！”说着，他用尽吃奶的力去掀翘起来的地板。

“啊！啊——”赵文俊和普尔霏终于站立不稳，摔进洞里。

“哈哈，去见鬼吧！”西尔兵为自己最后的胜利扬扬自得。

“啊！啊！啊——”紧接着西尔兵惊叫起来，发出恐怖的惨叫。原来，他在扎起马步掀地板的时候被屁股下面一根跟着被翘起的木头挑了起来，西尔兵还没来得及反应过来，已经被迅速倾斜的地板挑到了天花板上，被卡在了上边，两条腿滑稽地蹬着挣扎。

“啊——”赵文俊和普尔霏很本能地紧紧抱在一起，呼呼地往下落，那黑洞好像是无底深洞似的，也不知道往下落了多深，只感觉风呼呼地往上吹。赵文俊想：这回完了，没想到自己的小命就这样结束了。接着就感觉一阵眩晕，什么也看不见，什么也不知道，似真似幻，好像做梦一般。

第8章

身陷水宫无人救助
定位记忆解救囚族

死亡并不可怕，可怕的是死的方式，当死亡突然到来，突然得连最后留恋地看一眼这个世界或者留下一句话的机会都没有的时候，该是多么的遗憾。尤其是对于爱，这种生命中最本质的东西，无论人们如何疯狂地追逐物质上的满足，一旦回归内心的真我都将发现，一切都可以忽略，只有爱始终在人一生的幸福中占据着重要的地位。对于赵文俊而言，生命这样结束是遗憾的。

从生到死的距离只是一瞬间，快到他还没来得及留下遗言，留下情感的表白。生命如此不可预测，还有谁可以用理所当然的傲慢与麻木去对待自己所拥有的一切？就这样拥抱着死去，但愿亡灵对爱还有知觉，就算离开人世到了另外一个世界也能让爱继续；至于普尔霏，如果她懂得情感，死在这个爱她的男人的怀里她会感到幸福吗？或许因为她特殊的身份，在活着的时候她需要克制、需要隐忍，但是现在，随着生命的逝去，她可以放下一切而只有爱，以弥补生命的一页空白。从这个意义上说，死亡对她而言，是上天的恩赐，在这一刻她能体会到爱吗？她这样紧紧拥抱到底想要抓住什么？仅仅是为不能完成任务而感到难过还是本能地对死亡的恐惧？或者，她能感受到人类对情爱的渴望并毫不露声色地坠入爱河以至于紧紧拥抱？

西尔兵队长立即发出命令，按原路撤出迷宫，准备重新组织队伍再次研究战略。迷宫外的西尔兵士兵拿来长绳，一头系在身上，一头由门口的一个人拿着。救援的士兵两人一组进入迷宫，迷宫里，西尔兵忙作一团，他们此刻惧怕的不是看得见的敌人——普尔霏和赵文俊，而是看不见的陷阱和深不可测的迷宫。

水宫里一片漆黑，它像沉睡的老人，毫不张扬自己生命中的华彩，朴素地裹起曾经波澜壮阔的故事和深刻的人生哲理，静静地沉睡着，不再对世界有任何期待与追求，也不期待任何人给他任何惊喜。它是那样安详和安分地待在水里，不去回忆过去，不去展望未来，毫不在乎时间，更不在乎日月轮回。

突然扑通一声，一个物体掉进水里，就在落水的同时，寂静的水宫好像被拍醒一样，睁开模糊未醒的眼睛，亮起了柔和的光。一个黑色的物体凭着惯性的力量潜到水的深处，拉出一道长长的白色的水泡，最后悬浮在水中。透过清澈的水，可以看到悬浮着的是拥抱在一起的一对青年，如同悬在空中。他们紧紧地拥抱，脑袋紧靠在对方的肩上，悬在半空久久地一动不动，形同一尊雕塑，在讲述爱的传奇。

赵文俊慢慢地睁开眼睛，看着普尔霏，她自然地闭着眼睛，淡淡的柔光洒在她的脸上，显得冰冷而柔美。她的表情是那样安详，似乎对死亡毫无恐惧，她长长的秀发被水冲散，在水中轻柔地漂着。一切都变得安静起来，突然没有了战火，没有了智慧与阴谋的争斗和较量，只有此刻是平静的。她就这样安详地闭着眼睛，似乎从原来的世界解脱来到这里，可以尽情地享受这里的平静。

赵文俊抬起眼睛看看四周，发现自己进入了一座城堡。更奇怪的是，他发现自己漂浮在水里，可以像鱼儿一样自由活动。他以为自己到了另一个世界，直到普尔霏告诉他生命尚存。

这是一座美丽的水下城堡，宏伟大气，建筑风格古朴凝重，工艺精湛。

他们在四周转了一下之后决定顺着左边宽阔的走廊向前游，那走廊约有2.5米宽，纵横交错，他们漫无目的地寻找，突然左边墙上出现一个凹口，两人游过去一看，是个大门。他们游进去，里面是一个大厅，左右墙上是大幅的浮雕，前边是三层阁楼，楼层由四根大圆柱支撑，像四个壮汉立在前面，威武有力。赵文俊迅速地游到每一层前面往里看了一下，发现每一层里面都还有隔间，看起来结构复杂。他转过身面朝普尔霏，普尔霏漂浮在水中查看。

这时，二层的阁楼里边一扇门打开了一条缝，露出一只眼睛在偷偷地看着赵文俊和普尔霏，突然吱的一声门响。

“注意，有情况！”普尔霏迅速挡在赵文俊的前面。

那只眼睛看到普尔霏这突然的反应又立即躲到门后，砰地把门关上。

“什么人？”普尔霏问。两个人警觉地看着那扇门。

良久，吱呀一声门又慢慢打开，露出一道门缝。门缝越来越大，普尔霏和赵文俊立即躲到柱子后面，非常警惕地盯着那扇门。就在门扇打开一半时，在门后，一米左右的地方，慢慢地露出一只尖尖的长耳朵，接着慢慢地露出一只眼睛，随后露出一张脸。赵文俊和普尔霏一看，惊奇了，在这荒无人烟的地方，在这夺命迷宫下边，无底深洞下的水宫里，居然会出现一个相貌奇怪的小男孩。小男孩怯生生地从门后走出，他竖着两只长耳朵，后边还有一条“猴尾巴”。

“你们要找出口是吗？”小孩问，很好奇地看着这两个人。

“咦！怎么有个小孩？”赵文俊感到惊奇。

“是的，”普尔霏看着男孩那双无邪的眼睛，“这里有出口吗？”

“有，你们怎么会来到这里的？”小孩顾不上回答便好奇地问。

“我们被坏人追，逃到了这里，然后从一个洞口掉了进来。”赵文俊回答。

“这是什么地方？”普尔霏问。

“我也不知道，”小孩回答，“你得问我爷爷他们。”

“你爷爷？这里还有很多人吗？”赵文俊问。

“只有我的家人。”

“他们人呢？”普尔霏问。

“太好了，终于遇到人了，他们一定知道出口的。”赵文俊看到了希望，心里感到高兴。

“请跟我来。”小男孩说着向厅门外游去。赵文俊和普尔霏跟在后边，他们沿着刚才的走廊继续向里边游。

“小孩，我们更希望找到出口，你可以直接带我们去吗？”赵文俊不想浪费时间去见和自己的目的没有关系的人。

“我可以带你们去找出口，但是我开不了。”

“没关系，你告诉我们怎么开就可以了。”

“我也不知道怎么开，我们家大人会开。”

“哦，那就带我们去见你的家人吧。”普尔霏提议。

他们拐了几个弯，下了一道7米高的台阶，穿过一个过厅，进入一个大堂，大堂的左面墙壁上有九个马蹄形的石窟，右边是一幅巨大的浮雕，宽约6米，高约9.5米。

男孩带着两位客人来到这些石窟面前说："这就是我的家人，他们知道你们想知道的事情。"

赵文俊一看，瞪大了眼睛，普尔霏的双眼也淡淡地掠过一丝惊奇。而赵文俊那双眼睛似乎充满了一种被愚弄的味道，他无法相信这个不谙世事的孩子会跟他开这样的玩笑。

"这就是你的家人吗？"赵文俊不解地问。

"是的。"小男孩很诚恳回答。

赵文俊走到每一个石窟面前惊奇地看，瞪着眼睛张着嘴，最后流露出绝望的表情。

"这些石头人就是你的家人？"赵文俊看到石窟里面全都是石雕人，每个石窟中各一个。这些石雕人自然站立着，好像在待命的仆人。

"是的，从左边到右边排列的分别是我的爷爷、奶奶、伯父、伯母、爸爸、妈妈、叔叔、婶婶、姐姐。"

"可是，石头雕刻的人怎么会说话做事呢？"赵文俊一脸疑惑，他满怀希望地跟着这个小男孩来见他的家人，希望求得帮助，没想到居然是这样的结果。

赵文俊和普尔霏面面相觑。

"不，他们不是石头雕刻的，他们只是变成了石头而已，他们可以复原。"小孩回答。

"他们是怎么变成石头的？要怎样才能复原？"普尔霏问。

"我怎么感觉我走进了童话故事。"赵文俊疑惑至极。

"是拉坦魔王将他们变成石头的，"男孩回答，"至于为什么我也不知道。每个石窟的左内壁都有一个咒语，但是我不会念这些咒语。对面那幅浮雕墙壁的中心，那有一颗蓝宝石，用手指按住蓝宝石，念出九道咒语，过一会儿浮雕就会翻转过来，出现一尊佛像。佛像的头顶、额头、鼻梁、嘴巴、脖子、胸口、肚子、大腿、膝盖、脚这十个地方都有咒语，把这十个咒语在佛的耳朵念一遍之后，我的家人就可以复原。"

赵文俊趴到石窟里看咒语："糟糕，我不认识这些咒语。"

"哦，我认识，"普尔霏看了一下这些字符，"这是克伊斯曼莫塔地区的一种古老的文字，这种文字已经失传了几百年，只有少数人还知道这些文字。"

"太好了，"赵文俊突然看到了希望，"既然这样，那你来念这些咒语。"

"可是我记不住这么多信息。"

"没关系，我教你记，这正好为我提供了一个人物记忆法现场演绎的机会，现在你告诉我每一个石窟里面写的是什么内容，从爷爷开始。"

"爷爷这里是：天地之所以能够长久，是因为它在运行中不强求自己的生存。"

"好的，你记忆的时候想到爷爷之所以这么长寿地活到现在，是因为他在生活中从不刻意地追求长生不老而乱用药方，所以身心健康。这样的比喻会对你回忆原来的信息有一个提示的作用，在你的脑子里，你要想到爷爷鹤发童颜的健康面貌。"

"奶奶这里是：圣人把自己的利益放在后面，结果自己变成了首领。"

"这里你想到奶奶是个头上带有光环的圣人，她在布施财物救济穷苦人，于是大家拜她做首领，脑子里面一定要出现这样的画面。"

"伯父这里是：把自己的生死置之度外，反使性命得到保护。"

"想象伯父在作战的时候英勇非常，敌人望而却步，因此伯父保住了性命。"

"伯母这里是：不自私，反而使自己的目标实现。"

"咦？这不是老子的《道德经》里的内容吗？"赵文俊说道，"原文是这样的：

天地所以能长且久者，

是以其不自生，

故能长生。

是以圣人后其身，

而身先；

外其身，

而身存。

非以其无私邪？

故能成其私。"

“我只听说过这是中国的古典哲学。”普尔霏说。

“作为一个中国人，这已经让我感到很自豪了，中国文化居然已经传到了地球以外的星球，并且连机器人都听说过它。”

“伯母这里怎么记呢？”

“在这里你想象伯母因为给人补知识，于是人家赠送她一块巨大精致的木质手表，这里的‘补知识’可以谐音‘不自私’。这4个句子我这样帮助你记忆，先试试看是否已经记住，回想的时候一定要把前面4个人所发生的事情在大脑里以图画的形式历历在目地呈现出来，理由很简单，因为人物定位记忆就是把需要记忆的信息当作发生的事情，发生在设定的某个人的身上。”

普尔霏闭上眼睛回想了一遍。“可以了。”她点了点头。

“好，那我们继续，看一下爸爸那里写的是什么。”

“个人所得将要满溢时，不如停止追求。”

“你想象爸爸端着一个空碗在追逐一只滚动的球，这时碗里边出现了很多金币，当金币堆得高过碗口的时候，爸爸因为怕金币溢出来掉在地上，于是停止了追球。”

“妈妈这里是：锤炼金属使之锋利，但锋利不能长久保持。”

“这依然是《道德经》里面的内容，你想象妈妈在锤炼金属成刀，刀刃经常被砍钝，所以不能长久。”

“叔叔这里是：……”

“等等，”赵文俊打断了普尔霏，“叔叔这里是：金玉满堂不会长久守持住，对吗？”

“是的，你背过这本书是吗？”普尔霏问。

“是，我用记忆法背过好多书，尤其是我读书的时候最惧怕背诵的古文和外语。”

“叔叔这里怎么记？”

“你想到叔叔的厅堂里满是金子玉石，尽管叔叔趴在上面守住这些宝贝，但这些宝贝还是一件一件地飞走了，叔叔看到这些情景呼天天不应，叫地地不灵。”

“婶婶这里是：富贵而骄横的人将自寻灾祸。”

“想象婶婶因为有了几个臭钱就欺负穷人，以致遭人仇恨，被人吐口水淹死在口水泡里。”

“姐姐这里是：功成名就之后归隐离去才符合天道。”

“想到姐姐获得了冠军，把奖杯和奖牌放在领奖台上就走开了。”

“这里的原文是什么样的？”普尔霏问。

“原文是这样的：

持而盈之，不如其也；

揣而锐之，不可长保。

金玉满堂，莫之能守；

富贵而骄，自遗其咎。

功成名遂身退，天之道。”

“你现在从头到尾回忆一遍，”赵文俊说，“先不要苛求每一个字都一模一样，把每句话的大概意思先想出来再进行对照，看和原来的文字相差在哪里。确定没有问题之后，就去按住蓝宝石念咒语。”

普尔霏闭上眼睛嘴里叽里咕噜地念了一串听不懂的语言，接着睁开眼睛，迅速地向浮雕中心游过去，活脱脱的一只美人鱼，又如仙女腾空，姿态优雅。赵文俊和小男孩充满希望地看着她。普尔霏轻盈而快速来到浮雕中心，按住鸡蛋一般大的蓝宝石，嘴里念念有词。

突然，一阵蓝光由弱到强从蓝宝石射出来，发出吱吱的响声。接着浮雕开始转动，发出轰轰的巨响。那响声直接传到了上面的宫殿，上面的西尔兵听到这响声非常惊恐，不知道发生了什么事情，尤其是迷宫里边的西尔兵，既找不到方向又找不到目标，生死未卜，甚至不敢轻易迈步，如今这突如其来的响声，更是让他们慌神。

而在水宫中，随着普尔霏念动咒语，转过来的果然是一尊巨大的佛像，并且金光闪闪，顿时照耀着整个大堂，那佛像盘坐着，面目和蔼，眼睛微微睁开，似乎在俯瞰着什么。

“哇！好壮观！”赵文俊禁不住感叹。

赵文俊和小男孩也迅速地游了过去。

“这是纯金的吗？”赵文俊好奇地探索着佛像，他摸摸这儿，摸摸那儿，企图搞清楚到底是什么材质做成的。

“纯金的你也带不走。”普尔霏说。

“那是当然，我只是好奇罢了，不过我可以搬到这里来住，这不就成了我的吗？呵呵。”

“你倒挺会做梦的，别忘了还有一道咒语没解开呢。”普尔霏提醒道。

“快看看写的是什么。”

“依然是莫塔的古文字。”

“这又是一个教你学习物体定位的机会，看一下上面的内容是什么。”

普尔霏游到佛的头顶上：“头顶上写的是：四大皆空。”

“哦，你可以想到和尚是光头的，所以四大皆空。”

“额头上是：色即是空，空即是色。”

“想象额头上出现一个五颜六色的空瓶子，强调‘色’与‘空’，在想象的时候要侧重一下。”

“鼻梁上是：人生在世如身处荆棘之中。”

“想象佛的鼻梁上出现许多荆棘，一个人在荆棘里边。”

“嘴巴上是：心不动，人不妄动，不动则不伤，如心动则人妄动。”

“想象心里不想事情，人的嘴巴就不会说话，人不说话就不会发生语伤他人的事情，相反，人心动了嘴巴自然会动。”

“脖子上是：伤其身痛其骨，于是体会世间诸般痛苦。”

“想到脖子上有伤口，所以很痛苦。”

“胸口是：一花一世界，一叶一如来。”

“想象胸口左边有一朵花长在世界地图上，右边有一片大树叶，上面有一个如来佛。”

“肚子上是：前生500次回眸才换得今生的一次擦肩而过。”

“想象弥勒佛挺着大肚子，他的肚子擦到你的肩膀，你总是回头看他那可爱的大肚子。这里要强调‘擦肩而过’的画面。”

“腿上是：大悲无泪，大悟无言，大笑无声。”

“这里的‘大’与‘无’是共同的，侧重要记的是‘悲泪’‘悟言’‘笑声’，你只要记住‘悲、悟、笑’就可以想到与之对应的‘泪、言、声’你可以把‘悲、悟、笑’想到‘悲勿笑’，即悲伤的时候不要笑。”

“膝盖上是：苦海无涯，回头是岸；放下屠刀，立地成佛。”

“想象一个人双膝跪在海面上，放下屠刀之后站了起来就变成佛这样一个画面，关键字是‘海、刀、佛’。”

“脚上是：我不入地狱，谁入地狱。”

“想象一个人自告奋勇地走进地狱里，在地狱里边双脚被严重地摧残。好了，通过刚才这么多引导你想象的画面，相信你已经发现物体定位就是在一个物体上找地点，可以说这是地点法的延续，前面我教你地点法的时候是一个地点一个物体，一个物体只记忆一个信息，但现在不是，而是在一个物体上找出多个地点，在每一个地点上放一个信息。现在开始回忆，准备念咒。”

普尔霏停在半空中回想了一遍之后来到佛的耳朵边。一念完，顿时佛光普照，整个大堂洒满金色的光芒。接着九道白光从九个石窟里射出来，照得人眼都睁不开。随着白光渐渐退去，佛像也渐渐转过去，发出轰轰的巨响，最后恢复平静，浮雕又出现在墙壁上。

石窟里的人走了出来，全家人兴奋地抱作一团。

“Oh，太感人了，这个场面。”赵文俊摆出一副很受感动的表情，很夸张地抱着身边的普尔霏。

“年轻人，谢谢你们为我们全家解开咒语，否则我们全家很可能永远都没有逃脱的机会。”男孩的爷爷突然走过来轻轻地拍着赵文俊的肩膀。

“老先生，您不用客气，这也是在帮助我们自己。”赵文俊转身面对来者。

“孩子们都过来，拜谢一下我们的恩人！”老人吆喝道。接着一家老小过来行礼致谢。

“不要客气，不要客气！”赵文俊抱着拳深深相拜，鞠躬回礼。

“你们真是幸运！”老人笑着说。

“怎么个幸运法，西尔兵都把我们给逼惨了。”赵文俊一脸疑惑。

“你们是从上面的迷宫掉下来的，但你们有所不知，这洞口有4000米深，上面的迷宫后面是我们部落的宝库，为了以防万一，特意建造了一个迷宫，里面有许多陷阱，除了国王知道如何走以外，没有人知道如何通过。里面的陷阱除了你们踩上的以外，其他陷阱都是夺命魔鬼，一旦陷进去，就会死得惨不忍睹。”

“感谢上帝如此保佑。”赵文俊虔诚地说。

“我知道你们是想寻找出口，去拯救宇宙。”老人说。

“我没告诉您，您是怎么知道的？”赵文俊不解地问。

“呵呵，拉坦魔王把我们变成石头定在这里，虽然我的身子不能动，但是耳朵能听、眼睛能看、脑子能想，从你们掉下来到现在所发出的声音我都能听到。”

“哦，怪不得，你们的耳朵比我们的耳朵长。”赵文俊突然解开了疑惑。

“请问拉坦魔王是谁？”普尔霏问，“他为什么要锁住你们？”

“唉，说来话长，”老人抬起头，看着远方，“拉坦魔王是几百年前达达星球上的人类在一次疯狂的基因试验中产生的怪物，刚开始，由于它长得丑陋，任何物种都不能接受它，它感到自卑、孤独，所以躲着一切目光，生活在垃圾堆里。后来由于人类过度消费自然资源以及工业产品形成的垃圾严重污染，使它身上滋生了一种奇怪的细菌，这些细菌能够强壮它的各种能力，致使它能在水陆空自由行走，甚至能进入八度空间，更不用说行走仙界、人界、鬼界、魔界，可谓来无影去无踪。这里是一个在宇宙中飘浮的独立部落，叫作沙巴赫，这里只生活着一种民族，我们有自己的王国，上面的王宫和这里的水宫都是我们部落的人所建造的。拉坦魔王到了这里之后看上了这个地方，但是由于自卑心理严重，它杀掉了所有的人，以免人家笑话它，只留下我们家人是为了它时不时来这里居住时有人伺候，因为害怕我们逃跑，所以他把我们变成石头。为了不让别人抢占地盘，他用雷电和浓云把这里包裹起来。”

“那为何留下你的小孙子没变成石头？”赵文俊很不解。

“这里的水需要有人活动才能保持生命，如果长时间没有人活动，这里就会变成一潭死水，由于他年纪小，不担心他会逃跑，所以把他留下。”

“难道就没有任何人可以制伏他吗？”赵文俊问。

“有，这个人就是耶稣，但是必须在同一维度的空间里才能用手中的法杖来将他降住，所以拉坦魔王经常跟耶稣捉迷藏般在各个维度空间行走。”

“可是现在耶稣的法杖已经被西尔偷到手里，以致出现这次的宇宙危机，我们这次的任务就是要解除这场危机。”普尔霏说。

“所以我们要尽快离开这里。”赵文俊催促道。

“这件事情可不得了，一旦这件事情泄露，拉坦魔王和西尔狼狈为奸就会很麻烦！”老人担心地说，“快来，我带你们到出口去。”说着便领着赵文俊往大堂外走，其他人都跟了出来。

老人带着这一群人来到了一个小室，打开一道隐蔽的石门，里边是一台升降机，所有的人都上了升降机上。随着升降机开始运作，他们只感到风呼呼从上往下吹，也不知道速度究竟有多快。升降机慢慢停下来，他们到了一个小屋，老人打开一道隐蔽的石门进入了宫殿。老人竖着耳朵听了一下动静说：“西尔兵都在迷宫里乱撞，其他地方都没有动静，我们可以趁机安全逃离。”

“老先生，”普尔霏说，“上面的闪电还是很危险，您一家老小还是要注意安全才是。”

“呵呵，这个你不用担心，宫殿上的高塔是我们的雷电发射塔，由于我们的领地小，所以设置这个发射塔加以防范，我这一辈子都在宫殿里做事，我知道如何取消闪电。”老人很有把握地说。

老人一家和赵文俊二人迅速来到宫殿前的长廊，几艘飞船还在静静地等候，老人一家上了一艘飞船，赵文俊和普尔霏上了另一艘飞船离开了长廊，老人飞到了高塔取消了闪电，两艘飞船安全地离开宫殿，自由地在上空盘旋了几圈，最后穿出了云层。而西尔兵依然在迷宫里找不到出路。

第9章

历经万险虎口脱险
详细解析定位记忆

普尔霏驾着飞船进入了时空隧道。

“哇！这飞船比我们原来的飞船舒服多了，”赵文俊这时才有心思留意敌人的大飞船，“Oh！看这驾驶舱，跟五星级宾馆似的，真宽敞，这座椅，哇塞！舒服。”赵文俊触摸着、张望着，体验着无与伦比的乘坐感受。

“你的记忆法还没给我讲完吧？”普尔霏平静地问。

“你应该先让我休息一下。”赵文俊一副讨价还价的模样，“你应该知道刚才所经历的事情让我现在还心有余悸，你看我正在发抖。”赵文俊故意把身体夸张地颤抖起来。

“你是抖得很厉害，可是我不懂得欣赏你的表演，你这张嘴废话连篇，不如说点正题，你的地点记忆好像还没讲完。”普尔霏看着前方。

“唉，你真是一台固执的机器。”赵文俊十分无奈，“你还记得在宫殿我教你记忆的七条句子吗？你现在回忆一下背给我听听。”

“第一个地点是瀑布：飞流直下三千尺，疑是银河落九天。

“第二个地点是宫殿上面的高塔：危楼高百尺，手可摘星辰。

“第三个地点是长廊：飞船被炸毁了，里面的人全部遇难。

“第四个地点是宫殿门口：几颗炸弹同时爆炸，险些要了我的命。

“第五个地点是在水沟里：水深足有1.4米，淹没了我的肚皮。

“第六个地点是‘水涵洞’：一夫当关，万夫莫开。

“第七个地点是在迷宫：只要活着就一定有办法。

“这些都是我经历过的事情我当然好记，如果不是我经历过的事情呢，大概就不好记忆了吧？”

“问题就在这里，我前面说过亲身经历的事情我们很好记，我这么教你记忆就是为了告诉你地点记忆的这个基本原理，现在我假设刚才的七句话不是你经历过的，而是我随便说出的句子，那么你也要在这七个地点想到那七个相对应的画面，要想得很清晰，如同身临其境。总之**用地点法记忆就是把你需要记忆的信息当作发生的事件，想象它发生在你所设定的地点**。当然了，像我在宫殿里那样找地点是不好的，那样很浪费地点。”

“那应该怎么找？”

“应该是在一个屋子里找更细的方位。现在通过脑像仪在屏幕上给你呈现一个公寓房，我给你举个例子，说明怎样找地点以及怎样用地点记忆。”赵文俊戴上脑像仪，“现在你可以通过屏幕看到我脑子里正在想象一所公寓的室内空间，为了和记忆信息的画面区别开来，我把这个室内空间想象成是黑白的画面，把要记忆的信息想象成是彩色的。”

“嗯，我看到你把画面想成黑白的画面了。”普尔霏两眼专注地看着屏幕。

“现在我已经在房子里按照顺序用红点找出了我要储存信息的地点，**这10个地点**

分别是凳子、地板、音箱、电视、音箱、餐桌、沙发、茶几、长沙发、植物。接下来请你随机说10句话，同时看着屏幕，你看我脑子里在想着什么画面。”赵文俊一直闭着眼睛。

“好的，第一句，爱护环境人人有责。”只见第一个地点出现了一幅美丽的风景画面，但是有很多垃圾，几个人正在清除垃圾的画面。

“第二句，请你注意我朋友给你提出的问题。”第二个地点出现普尔霏手中提着一个沉甸甸的问号的画面。

“第三句，露珠滴落的声音是清晨离去的脚步。”第三个地点出现一片绿叶，露珠从绿叶上滚落到台面上，形成脚印形状的画面。

“第四句，违法规则必然遭到惩罚。”电视机里出现了足球裁判员举起了红牌的画面。

“第五句，成功离不开能力和毅力。”第五个地点出现赵文俊拿着奖杯的画面。

“第六句，科技的发展直接影响人们的生活。”第六个地点出现了一封信，信封里出来一个手机的画面。

“第七句，抓住机会需要勇气和眼光。”第七个地点出现一只眼睛吞下了一只正在飞的公鸡的画面。

“第八句，美梦如同悠扬的旋律，让人回味不已。”茶几上出现一台正在自动演奏的小钢琴，一个人躺在钢琴上带着微笑地沉睡着。

“第九句，如果人类继续对野生动物进行残忍屠杀，将遭到严重的惩罚。”长沙发上出现一个人正在杀一头大象，突然身后扑来一头狮子的画面。

“第十句，解放思想，与时俱进。”植物上出现人的大脑，束着一根绳子，绳子断了，飘起一块钟表，大脑也随之飘了起来的画面。

“现在请记忆大师重复一遍。”普尔霏要求道。

“那刚才你看懂我的每一个画面和你的句子之间的关系了吗？”赵文俊问道。

“我想我已经明白你的意思。”

“看来我们是心有灵犀，呵呵。你刚才的句子是属于抽像的，你是故意为难我的是吗？”

“何以见得？”

“你这10个句子里面没有一个句子的关键词是具体的物体。”

“可我发现你总是会找一些具体的物体来代替。”

“在我还顾不上理所当然地接受你的赞美之前，我首先表示，你说这句话已经充分地说明你确实看懂了我的图像。现在我先请你说说我的聪明之处在哪里？”

“比如说‘环境’，你用一幅风景画来代替；你用一个问号来代替很不具体的‘问题’；你用罚红牌来代替‘违反规则’；用自己获奖来代替‘成功’‘能力’‘毅力’这三个看不见摸不着的名词；第六句你的联想更有意思，从一个信封里变出来一个手机，含义万千，不言而喻；第七句，你用飞着的公鸡即‘鸡飞’代表‘机会’是吗？”

“是的，我在这里应用了借代和谐音，就是把没有具体形象的事物用可以看得见的事物来代替和表示，在后面我会讲到更多借代和谐音的问题。‘鸡飞’谐音‘机会’，那只眼睛就代表‘眼光’，它吞下了公鸡代表‘抓住’，在这里，我没有把‘勇气’体现出来，有时候图像不需要面面俱到，甚至点一下就可以作为提示让我们想起整句话。好了，请继续给我点评。”

“我给记忆大师做点评？不经意间升到了一个不敢想象的高度，我只是说说我的理解而已，我尊敬的记忆老师。”

“好的，你继续。”

“第八句也很巧妙，我原以为‘美梦’和‘旋律’这两个抽象的词语会让你为难一下，没想到我话音刚落你的图像就出现了，这个借代很成功；第九个句子比较长，虽然也算抽象，但是在你的图画的演绎之下就没什么抽象可言了；第十句很有趣，你会这么想我觉得你就是个天才，如果把抽象指数定为10级的话，这句话应该达到8.5级了，捆绑住大脑的绳子断了代表解放思想，大脑跟着手表飘起来表示与时俱进，我觉得很有创意。”

“谢谢你满是褒义的点评。呵呵，假如你会笑的话，那么你的赞美会更加淋漓尽致，获得你的赞美将是大快人心的事情。”

“很抱歉我不能在赞美你的时候让你感到快乐，不过很感谢你让我学会了这个方法。”

“这个方法很好用，它是帮助我们储存和回忆的很好的工具，哪怕是一个8岁的小孩子，掌握了这个方法后都能立即一次性听记20条句子。对于地点记忆法最后有几点需要强调：

“☆多找一些你熟悉的地点，设为固定的储存库以备用。

“☆按照顺序找地点，这些地点的顺序是固定的，以防颠倒信息的顺序或者遗忘信息。

“☆曲线地找，这样便于记住每个地点。

“☆地点要明亮，否则你很难清晰地回忆你在该地所储存的画面，假如你所找的地点刚好不明亮也没关系，你可以努力地想象它明亮的样子。

“☆最好以30个地点为一套地点，这是为了更好地对自己的储存库和记忆信息进行管理。假如说你在自己的办公室找了60个地点，那么就分为两套地点。假如在一个更大的地方找地点，如在学校，你可能会找到很多地点，那么你要清楚自己在每一个区域找了多少套地点。

“☆一组信息要在同一个区域里完整地储存，否则会丢失，比如，你要用60个地点来记忆一组信息，结果你在家里只找到59个地点，于是你把最后一个信息放到几百公里以外的地方，这样就容易丢掉。

“☆在短时间内不要用同一套地点记忆同类信息，除非前面的信息你已经滚瓜烂熟，或者前面的信息由于过时，已经被自动删除，否则会与前一组信息混乱。

“至于人物定位我前面已经说得很清晰了。物体定位我也用人体作为例子现场给你在水宫里演示过。

“不过我还要给你强调一下关于人物法和定位法的一些事项。”

“等等，你是要告诉我要多找人物、多找物体并且罗列出来，作为固定的储存库是吗？”

“天啊！ 你太聪明了，我真不敢相信你是一台机器，不过，我还要补充一点，那就是将你认识的人进行分类，比如说有血缘关系的，这里边有父系和母系；有朋友关系的；有工作关系的；还有你可能从来都没有见过面的政治人物、影视明星等，甚至包括唐老鸭、米老鼠、唐僧、猪八戒等这些角色，都可以按照你愿意的顺序罗列出来。这样你就可以有几百个人物储存库了。物体定位你也可以罗列一些物体，不过我觉得你可以把物体定位和地点糅合起来，因为一个屋子里一定会放着一些物体，什么地方放着什么东西，你既然在这里找地点肯定是知道的，那么你就可以根据这个路线顺序把这一路上的物体的各个局部位置找出来。方法就是这么做，接下来的工作就是带你一起训练。”

第10章

神秘女郎窃取情报
两个动机一个阴谋

宏摩大厦高耸在邬坦市的中心，在参差不齐的建筑丛林中鹤立鸡群，人站在楼顶，似乎一伸手就能触摸到天空的顶部。张楠和侯格雷斯站在楼顶，看着东面50多米远的商贸大厦。高空的气流吹拂着张楠的长发，在耳边柔柔地飘摆，身后，碧绿的天空和白云衬托着她婀娜的倩影，如同飞舞的仙女。她凝神看着商贸大厦，一点都没有察觉到侯格雷斯凝固在她身上的目光。她那清秀的轮廓缠绕着侯格雷斯泯灭已久的浪漫，让侯格雷斯对爱情的渴望像冬眠的种子一样苏醒过来，像野草一样，在春风的吹拂下疯狂地生长。

“你看到楼上的治安人员了吗？”张楠指着商贸大厦的楼顶问侯格雷斯。

“哦，是的，我看到了。”侯格雷斯慢了半拍才回过神来。

“表面上看，这是一栋很平常的写字楼，实际上它戒备森严，克伊斯曼的安全总部就在这里，在最顶层。”

“你对这栋大厦了解多少？”侯格雷斯问。

“了解不多，但我所了解的信息已经足够我窃取到普尔霏这次任务的具体内容了。”张楠很有把握地说，“这栋大楼共有42层，40层以上都是安全部的，但第40层只是虚设的普通办公场地，挂名为博才文化传播公司，实际上是掩人耳目的屏障。电梯只能上到第40层，所以要到达42层必须穿过40层、41层这两道屏障。凡是进入本大厦的人都要验证身份，治安人员要与被拜访的单位联系过，经过确认后，来访者才被获许进入。这里的工作人员无论身份地位，都有一张出入ID卡，读卡机识别过ID卡之后，持卡人才可以进入。每一层都有巡查的治安人员，大厦的每一个角落都有监视器监视，就连厕所，除了厕位以外都有监视器，因此以偷偷摸摸的形式进入大厦行窃是很难的事情。”

“那你打算如何进行这次的任务？”

“我已经做好了进入的准备，但我需要一个人来配合，所以我才把你领到这里来。你看到在42楼擦玻璃的女人了吗？”

“看到了。”

“她叫安娜，今年46岁，这是她的照片，我偷拍下来制作仿真面具用的。”张楠拿出一张照片给侯格雷斯看，“她在这里负责第42层的卫生，每天下午5点从家里打的来打扫卫生。此人为人憨厚，性格胆小，我准备打扮成她的模样进入，到时请你负责将她劫持，拿到她的ID卡和工作服。”

“进入42层之后你准备怎么做？”

“42层的布局我大致了解，我以这样的身份进入，可以堂而皇之地触摸到每一个角落，这样我就有机会将窃听器粘在不易被发现的角落。而且这样的动作很小，我只要在收拾垃圾的时候就可以轻易地将窃听器粘上去，仅靠监视器根本看不到这个细小的动作。”

“这个过程还有什么是要我配合的吗？”

“你随时开着对讲机，我暂时还预料不到会出现什么样的意外。我们现在再看一下周围的情况，如果一切顺利的话，你就在商贸大厦南面的桥上等我，只要离开治安员的视线就可以。如果发生了什么意外，你就在那个广场的前门等我。从商贸大厦到广场前门这条路要经过一段商业步行街，那里行人比较多，街道纵横，地形相对复杂，另外从步行街到广场前门还有地下通道，通道是‘王’字形结构，在那里我可以分散追踪者的注意力，争取逃脱的时间。”

“什么时候开始行动？”

“明天安娜上班之前。”

第二天，安娜和往常一样在16:40出门打的，侯格雷斯开着一辆出租车停在安娜的面前，拉上安娜朝商贸大厦的方向驶去。刚走不远，侯格雷斯就掏出一把水枪朝安娜的脸上射去，安娜毫无准备，被射了一脸液体，立即昏迷过去。侯格雷斯把车停在路边，张楠上了车，取下安娜的ID卡和工作服，然后戴上安娜的仿真面具，动作麻利地乔装改扮了一下之后，就足以以假乱真了。

张楠下了车朝商贸大门走去，读卡机读完ID卡之后，张楠很顺利地进了商贸大厦。

张楠推着安娜平时工作用的小车子来到42楼开始打扫卫生。这里的工作人员和往常一样做着自己的事情，一点都没有察觉到今天的这个安娜已经被调包。张楠一边工作，一边寻找粘贴窃听器的最佳位置，还留意着办公室的动静，尤其是关于普尔霏的消息。正在张楠拖着地板的时候，一个女子匆匆地从张楠面前走过，敲开了部长办公室的门。

“部长，这是普尔霏刚刚传回来的文件。”那女子给里面的一个大概50岁的男子递过去一张纸。

“拿给我看一下，”男子拿过纸张，向女子挥了一下手，“你先出去。”女子从部长办公室里走出来，顺手关上了门。张楠为了听清部长办公室里的动静，于是凑近办公室，在那边忙活起来，这时部长办公室里响起了视频电话声。

“秘书长您好。”里面的男子招呼道。

“你好，塞弗部长，今天造访你是要给你补充一下昨天我跟你谈的事情，我刚才想了一下细节，你把面条煮好之后最好不要急着吃，这样吃从口感和味道上来说都不是最好的，正确的做法是先用冷水浸泡一下再捞到碗里，最后浇上酱汁，否则会烫嘴，明白了吗？”

“好的，谢谢秘书长提醒，不过这方面您请放心，我不是那种做事盲目心急的人，您还有别的指示吗？”部长塞弗问。

“没有了，不过我倒是想过问一下普尔霏那边的消息怎样了？”

“哦，我刚接到她传回来的信息，她说目前只有西尔的人在追击，不过她都能应付过来，还没有出现未知的敌人，如果顺利的话，3天后就能回到耶稣的故乡。”

“好吧，祝愿一切顺利，让她多保重，整个宇宙的安全就落在她的肩上了……那个赵文俊怎么安顿？”

“哦，他和普尔霏在一起。”

“为什么要带上他，这不是成了普尔霏的累赘了吗？”

“因为赵文俊没法在一天内教会普尔霏所有的记忆方法。”

“这种情况下也只能如此。对于赵文俊这个人你足够了解吗？”

“您指的是哪一方面？”

“我担心普尔霏刚掌握方法还不能熟练应用，怕她遗漏某个细节，这样，我们岂不是功亏一篑？”

“秘书长，我明白您的意思，根据普尔霏传回来的报告，这个人还是很可靠的，我查过他的资料，作风上没有任何污点，是个没有城府的愣头青，没有任何政治背景和复杂的人际关系。”

“这我就放心了，我现在唯一牵挂的是结果，耶稣的法杖在西尔的手里，就等于我们所有的生命都捏在西尔的手里，每等一秒都是噩梦缠绕的煎熬，我想你应该很清楚这种感受。”

“我们会尽力的，秘书长先生，普尔霏做事向来是低调高效，而且此次任务不能高调，我也不方便派更多的人去参与。”

“我相信上帝是仁慈的，愿上帝保佑，再见，塞弗部长。”

听到塞弗挂断电话，张楠心下得意，可是她还不能离开，因为还没有打扫完，否则会露馅。等张楠打扫完毕，天色已经昏暗，外面已经万家灯火。

“侯爷，一切顺利，请在小桥上等我。”张楠对着手腕上的隐形对讲机向侯格雷斯报告。

“好的，我在我的敞篷车上。”侯格雷斯回答。

张楠来到大厦门口，两个治安人员告诉她说ID读卡机出现故障，请她在登记本上签字。张楠愣了一下，因为她不会写克伊斯曼的文字，于是她用狂草的汉字将安娜的名字写了下来，没想到治安人员居然仔细地看着这个奇怪的文字，接着，这位治安员用扫描仪将这个签名扫描下来，电脑上出现一个对话框——“笔迹不吻合”。治安员看了看眼前这位“安娜”女士，接着温和地说：“麻烦你跟我来一下。”接着转身准备往里走。张楠跟在他后边，猛地将他打晕。另一个治安员刚反应过来，张楠的拳头已经重重地打在他的头顶，把他打晕。目击者惊呆了，有人惊叫起来，远处的治安员见状立即发出警报，向张楠奔来，张楠一溜烟地往外跑。

“侯爷，我出现意外了，治安员在追捕我，你现在马上到广场前门。”

侯格雷斯把车开到指定的地方。张楠进入地下通道，借着通道昏暗的灯光边跑边卸掉装扮，扔到垃圾箱里。她刚拐出通道，就发现治安员也已经进入通道。张楠迅速跳上侯格雷斯的车，这时治安员的脚步声已经从出口传来。侯格雷斯正要启动引擎驾车逃离，突然，空中几道灯光扫来，治安队的悬浮车已经赶到。张楠怕暴露了自己，一把抱住侯格雷斯深深地亲吻。就在这一刹那，3个治安员出现在这个出口，他们扫视了一下周围，没有看到任何逃跑的身影，只有一对对情侣在窃窃私语、耳鬓厮磨。

“奇怪，”一个治安员疑惑地说，“听脚步声明明是往这边跑的，怎么一会儿的工夫就没影了呢？”三人在侯格雷斯的车旁来回走动，四处张望。后面跟上来的治安人员在广场上搜索近十分钟，无果而终，无奈地离去。

看到治安员离去，张楠推开侯格雷斯，然而侯格雷斯却意犹未尽，他依然紧紧地拥抱着张楠，深吻她的双唇。这销魂的深吻，仿佛让他回归到了16年前，让他重新感受到热血澎湃的亲吻，这一吻，让他感到灵魂被融化，化作一团气体流进张楠的身上，只要张楠离开他的视线或者稍远的距离，他便会六神无主。张楠把头扭到一边，侯格雷斯像发疯一般，毫不理会张楠的反应，一手抱住她的背，一手抱住她的后脑勺，激吻她的唇，两手像铁箍一样紧紧地抱住张楠，让张楠无力挣脱，被吻得喘不过气来。突然，张楠咬住了侯格雷斯的下唇。侯格雷斯“啊”的一声，疼痛地呻吟着松开了手，张楠啪地一下给了侯格雷斯一个耳光。

“你疯了？”张楠生气地看着侯格雷斯，用手背来回地擦嘴，然后捋了一下被弄乱的头发。

“对不起，我太投入了，我真希望即使不是为了隐藏也可以这样。”侯格雷斯深情地看着张楠，晚风轻抚着她长长的秀发，轻轻地摇曳着撩人的魅力；她白皙的皮肤在暗淡的夜色中似乎散发着淡淡的荧光；尽管夜色朦胧，但是在肤色的衬托中，她五官的轮廓依然清晰秀丽，这样的朦胧让她更显得妖娆妩媚；还有她那细长的脖子在转过来仰望着侯格雷斯的此刻，咽喉与颈大肌起伏的节奏，在深深地诱惑着他。

张楠定定地看着侯格雷斯，这是审视的目光，也是一种无言以对的目光，她觉得不可思议，一个40岁的男子、一个有钱有地位的男子、一个身边不缺女人的男子，为何独对她如此钟情？

“侯爷，本来我们应该谈谈今天的情况，看到你这么认真，我想对你说，我刚失去新婚丈夫，我很爱他，就像你很爱菲尔瑞一样，她占据你的灵魂整整16年，这些年来即使你身边美女如云，都无法动摇她在你心中的地位，不是吗？”张楠对侯格雷斯说。

“只要能让我每天都看到你，只要你能给我一个期限，哪怕再等16年我也愿意。”侯格雷斯很坚定地看着张楠。

“对不起，侯爷，如果在此之前我没有爱过任何人，遇到你这样的深情，再加上你的优秀，我可能会被你感化，可是，事实没有如果。说不定当我愈合了伤口之后我同样会爱上你，但是现在我还不能预知未来。”

侯格雷斯轻轻叹了一口气，一面默默地看着前方，一面启动了引擎，缓缓提速向前行驶：“当我一无所有的时候，我因为贫穷而遭遇种种不幸，甚至受人欺辱坑骗，我以为只要有了钱，就可以扬眉吐气，随意拥有我所想拥有的一切，可是，这么多年来，我一直在感情上捉襟见肘，从小到大都在忍受着情感的贫寒。”

“不，侯爷，在武术团的时候你的情感是小康的，你和菲尔瑞在一起的时候，你的情感是富有的，你给生活多少感激，生活就给你多少微笑。论年龄、论阅历，我本不该对你讲这些道理，只不过是你一直生活在愤恨、掠夺当中，所以你的人生哲理也只有愤恨，只有弱肉强食的硬道理。而我，生活在一个普通的家庭，从小到大，父母让我耳濡目染的只有爱和正义。我爱一个人不是因为他的财富和权力，我爱的是他生命的意义。如果为了财富和权力而盲目甚至透支自己的精力去追求，那么只能得不偿失，就算满足你暂时的虚荣，也不会让你幸福。”

“我一直以为只有傻瓜才会信仰你所说的道理，没想到一个有勇有谋的你也会相信这些。”

“如果我所说的你不能苟同，你就把我当傻瓜好了。”

“不，你不是傻瓜，只是我们生活在两个不同的世界，在我的世界里产生不了你的道理，我是多么希望能够活在你的世界里。”

“好了，我们不讨论这些了，西尔拿到了耶稣管理宇宙的法杖想主宰整个宇宙，但是没有咒语，没法使用，估计他是想利用赵文俊的记忆力来窃取耶和华的咒语。普尔霏和赵文俊正在赶往耶稣出生之前，到玛利亚的故乡拿撒勒，也是为了窃取咒语以拯救整个宇宙，这是我听到安全部长在电话里向他的上级反映的情况。”

“那你还杀他吗？”

“一码事归一码事，听他们的谈话意思大体是说普尔霏正在学习赵文俊的记忆方法去窃取咒语，所以我想，只要普尔霏顺利回来，宇宙危机就能获得化解。”

“你真是一个不能招惹的女人。”

“女人不是绵羊，只是没到愤怒时，所以我们中国有句古话叫作‘最毒妇人心’，况且，他害死了无辜的人，就该偿命！”

“如果我的生命也值得你这样牵挂，我死而无憾。”

“侯爷，我们还是想想什么时候出发吧。”

侯格雷斯没有回答张楠的话，沉默少顷才问：“你一定要亲自去杀他吗？”他想看看还有没有挽留张楠的可能性和她真正的打算。

“是的，否则不解恨。”

“我可以把他的尸体带回来让你鞭尸。”

“我要亲眼看着他死在我的面前。”

“那我把他活捉回来任由你处置。”侯格雷斯进一步试探张楠到底是要见赵文俊还是要杀赵文俊。

“侯爷，我喜欢在他生龙活虎的时候被我杀死，杀一个已经奄奄一息的人跟杀一只蜗牛有什么区别吗？另外，我觉得你不必沾上这份罪恶，我杀他是义举，王子杀他是罪恶，你杀他是罪恶的买卖，难道你不觉得我的身份最适合杀他吗？”

张楠这样回答，没有让侯格雷斯得到想要的答案。

“我已经十分罪恶了，”侯格雷斯深情地说，“我不介意为了你再多杀一个人，我不想让你杀人，更不希望你在这次行动中遇到危险，因为那个特工会极力保护赵文俊，另外，西尔的人马也会是我们的危险。”

“谢谢你的关心，我一旦决定的事情是不会改变的，否则我不会从地球上追杀过来，你看我们什么时候动身，我希望越快越好。”

“我也是希望越快越好，可我必须先向王子汇报一下你的侦查结果，看看他有没有新的指示。”

“你以前行刺也这么婆婆妈妈吗？”

“不是婆妈，而是谨慎，王子是个很有正面口碑的政治人物，他之所以选择我做他长期合作的杀手，是因为我的身份不容易将他暴露出来，为了安全，我和他甚至不直接联系，就连我们私下谈到他的时候也不直呼‘王子’，而是以‘主人’做代号。今天突然知道这个被杀对象的特殊角色，以及他现在所在的特殊时空，我最好向王子反映一下，因为穿越时空不是我这么一个暴发户想做就能做的事情，而且也不仅仅是涉及的成本问题。明天王子将到达克伊斯曼做三天的记忆课程培训，我可以跟他的助理通一下话。”

“他真是个大忙人，还到外星做演讲，我倒想亲自见见他。”

“你为什么想见他？”

“能见到名人是一件很荣幸的事情。”

“名人和普通人一样，需要吃喝拉撒，有七情六欲。不见得是名人就比普通人光彩、高尚、神圣，有些名人只不过是哗众取宠的小丑，是大众的玩偶而已，并没什么真才实学，外表鲜光亮丽，内里龌龊不堪。那些所谓的名人之所以成为名人，是因为他们煽动了人性本来就蠢蠢欲动的犯贱心理，吸引人大胆地犯贱，并让犯贱成为潮流和趋势，于是犯贱者终于有了正当的理由，理所当然地犯贱。用你们有道德的人的话说，这就叫没有社会责任感，而我也是这种潮流的结果。”

“你所说的这些和乔桑王子有什么关系吗？”

“有一点关系，客观地说，乔桑王子是个有真才实学的人，也为老百姓做过很多实事，但是他和普通人一样为名为利而苦心专营，这些年来变得很伪善，是那种既做了婊子还立了牌坊的人，但从我的角度上说，这是他处在位高权重地位的生存之道。可有些名人就很糟糕了，没有真才实学，靠犯贱来出名；甚至撩起自己的裙摆期待潜规则降临，好让自己一举成名；又或者在幕后推手的策划下，成为赚钱的工具。”

“我总觉得这种话从你的嘴里说出来不合适。”

“是因为你认为我没有资格批判别人对吧，没错，我也是道德标准中所说的坏人，可是，我是这个犯贱潮流里的悲剧，在这样的潮流里我得不到真正的幸福，得不到真爱。你比我幸运，可还是没有躲过犯贱者的入侵……”

“别说了！”张楠突然很不高兴，“在你的眼里整个世界都在犯贱，可是我的世界还不至于如此，虽然这个世界正在走向道德危机，但是它还有救。另外，我可不是因为乔桑王子是名人所以才想见他，而是想和他探讨刺杀赵文俊的事情，我希望尽快找到赵文俊把他杀掉，好祭奠亡夫的灵魂。如果每个人都能伸张正义，都懂得什么是耻辱心，都对自己和社会有明确的责任意识，这个世界怎么可能如此犯贱？”

“佛家不是说放下屠刀立地成佛吗？不是说生死自有天命吗？赵文俊作恶，自有天公做主，你又为何执着于自己的仇恨，你这么做和你所希望的社会风气不是背道而驰吗？”

“不要再说了！佛说的话什么都对，就这句话不对，作恶者应该众人讨伐，千刀万剐！”张楠面带愠色，两眼盯着侯格雷斯，因为侯格雷斯用她的理论将了她的军。

侯格雷斯没再说话，他始终怀疑张楠坚持要参与刺杀赵文俊的真正理由，为什么刚才的谈话会让她情绪如此激动，真的是出于愤恨吗？还是有别的目的以至于非得见到赵文俊？不管张楠的真实目的是什么，反正他的目的就是得到张楠，他还能找到什么借口不让张楠见到赵文俊呢？他在心里苦苦思索，终于，他想到了一个好主意，一个很大胆的主意。为了达到留住张楠的目的，实际上他现在就可以告诉张楠他可以安排张楠去见乔桑王子，可是，侯格雷斯有自己更深层的想法。

第二天中午，乔桑王子飞到了克伊斯曼郇坦市，在一系列迎接国家元首的复杂仪式结束后，乔桑带着疲倦在总统套房里休息，他的贴身助理里格在外间候着。侯格雷斯当着张楠的面，跟王子的助理里格接通了视频电话，把赵文俊的情况说了一下。

乔桑听到里格的复述，吃惊了一下，很快沉静下来，眉头一皱，露出不易察觉的笑，说：“你不觉得这是一件很可怕的事情吗？”乔桑故意问了一句。

“王子殿下，依在下拙见，是您的好运要来了。”里格说。

“你为什么这么说，法杖在西尔的手里，所有的生命都会受到威胁，哪有什么好运？”

“王子殿下，如果我们把赵文俊给杀了，那么全宇宙唯一能窃取咒语的就是您了。”

“那我不就成了西尔的靶子了吗？那我不就替赵文俊去亡命天涯了吗？”

“这可不然，王子，赵文俊是个小老百姓，西尔要杀他是件小事，而您是王子，怎么能等同于赵文俊？更重要的是，只要您拿到咒语和法杖，您就可以主宰整个宇宙！”里格终于说出了事情的最关键之处，这也是乔桑王子一直在等着他讲出来的关键之处。

“万万不可！那我岂不成了全宇宙的罪人？”乔桑义正词严地说。

“王子言重了，”里格说，“您在自己的国家深受民众的爱戴，甚至整个库巴兹的人都尊敬您，并且在别的星球也有相当的名气，对于众生而言，法杖在您的手里和在耶稣的手里没有什么区别。另外，由于存在民族的界线，导致目前国际之间的经济、科技还有军事之间的相互攀比，这些竞争和攀比又促使人类无限地开采资源，造成资源的浪费和对环境的破坏，以及一些生命岌岌可危。您看不是吗？对于整个人类社会来说，要的是和谐与良性的发展，可是由于目前存在民族的界限，人类正在拼命用有限的科技能力来无限追求经济的发展，人类正在花大量的心血来研究不希望派上用场的高端武器，只是威吓其他民族。在整个人类社会里还有一半人口生活在饥饿与疾病的痛苦之中，然而民族的竞争却拿走了苦难人民的口粮，将它们变成了炮弹，用来提防假想中的敌人。如果人类没有民族的界线，就不会有这些无止境的攀比和竞争，人类的灵魂就会更加纯洁，就没有这么多可望不可及而又妄想不休的欲望，就可以和环境和谐共处，更不会酿就今天这样的宇宙危机。人类如何才能终止这些竞争，那就是统一，要有一个德高望重的领袖用和谐的方式来统一！王子您就是这个领袖，如果您怜悯您的子民、怜悯所有的生命，就请王子果断决定，勇敢地站出来主宰这个宇宙吧！这个宇宙迫切需要这样的角色。”里格的一番大慈大悲的话着实令人动容。

“可是……这可是神灵的圣物，这样会亵渎神灵，你说是吗？”

“上帝的旨意是让他的子民和谐共存，如果您同意我刚才的建议，您不就是在行使上帝的旨意吗，您不就成为上帝的使者了吗？又何谈亵渎神灵呢？如果您觉得我个人的建议不可靠，那可以参考其他同人的意见。我把其他同人传来商量一下，您看如何？”

乔桑同意后，里格传来了其他同僚，并把事情说了一遍。这些人当然卖力地附和，尽管乔桑再三推辞，他们仍极力进言。最后，乔桑说既然要去取代赵文俊，那这边的课就不能按计划进行了，有什么合理的理由取消课程呢？这时里格提出制造意外，但是该制造什么样的意外才显得取消很合理却是个问题。

这时，侯格雷斯再次给里格电话："里格先生，上次主人说在这边建立一个慈善基金会的事情，不知道进展得怎样，我长期在这里，希望能给主人提供点帮助。"这是一个声东击西的电话。

"哦，这段时间主人事务都比较繁忙，他的意思是暂时放一放，等他在这边建立了更多的声誉后，这件事情自然水到渠成，谢谢你的关心。"

"不用客气，主人有恩于我，这是我应该做的。顺便问问刚才的事情主人怎么决定的？"侯格雷斯终于说到他真正关心的问题。

"这个……这个我们正在探讨。"

"以我的看法，我认为主人可以替代赵文俊。"侯格雷斯说到了乔桑和其他人的痒处。

"对对，我们正在考虑如何替代的问题。"里格把打算制造意外的想法说了出来，希望侯格雷斯想一个方案。这正中侯格雷斯的下怀，因为他早已经猜透了乔桑的心思，并为此想好了对策。侯格雷斯装作沉思的模样，圆滑地用引导性的语言让里格及其他人把他的想法说了出来，因为这是一个有政治风险的主意，他怎么可能屁颠屁颠地去承担这个风险呢，他的愿望当然是让别人去做，而自己收获。

当大伙顺着侯格雷斯的引导说出这个主意时，所有的人都感到震惊，包括乔桑王子在内。但是，宇宙之王的魅力对乔桑的吸引力实在太大，而且，现在他也想不到更好的主意，只好这么决定，于是就制造意外的事宜跟大家做了一下工作的分配，以确保达到默契，演得天衣无缝。

"既然事情这么定了，那还有其他的事吗？"侯格雷斯故意补充了一句。

乔桑想了一下，走到视频前面，看着侯格雷斯说："听里格说，关于赵文俊的情报是你的一个伙伴侦探到的是吗？"

"是的，主人，你是怀疑情报的真实性？"侯格雷斯故意这么问，其实他知道乔桑爱才如渴，早在他第一次和乔桑见面的时候，乔桑就已经表现出来。

"不，我是觉得这样一个攸关全宇宙的情报可不容易获得，足见你这位伙伴是个难得的人才，我倒很希望见识一下，说不定以后他对我会有大用处。”乔桑并不知道侯格雷斯所说的伙伴是个女子，但侯格雷斯也不纠正，因为这不是他的重点，他的重点是要在这场策划中让张楠见不到活着的赵文俊。

“既然主人想见我这位伙伴，那我就让我这位伙伴给你护驾，这样您不就有机会看到此人的功夫了吗？”乔桑欣然同意。

“他叫什么名字？”

“张楠。”

第11章

亚军讲解人名记忆
恐怖袭击千万无辜

邬坦市的卵形体育馆是个国家级大型体育馆，从馆外看是一个完整的卵形，进入里面，可以看到顶部有一个巨大的九宫格结构的天窗，下雨的时候可以通过控制按钮把天窗关起来，关天窗的材料有两层，一层是透光的，一层是不透光的。

邬坦市的早晨，淡淡的晨雾弥漫着整个城市，巨大的鹅卵静卧在晨雾当中，像在孕育神话中的生命。午时，体育馆内已经是人头攒动，人声如潮，将近有10万名观众坐在观众席，每个人都在翘首以盼着这位来自库巴兹星球、名声远扬的王子兼记忆大师。体育馆的中心架起了一个临时的方形讲台，足有100平方米，上面铺着红色的地毯，一直延伸向运动员的出入口。台上放着一张讲台、一把高脚椅子，四面站着十几个全副武装的贴身护卫给王子护驾。

主持人登上讲台，热情洋溢地做了一个开场白之后，隆重地介绍了一番乔桑王子的伟大和卓越成就，令在场所有的人都迫切地希望立即见到乔桑。主持人介绍完毕，先请出康求尔的国王讲话，讲了一堆老百姓听惯了的政治语言之后把话筒重新交给主持人，主持人重新活跃起场面的气氛，隆重地请出乔桑王子。

乔桑站在长长的红地毯上，随着上场音乐和观众的掌声、呐喊声响起，在前后各两个护驾人的护送下，神采奕奕地走向讲台。刚刚走上讲台，一对童男童女立即为他献上了两束鲜花。

乔桑把鲜花放在讲台的边沿，走到讲台中间向四周的观众打招呼行礼，对听众说了一串漂亮的客套话，让全场沸腾了起来。

广播室里，几十个全副武装的大汉正在凝神地看着屏幕，通过屏幕观看外面的情况。一个为首的男子对着对讲机说话："各分队队员请注意，我们这次的任务是将所有的护卫用麻醉枪打倒，把王子逼出体育馆，尤其是那个戴帽子的护卫，一定要把他击倒，这是侯爷的意思。王子出了体育馆之后会逃离，我们一直追到有人来救驾便立即撤离。大家要注意，这次的任务非常特别，馆内的护卫和警卫拿的都是要人命的枪，而我们拿的只是麻醉枪，所以大家第一要注意安全，第二要大开‘杀戒’。”

体育馆中心，王子依然和往常一样激情地讲演：“我们学习一门技术或者知识，大致有这样的学习动机，比如为了获得精神上的满足，或者为了解决生活当中的实际问题，又或者有别的意义，但我喜欢在讲课的时候把知识和生活密切地联系起来。我相信，没有任何人会拒绝让自己的生活变得更愉快更富足对吗？那么如何做到呢？从大家此时的表情，我已经看到了大家想知道答案的迫切心情。告诉大家，答案就是关注你身边的每一个人，因为我们生活在一个群体社会里，任何人都无法在一个孤岛上获得富足的精神生活和物质生活，大家是否同意？对，广交朋友是我们获得富足生活的第一步。

喜欢交朋友的朋友请举手让我看一下，好极了，我发现，全场百分之九十以上的人都已经举手表示自己是个热爱结交朋友的热心人士，那么还有不到百分之十的朋友可能是没有举手的习惯，这充分说明大家有一颗宽仁和谐的心，为我们拥有这样高尚的品格，给自己掌声鼓励一下！可是我想问大家的是，既然我们如此热爱交朋友，那么当你坐到自己的位置上之后，主动和你身边的人友好交谈的朋友请再次把手举起来，嗯，大家请看一下自己的前后左右，你是否发现少了许多举手的人，而且，其中一个没有举手的就是你自己，这是为什么？因为你不好意思？因为你害怕被别人拒绝？可是刚才你是否发现，绝大部分人都渴望被别人关注，所以，你不要担心你的主动会遭到拒绝。那么现在，各位喜欢交朋友的朋友请赶快行动起来，和你身边尽可能多的朋友交流，交换你们的名片，从今天开始，你们就是好朋友，当你有精神上的困惑或者生活上的麻烦，又或者有开心的事情要分享的时候，一定要想起你这位朋友，快点趁这个机会多认识几个和你投缘的朋友吧。”

顿时，整个体育馆热闹了起来，响起一个特大的菜市场讨价还价的声音，所不同的是，大家的心情是愉快的。

趁所有人都在“找朋友”的时候，“匪徒”头目下达命令：“各分队开始就位。”播音室里的人冲了出来，隐藏在其他角落里的武装分子也紧张而有序地冲了出来，潜伏在事先指定的位置，做好了行动准备。

“好了，交友时间结束。”5分钟之后，乔桑说道，“已经记住10个新朋友名字的朋友请举手。”座席上的观众犹犹豫豫，半天没人举手。

“为什么没人举手？呵呵，看来是大家都没有记住这么多的名字对吗？那么已经记住5个新朋友名字的请举手。”

这时，观众席上稀稀拉拉地有百分之二十的人举起手来。

“大家是否看到，举手的人并不多，那么已经记住一个新朋友姓名相貌职业的请举手。”

观众席上依旧有一部分人没有举手。

“各位，请你看一下现场的调查情况，你是否发现我们大多数人都不擅长记住对方的姓名？现在，请你再看看刚才和你进行过交谈，你却没有记住对方名字的那位朋友，你是否感到一点不好意思和惭愧？假如下次你在某一个地方再次见到对方，你会不会因为半天想不起对方的名字而感到尴尬，甚至干脆装作没看见而放弃和对方打招呼？于是，你就失去了多交一个新朋友的机会，也许这个人是你往后的人生当中能够为你解决某个关键性问题的贵人！当你在抱怨没有人帮你的时候却不知道上帝曾经眷顾过你，而你却因为自己的过失拒绝了上帝事先为你派来的贵人。朋友们，你希望这种痛苦降临吗？棒极了，没有人希望承受这样的烦恼，那我们如何才能更好地记住新朋友的姓名呢？今天我要从两个方面来帮助大家克服这个问题：

“第一是培养一种习惯，第二是训练一种技巧。

“首先我们来看一下要培养什么样的习惯。我们大多数人在和新朋友相互自我介绍完自己的名字之后，随后的交谈过程中很少再提到对方的姓名，以至于等交谈结束之后，也就忘记了对方的名字，脸皮厚的人会再次问一下，脸皮薄的便不了了之。所以我们要改变一下这个不好的习惯，那么要怎么做呢？接下来，我要请一位朋友上来和我做一个演示，好，请这位小伙子上来。”乔桑指着站在讲台旁边唯一一名戴着鸭舌帽的护卫，这个小伙子走到台上。

“大家通过屏幕，可以看到这是一位面目清秀的小伙子，现在我来请教他的名字。”乔桑走到年轻人面前，“小伙子，请让大家认识一下你好吗？”

“好的，大家好，我叫张楠。”张楠压着嗓门，尽可能掩饰自己的真实性别。

乔桑一听到“张楠”这个名字，立刻仔细地看了看面前这个帅气的水灵的小伙子，真是一表人才，顿时心生欢喜。

“大家听清楚他的名字了吗？没听清的请举手表示一下。大家发现了吗，有时候我们听别人自我介绍会出现听不太清楚的情况，那这种情况下我们是不是一定要再请对方重复一遍？可能有些朋友会觉得不好意思让别人重复，其实这是很正常的，甚至对方并不会反感，因为你在向他表示，你对他很关注。请这位朋友再重复一下你的名字好吗，由于距离的原因，还有些朋友没有听清你的名字。”

“我叫张楠，‘弓’‘长’张，‘木’字旁右边一个‘南方’的‘南’。”张楠更详细地说了一遍。

“这次张楠朋友解释得更清楚了对吗？如果对方没有说得足够详细，我们应该主动请教对方，比如：请问你说的是文章的‘章’还好是张开的‘张’？有些人的姓名可能会比较偏僻，甚至你从来没有听过有这个姓氏，所以我们更需要问得仔细，问清楚这个字的写法，有可能的话让对方写出自己的名字来，仔细看过对方写的名字，如果对方的笔迹写得不错，你可以赞美一下，比如我现在拿到了张楠朋友的签名，”乔桑做了一个拿着纸条看的样子，说，“哦，你叫张楠，是弓长张，楠木的楠，很高兴知道你的名字，张楠朋友，你的字写得很不错，你练过书法对吗？还是练过自己的签名？”乔桑故意问张楠，张楠也配合着表演：“没有，自然就写成这样了。”

乔桑接着面对观众：“各位，像‘张楠’这样一个名字，相对来说在中国还是比较常见的，如果说我们遇到相对少见的名字，你可以对他说：‘张楠朋友，我觉得你的名字很少见’，或者说‘我觉得你的名字很独特，而且这个字我也没有见过，请问张楠你的名字有什么含义在里边吗？这个字在字典里是什么意思？我这么说大家好理解吗？我们这么做主要是为了加深记忆。大家不要不好意思，实际上，我们和新朋友谈话大多时候都是先聊些闲话来进行相互了解，谈谈对方的姓名实际上也是一个很不错的闲聊话题，通过这个话题，还有助于我们了解对方的某些生活背景，有可能是家庭背景，有可能是文化背景等。当然，初次见面，我们要避免谈到对方一些相对隐私的问题。好了，非常感谢张楠朋友的配合，请回位。”

张楠回到了原来的岗位上。

“**在做完姓名的交流之后，我们在跟对方谈话的过程中要经常唤起对方的名字进行巩固**，比如说，张楠你这件衣服的款式挺新颖的，张楠你们平时是几点钟上班，张楠最近有一部电影炒得很火爆不知道你看过没有……我这么说大家好理解吗？这样交谈完了之后你还会记不住对方的名字吗？是的，当然不会。

“但有时候我们参加一个聚会，在这个聚会里的新面孔比较多，由于你的魅力，有不少人都来和你进行过简短的交流，你们相互做了自我介绍，这种情况下你需要在短时间内记住每一个和你交流过的人的姓名，请问在座的各位朋友，假如要你刻意地记忆这些新朋友的名字，是不是有一定的困难？那究竟有什么办法可以帮助我们克服这些困难呢？接下来，我依然请出刚才那位张楠朋友，有请张楠朋友上来配合一下。”

张楠走到台上立定，乔桑拿出一个脑像传导仪。

“各位，接下来，我将请张楠朋友给我们提供一些他熟悉的人的姓名，并且通过这个脑像传导仪把这个人的相貌显示在屏幕上，请问张楠朋友你愿意和在座的观众朋友分享你的朋友吗？”

“愿意。”张楠点了一下头。

“那好，我现在把脑像传导仪给你戴上，你闭上眼睛，当脑海中呈现出一个熟人的形象之后立即按下这个按钮就可以把脑中的画面定格，并告诉大家你这个朋友的名字，现在请开始。”

张楠轻轻闭上眼睛，屏幕上出现了一位少女，这时全场一片哗然。

“这个女孩叫杨丽丽。”张楠说。

“哇！这个女孩非常漂亮，漂亮得让人窒息，”乔桑赞叹道，“她是你的女朋友吗？”

“嗯……”张楠很吃力地点了一下头，脸红了起来。

“张楠朋友不要不好意思，帅哥配美女是理所当然的事，再嫉妒也得接受这个事实。”乔桑调侃道，“大家请看屏幕上这位漂亮的女孩，首先我们来说说，如果你有脸盲症，这是很尴尬的事情，一张陌生的面孔见面几次后还没有印象确实很尴尬，怎么办呢？**记相貌记不住那就找她的特征**，请各位朋友告诉我，你们找到了什么特征？”乔桑向观众席的人问道。

“什么？漂亮是吗？漂亮的女孩有很多，漂亮是笼统的概括，对于脸盲症患者不适合做精确的记忆，**我们要抓住她专属的特点**，那么，这个女孩在我看来一下子吸引到我眼睛的是她的眼睛，她金色而迷离的眼睛。这个女孩叫杨丽丽，这个女孩给我们的第一感觉就是她身材骨感，身材骨感和山羊相似，这样我们就记住了她的姓，‘丽丽’除了形容了她秀美的外表，还和她眼神的形容词‘迷离’同音。大家都记住了吗？要注意的是，**脸盲症的朋友在记一个人的长相的时候最好能找到两三个特征**，比如某人的身材搭配着哪种眉形，哪种鼻形搭配哪种唇形，那颗黑痣的位置等。好，接下来请张楠朋友出示下一位朋友。”

这时屏幕上有出现了一个女孩，全场又是一阵哗然。

“她叫陈婉婷。”张楠说。

“张楠，请不要告诉大家这个漂亮的女孩又是你的女朋友，呵呵。”乔桑开玩笑地说，“长得帅已经是让人嫉妒的理由，身边还不止一个漂亮的女朋友，一个人拥有太多，恐怕对自己不利，呵呵。”

“大家不必多心，”张楠说，“她是我的闺密。”张楠大概是一不留神说了真话。

“哈哈……”乔桑爽朗一笑，“小伙子你真幽默。”

“不，我没表达错，她是我归家后最亲密的人，所以是我的‘归密’。”张楠把话圆了回来。

“不懂幽默的男人没味道，像张楠朋友这样幽默的男人一定很有味道，这么解释我们就很明白这位姑娘和张楠朋友的关系了，还真不是他的女朋友。好了，他们什么关系不是我们关心的问题，现在我们谈谈非脸盲症的情况，非脸盲症只要记对方的名字就可以了。**来观察一下这位名叫陈婉婷的姑娘，一般情况下，我们记住一个人的相貌比较容易，记名字比较难，现在请大家想象这个姑娘盛了一碗汤停放着降温，就是把她的名字通过谐音设想成一个场景、一件事，或者看得见的物品与这个相貌的人进行链接。**我这么说大家好理解吗？”

这时全场哗地一下沸腾起来，掌声如同潮水一般，每个人脸上都带着喜悦的笑容。

“谢谢大家用掌声来回应，这是我作为一名老师最大的收获和荣誉。接下来……”乔桑顿了顿接着说，“请张楠朋友继续给我们呈现下一位熟人。大家请看大屏幕。”

这时，屏幕上出现了一位水晶般美丽的女孩，全场又一次被屏幕上女孩的美丽所震撼。

“呵呵，我想我们今天都要感谢张楠朋友给我们安排这样的视觉盛宴，让我们大饱眼福，”乔桑调侃道，“同时我似乎感觉张楠朋友是在美女堆里浸泡长大的。张楠你展示出这么多身边的美女，就不怕招来太多的嫉妒？呵呵！”

“请大家不要误会，可能只是物以类聚而已。”

“这句话说得很好，我们这些相貌平凡的人嫉妒也没有用，谢谢你张楠朋友，出于教学的作用，你可以呈现别的年龄和性别的熟人吗？”

“可以，这个人叫艾迪琳·威尔斯。”

这时屏幕上出现一个老妇女。

“啊，大家请看，这是一个很有个性的老妇女。虽然一脸岁月的沧桑，但是一点也不缺乏年轻姑娘的时尚，尤其是她抽烟的姿势，这副形象我相信任何人看到她都很难忘记她的模样。她最大的特点就是和年龄很不相称的打扮及姿态。这个老妇叫艾迪琳·威尔斯，首先我们看她名字的前半部分‘艾迪琳’，我们给她谐音一下，叫作‘爱低领’，就是喜欢穿低胸的衣服，因为时髦。大家从这这张画面中可以看得出来她现在穿的就是低领的衣服。再看后半部分‘威尔斯’，我们谐音成‘危尔死’，这个谐音我们是抓她抽烟的特征，因为吸烟有害健康，我们甚至可以想象她抽的是大麻，所以突出‘危’字，‘尔’是‘你’的意思，整个串起来就是吸毒危险，你会死掉。我说得够详细吗？如果觉得可以，请再次用掌声来表示一下，谢谢。”

“非常感谢张楠朋友的配合，请归位。”乔桑把张楠请回到原来的位置，“各位朋友，”乔桑继续讲课，“刚才我跟大家所交流的就是关于如何让记忆人名相貌的技巧，已经听明白的请举手给我看看！”

哗地一下，观众带着收获知识的喜悦把手高高地举起来，还有的人顺便站起来伸个懒腰。

“请大家把手举好，把手举过头顶！”乔桑强调，“让我看看在座的各位朋……”乔桑一句话还没说完，突然话筒断了电，与此同时，天窗唰地一下关闭了，体育馆内一片漆黑，还没等所有的人反应过来，这时广播响了起来。

“各位亲爱的观众朋友请坐好，”播音室里，刚才的头目对着话筒播音，“我是强盗莱尔特，我一会儿要给大家表演劫持乔桑王子的精彩节目，请大家不要乱走动，以免发生危险并错过精彩的表演，希望大家喜欢我的节目。”

观众席上，观众开始慌乱。漆黑中，恐怖像把人关进了墓室里，让人感到不安、恐惧，有不少胆小的人开始尖叫。每一个身上带有会发光物品的人都亮起了光，或是打火机，或是手机，或是小手电，顿时观众席亮起了点点微弱的星光，但整个体育馆依然是漆黑一片。讲台旁边的护卫立即警惕起来，都掏出了手枪，做好了战斗的准备，聚拢到乔桑的身边。

这时，讲台东面发出一串啪啪响的声音，还冒出火光，张楠见状，立即知道这是在自己家乡常见的鞭炮。她示意王子蹲了下来，躲在讲台的东面，她料想西面可能也会有情况。而此时，其他的护卫，由于不熟悉这种声音和火光，下意识地认为这是恐怖分子在开枪，都一个劲地向着鞭炮的方向开枪。鞭炮声和枪声把观众吓得魂飞魄散，黑暗中什么也看不见，只能看到大家手里的发光器具发出微弱的光。观众惊慌得拼命向外跑、向外挤。场面十分混乱，出现了拥挤和踩踏，有些人为了夺路踩到了别人的头顶，结果从别人头上翻下来，一直顺着观众席的坡势往下翻出好远，最后落在地上被人踩踏。哭声、喊声、尖叫号叫声混杂在一起，场面惨不忍睹。

这时突然一束聚光灯投向讲台，从西面的高空中飞下来六个人影！嘟嘟嘟，六人猛地向讲台四周扫射，大部分护卫还没来得及回过头来已经中弹倒下。张楠见状，借着演讲台的掩护，护着乔桑朝南面的出口撤离，其他六七个没有中弹的护卫凑了过来，掩护乔桑撤离。

面对场面的混乱，警卫队长努力维持场面秩序并调遣人马，但是由于现场一片混乱，人员到位的速度受到影响。掩护乔桑撤离的护卫力量渐渐薄弱，等张楠护着王子进入运动员休息室的时候，跟着进来的护卫只剩了三个，所幸的是，这时增援的护卫已经从前方进来救驾。

运动员休息区结构复杂，匪徒们冲进来和护卫展开了近距离的枪战，张楠紧紧地护着乔桑，生怕自己一离开他就会出现闪失，那她前面所有的努力就会付诸东流，所以她格外小心。最后，张楠的子弹打完，而墙角却依然躲着一个和她对峙已久的匪徒。此时，谁也不敢轻举妄动，张楠看了一下身边，见屋里有运动员放衣服的组合衣柜，她迅速搬出一个带有轮子的小柜子，用力朝匪徒的方向推出去，就在匪徒的注意力被柜子引开的那一瞬间，张楠跳到匪徒对面的一堵墙附近，两脚踏着墙面，就在这一刹那，张楠把自己的手枪当作飞镖砸向了匪徒的太阳穴。那匪徒腾出一只端枪的手捂住脑袋，鲜血从他的手指间溢了出来。几乎同时，张楠从墙面上弹向对方，她像一只投出去的皮球一样速度快得让对方来不及反应，她的手肘咚的一声打在对方的伤口上。匪徒倒下了。

乔桑跟在张楠的身后，看到张楠的身手，无论是射击还是飞镖或者是搏击所显露的英姿都令他备受震撼，尤其是她这种敬业的精神，更让乔桑欣赏，作为一个护卫，能始终贴着自己的保护对象而不沉迷恋战，这是他喜欢这个人才的理由。

经过一番左突右击，张楠终于带着乔桑冲到了体育馆的出口，此时的出口，观众像受惊的野兽、像败如山倒的溃兵、像开闸的洪水一般向外涌去，受踩踏者不计其数。张楠发现外墙两米高的地方有窗口，她蹦上去，用枪把敲开玻璃，把乔桑拉了上去，两人从体育馆跑了出来。

体育馆外，逃出来的观众和看热闹的人群聚在广场上，像散落的豆粒滚了一地，张楠领着乔桑就近上了一辆敞篷悬浮轿车，张楠动作娴熟地接上引擎线开车腾空飞起。这时，匪徒们也已经跟了出来，驾着两辆悬浮车紧随其后。

为了躲闪匪徒的枪击，张楠驾车曲线行驶，而且保持低空飞行，或与高速公路上的大卡车擦肩而过，或从正在修建中的大楼框架上穿过，时儿俯冲，时儿垂直向上。最后，匪徒见不能保持哪怕短时的直线行驶，便疯狂地扫射。这时，三辆悬浮车已经飞到了一座多道立体高架桥上。桥上有上中下三条道，道路两边由钢铁支撑路面的重力，形成了一个钢铁网隧道，上下两层是汽车行驶，中间层是悬浮列车轨道。桥下是宽阔的江面，不同大小的船只来往行驶。匪徒们密集的火力扫射让张楠无处躲藏，她在钢铁网隧道内外穿梭着，却甩不掉匪徒的跟随。突然传来了列车的长鸣，张楠飞到中间层，从列车前面飞过，紧随其后的一辆悬浮汽车连忙减速，但是由于靠列车太近，被列车带起的风和它自身的惯性力一甩，撞上了路边的钢铁，燃烧的碎片被列车拉向了好远，有的向四面炸开。而另一辆因为距离张楠较远，则有机会控制方向躲过这一劫。张楠从列车道横穿过去之后连忙往列车前进的方向驶去，赶在了列车前面，再从桥梁的网孔飞进去，迎着飞奔而来的列车驶去，就在列车擦肩而过的一瞬间，大风把汽车吹得强烈地摇摆，两辆汽车屡屡在列车和路边的钢铁之间来回碰撞。

张楠努力地控制车体，但还是在碰撞中被抛出了车外，乔桑一边拉住她的手，一边控制车子。张楠整个人悬吊在车外，随时都会被列车碾成肉酱。大风吹掉了张楠的帽子，散落出长长的秀发。王子惊呆了，原来这是一个女子。他紧紧地抓住张楠的手，他此刻感觉到了张楠细腻的皮肤，还有女性特有的弹性和温暖。他俯瞰着张楠，她那散落的长发在风中乱甩，时儿紧贴着她的脸、她的唇、她的脖子，构成了隐约的面纱，让人对面纱后面的女子产生了美丽的幻想。

乔桑用力一提，把张楠提到车上。列车过去了，两辆车被风一甩，都摔到路面上。车子在路上不断翻滚，乔桑一把搂住张楠，紧紧地用自己的身体护住她娇小的身躯。车子终于停了下来，车上的人都被滚得晕头转向。不一会儿，护卫队的车赶过来，控制住了在车里还没清醒过来的匪徒。乔桑和张楠在护卫人员的叫唤中逐渐恢复神志，张楠的长发飘逸着女人的清香，沁入乔桑的心灵，让乔桑魂飞梦飘。乔桑怜香惜玉地搂住张楠，好像没有察觉身边发生的一切，他双手捧着张楠的后脑勺，用手臂枕着张楠的背，整个身体压在张楠的身上，他低着头凝神看着张楠那清秀的脸颊，用手轻柔地捋了捋胡乱粘在张楠脸上、唇上的头发，轻柔地说："原来你是个女子。"

张楠企图推开身上的乔桑，但是在狭小的空间里根本无济于事。她问："我们什么时候去杀赵文俊？"

"明天就动身，你随我一起去，你是个很优秀的杀手和护卫。"

张楠突然发现乔桑头上淌着血，却什么也不说，乔桑摸了一下受伤的地方，说："看，我也救了你一回，不过有你在我怀里我不觉得疼，你没事就好。"

第12章

船上讲解数字密码
西尔兵马穷追不舍

康求尔乃至整个克伊斯曼的媒体都在热播体育馆的恐怖袭击事件，市民们深感惊骇。

“各位观众，昨天上午在郧坦市国家体育馆发生了一起恐怖袭击事件，”克伊斯曼的国际新闻频道一个新闻节目的主持人报道，“当时体育馆内有将近10万人正在听来自库巴兹谢克斯的乔桑王子的记忆课程。本次恐怖袭击的目标主要是企图劫持乔桑王子，在反恐部队的抗击下，恐怖分子并没有成功劫持到乔桑王子，然而混乱的场面却造成不计其数的在场人员伤亡。乔桑王子对此向公众发表讲话，下面请看乔桑王子的一段讲话。”

镜头一转，乔桑出现在镜头前，他站在记者们的话筒前面，神色哀伤。

“各位尊敬的记者朋友以及电视机前的各位朋友，感谢大家对我本次遇险的关心，但首先我要在这里对在这次事件中无辜死去的民众表示深切的哀悼，同时也通过摄影师的镜头向所有遇难者的家属表示亲切的慰问。发生这样的事件，本人作为一名政界人士，首先对自己在政治活动上做了全面的反思。一个社会它是由多个阶级构成的，在不同的阶级之间难免存在一些矛盾，从整个人类社会的发展历程来看，任何保护少数特殊阶级利益的政治行为都无法做到社会长久的和谐和发展，因此，我的政治思想是绝对地与广大人民群众靠在一起，要减小阶级分化，达到阶级平等，最终实现全民族乃至全人类的和谐！

“是的，这是一项艰巨的历史任务，我只是这项工程中的一个接力赛手，在实现全人类大和谐的终极目标之前，政治家可能会因为在宏观调控中暂时伤害到某些阶级的利益，从而陷入险境，但是，历史赋予政治家的伟大使命是值得用生命去争取实现的！同时我希望我们每一位公民都有共同的和谐意识，因为利益的斗争是永无止境的，80万年的人类历史从来就没有中断过利益的斗争，以至于上帝赋予我们的神圣的生命在利益的屠刀之下悲惨地丧失！历史与朝代的更迭，总是在利益斗争的胜利者在舔舐着刀刃上失败者的鲜血时，又被身后利益的锋刀砍倒这样的一个过程中完成的。

“然而今天，人类社会已经进入高度文明的时代，感谢上帝赋予人类的智慧，让我们创造了足以让我们幸福生活的物质条件，所以我呼吁，让我们每一个人都伸出温暖的手来捍卫和谐，让我们一起来享受今天的幸福生活，如果有谁继续用野蛮的手段要凌驾于广大人民的利益之上，我将坚决站在人民群众这一边奋力抵抗！任何恐怖袭击和暗杀都不可能让我退缩。

“亲爱的淳朴的劳动人民，如果你的眼角含有哪怕一滴悲伤的泪水，请你抬起头来，让我为你擦干，伸出你的手紧紧地握住我的手，和我一同构建和谐的世界，粉碎任何破坏和谐的恶势力！所以亲爱的受害者以及受害者家属们，请你们不要过度悲伤，我将应用上帝赋予我的使命为你们伸张正义，和康求尔的领导一起将不法狂徒依法严惩，以平民愤！这就是我今天要讲的话！”

电视机前的每一位观众听到乔桑这一番慷慨激昂的演讲，无不感慨、感动，尤其是那些遇难者的家属更是感动得泣不成声，不少观众情不自禁地赞叹：“乔桑王子真是救世主型的好领导。”

赵文俊和普尔霏的飞船正在飞行，突然雷达扫描仪发出了报警。

“有情况！”普尔霏警觉地说，雷达显示屏上出现了一个小亮点。

“是西尔的飞船？”赵文俊问。

“一定是的，对方的飞船离我们还有100公里，并且他们的速度每小时比我们快60公里，一个半小时他们的飞船就会赶到。”

“那我们还可以再快一点吗？”赵文俊问。

“可以，但我们避免不了会和他们有一场激战。”

“不离开隧道去寻找障碍吗？”

“不用，对方只有一艘飞船，你害怕吗？”

“不怕，因为我已经懂得了舍生取义的道理，就算牺牲也是一种荣幸。”

“好了，别再逮住一切机会来夸自己了，既然不怕，那就继续讲课。”

“你真会下套。那现在，我要教你挂钩法，**挂钩法有数字挂钩、文字挂钩、字母**

挂钩，实际上，当你学完挂钩法之后，你会发现挂钩法无处不能，因为我们的想象可以将宇宙间任意两样东西挂钩在一起，产生某种联系。”

“首先我给你讲数字挂钩。实际上，数字挂钩、文字挂钩、字母挂钩我们都可以理解为是用我们最基础最熟悉的知识来帮助我们记忆信息，像0到9这10个数字和A到Z这26个字母都是我们不可能忘记的，一旦我们用这些符号跟需要记忆的信息挂上了钩，我们就可以通过这些符号回想起记忆的信息。”

“学会了数字挂钩法之后再配合地点法，你就可以将一本书倒背如流，”赵文俊停顿了一会儿，“把电脑给我，里面有一个电子版的《克伊斯曼语1000句》，我在去克伊斯曼之前就用这种方法记下了这本书，你可以考我。”赵文俊打开文件，“来吧，开始，无论你问我第几句我都会告诉你它在第几页第几行。我就是这样学会你们的克伊斯曼语的。”

普尔霏随机抽了几句，赵文俊果然对答如流。

“怎么做？”普尔霏问。

“很简单，首先掌握一套数字密码。

“数字是个抽象的东西，首先我们要把它变为很具体的物体。比如说‘1’像一根棍子，那么我们就把棍子当作数字1，同时我们称棍子是数字1的密码。0到9一共有10个数字，而仅仅用这10个数字来做我们的提示标记还远远不够，所以我们把这10个数字再进行两两组合，就获得从00到99一百个数字。现在我们已经有110个数字，接下来我们将这110个数字都编上密码。

“在我的电脑里有这110个数字的密码，我打开给你看，每一个数字都有相应的实物作为密码与之对应，并且数字和密码之间都有某种联系在里边。请看：

0 鸡蛋　1 棍子　2 鸭子　3 耳朵　4 红旗

5 钩子　6 口哨　7 拐杖　8 葫芦　9 勺子

“以上10个密码都是形象相似，这十个很好记，不是吗？”

“嗯，我看出来了，也记住了。”普尔霏回答。

“再看两位数的：

“00 眼镜：这是形象。

“01连衣裙：01和‘连衣’是谐音关系。

“02 铃儿：谐音 。

“03 蓝衫：蓝色的衣衫。

“04 雨水：04和‘淋湿’谐音，所以想到雨水。

“05 礼物：是谐音关系，我们可以想到一个礼物包作为具体的形象。

“06 路标：06和‘领路’谐音，由此想到路标。

“07 令旗：谐音。

“08 泥巴：谐音。

“09 狼狗：谐音。

“10 棒球：形象。

“11筷子：形象。

“12 闹钟：时针转一圈为12个小时。

“13 医生：谐音。

“14钥匙：谐音。

“15 月亮：十五的月亮圆。

“16 玫瑰：16岁是花季年华。

“17 垃圾桶：17谐音遗弃，遗弃的东西扔到垃圾桶里去。

“18 钱：18谐音‘要发’。

“19 一休：一九谐音一休小和尚。

“20 香烟：一包香烟里边有20根香烟。”

“咦！我可以把它们用锁链法连接起来。”普尔霏眼睛一亮。

“你这个想法非常棒，你悟性真好，读书的时候一定是个学霸。”赵文俊看到普尔霏的眼神，想通过语言来探出她究竟是不是机器。

“学霸是什么东西？”普尔霏疑惑地问。

“哦，可能克伊斯曼星球没有这个说法，我是说你读书的时候成绩一定很优秀。”

“你别忘了我是机器人，我的知识都是直接输入的。”

“呵呵，不好意思，我还没形成习惯，因为我总是和人打交道。说说你是怎么把刚才的密码进行连接的好吗？”

“好的，我是这样连接的：

“眼镜穿着连衣裙，连衣裙上别着很多铃儿，铃儿掉到的蓝衫上，蓝衫被雨水淋湿，就用礼物纸包裹起来挂到路标上，这时礼物包里掉下一面令旗，掉到地上沾满了泥巴，被狼狗拿去打棒球，棒球打到筷子，筷子跳起来敲到闹钟，惊醒了医生，医生把钥匙扔到月亮上，从月亮上掉下很多玫瑰，掉到了垃圾桶里，垃圾桶里有很多钱，一休拿去买香烟。”

“太好了，普尔霏。”赵文俊赞美道，“我真为你感到自豪，真的。”

“我该获得你这样的赞美吗？我感到怀疑。”

“当然，你给了我作为老师的一种荣耀感，所以我很开心。说真的普尔霏，我愿意为自己拥有一位这么优秀的学生奖励一切我所能给予的，假如你是人类的话。”

“就算我是人类，我也不会奢望获得什么物质上的满足。”

“我想你可能理解错了，奖品代表的是一种荣誉，是精神的，不是物质的，人是需要荣誉感的，这个你知道吗？虽然你有人类的外表，但是你没有人的灵魂，什么是人的灵魂？那就是七情六欲、喜怒哀乐、爱恨情仇。”赵文俊静静地看着普尔霏的反应，但她始终平静地看着他。

“算了，反正你也理解不了这么深，还是讲记忆吧。”赵文俊在电脑里打开下一页，“请看电脑，学习21到40的数字密码。”

“21 鳄鱼：谐音。

“22 双胞胎：两个2在一起，而且它们长得一模一样，所以是双胞胎。

“23 乔丹：乔丹穿的球衣上面写的是23号。

“24 圣诞老人：12月24日平安夜圣诞老人会送礼物。

“25 二胡　26 二流子　27 耳机　28 恶霸：这四个都是谐音。

“29 喝酒：这是谐音，想到酒杯。

“30 三菱汽车　31鲨鱼　32扇子：这三个是谐音。

“33 大雁：形象。一排大雁。

“34 少林寺：34谐音‘山寺’，山上的寺庙，想象少林寺。

“35 珊瑚　36 山鹿　37 山鸡：谐音。

“38 妇女：3月8日是妇女节。

“39 三角板：谐音。

“40 司令：谐音。

“好了，就这20个，我相信你已经记完了，请问你是怎么连接的？”

“鳄鱼要吃双胞胎，乔丹把他们抱给了圣诞老人。圣诞老人给他们拉二胡压惊，吸引来了二流子，二流子戴着耳机，看到一个恶霸因为喝酒太多撞上了一辆三菱汽车，车上出来一条鲨鱼，吐出来的却是一把扇子，从扇子里飞出一只大雁，大雁飞到了少林寺，少林寺里有很多珊瑚，珊瑚丛里跑出一群山鹿，它们在追赶一只山鸡，山鸡没命地跑，撞到了一个妇女，她拿着三角板打山鸡，结果打到司令。”普尔霏一口气串接完毕。

“哈哈！”赵文俊大笑，“你把我这种胡思乱想胡说八道的功夫学得如此惟妙惟肖，好！要的就是这种不拘一格的想象力。”

“老师，‘胡思乱想’‘胡说八道’是贬义词。”普尔霏提醒道。

“知道，贬为褒用有它的妙处，你是机器，体会不到，但我认为你是个天才。”

“给我这样的赞美是一种浪费，我只是瞎想瞎说而已。”

“对，这种人才是真正的天才。知道什么是天才吗？就是不用思考就能拿出正确的方案做对事情的人，而经过冥思苦想、反复推敲才能把事情做对的人只是人才。”

“哦，明白了，请接着讲课吧。”

“瞧你，又催我讲课了，你要是个有生命的人，就这个性能把人憋死。”赵文俊无奈地说。

“41 司仪　42 柿儿　43 石山　44 石狮　45 师傅　46 石榴　47 司机　48 丝瓜：这八个都是谐音。

“49 桌子：桌子一般有四个角。

“50 武林高手：谐音。

“51 工人：5月1日劳动节，工人劳动。

“52 斧儿　53 武松　54 舞狮　55 火车　56 蜗牛　57 武器　58 尾巴　59 五角星　60 榴莲：谐音

“好了，20个又讲完了。”

“记住了。”普尔霏的眼睛还没有离开电脑屏幕。

“你不连接给我看一下吗？”赵文俊问道。

“我想我们应该抓紧时间，接着讲吧，我已经学会了这种天马行空的想象。”

“太好了！这种天马行空的想象很重要，这种空想是创造力的源泉，它甚至帮助我们解答了宇宙间的许多奥秘，所以不要让你的想象力沉睡下去。”

“这个问题这么重要吗？”

“你是机器人，你没有这些生活体会，而我是从懵懂中慢慢长大的，曾经无条件地接受长辈的教育，结果长大之后，发现有些事情根本不是那么回事，所以我不喜欢把教育当作机械的灌输，尤其是观念上的问题，因为每个人的思维都有自己的独特性和局限性，我想老师应该是引导孩子如何去思考的导师，因为让孩子知道怎么学比学什么更重要。”

“这个想法很好，我愿意做你的小白鼠，让你更有说服力，免得人家以为你是天才而自卑得不敢靠近你，更别说接受你的教授。”

“想要我继续给你讲课你就直说嘛，干吗这么含蓄呢？看好了：

“61 儿童：六一儿童节。

“62 驴儿：谐音。

“63 沙僧：沙僧住在流沙河，63 谐音流沙。

“64 螺丝　65 锣鼓：谐音。

“66 蝌蚪：形象。两只小蝌蚪。

“67 楼梯　68 喇叭：谐音。

“69 太极八卦：形象。

“70 冰淇淋　71 奇异果　72 企鹅　73 花旗参　74 骑士　75 舞女　76 气炉：谐音。

“77 桥：7月7日卢沟桥事变；农历7月初7鹊桥相会。

“78 青蛙　79 气球　80 巴黎铁塔：谐音。”

“记住了，请继续，你讲解一遍我就可以记住了，数据显示敌人离我们还有40公里。”普尔霏催促道。

“好，照你这样的速度，我给你讲完数字密码后还有时间讲下面的内容。

“81 军人：八一建军节。

“82 靶儿　83 一把伞　84 巴士　85 白虎　86 八路　87 白棋　88 爸爸　89芭蕉　90 球篮　91 球衣　92 球儿　93 救生圈　94 调酒师　95 酒壶　96 牛　97 酒旗：这些全是谐音。

“98 啤酒：98谐音酒吧，在酒吧喝啤酒。

“99 舅舅：谐音。

“好，110个密码彻底讲完了，这些密码是必须要牢牢掌握的。”

“接下来怎么应用这个记忆工具呢？”普尔霏话刚落音，这时雷达报警器提示：“注意注意，飞船后方30公里有情况。飞船后方30 公里有情况。”

“他们离得很近了。”赵文俊道，“一会儿他们杀过来我们怎么应对？”

“见机行事。”普尔霏平静地说，“我的主要任务是保护你和拿到咒语。”

“难道你不打算杀掉他们吗？他们可是西尔的人，杀掉他们上帝不会惩罚你的。”

“你不用给我说教，如果他们过于为难我的话，我会想办法杀掉他们。”普尔霏好像很有把握的样子，她把雷达传来的画面放大，清晰地在屏幕上看到了对方的飞船。

“他们的飞船是F−6型的，能载50人，具有精良的武器装备，它的激光炮可以使一座大山化为乌有。”普尔霏很专业地讲解。

“那我们岂不是死定了？”赵文俊开始感到紧张。

“别紧张，他们不会用激光炮对付我们。”

“为什么？”

“因为西尔不想让你化为乌有。”

“哦！”赵文俊拍着胸口，舒了一口气，“嗯，最起码不会死得那么惨。”

“你最好不要乱跑，跟着我，我不想回去交不了差。”

“你太小看我了，在宫殿里的时候我的表现也很不错嘛，经过那一战，我现在已经有了质的飞跃，你等着瞧吧。”说罢解开安全带从座位上蹦起来，就地一滚趴在地上，两手摆出开枪的手势对着前方，嘴巴喊一声啪，再一滚，半跪着起来又喊一声啪，在船舱内煞有其事地躲闪着、进攻着、翻滚着、怪叫着，两分钟后汗流浃背地回到了座位上，嘴里喘着大气，两手还摆成双手握抢的姿势，如同终于大获全胜的孤胆英雄拖着疲倦的身体，低调地离开战场。

“怎么样？这些本领早在我穿开裆裤玩泥沙的时候就练习过，经过这么多年的沉淀，早已经达到了炉火纯青的境界。”

“我觉得把你刚才的能量放在关键时刻多躲开一枪会更实在一点。”

“无论你怎么看，我都会谦卑而自信地胸怀我的优秀不与你争辩，当某一时刻你突然发现原来我是个深藏不露的优秀人才时，你也别不好意思向我道歉，以我的肚量绝不会在你向我负荆请罪的时候还故意让你难堪。”

第13章

太空船上巧制群敌
就地传授挂钩记忆

后面的飞船正在逐渐地靠近赵文俊和普尔霏的飞船。

前面战事的失利让队长异常慎重，他集合了队伍进行行动前的最后一次动员。“各位！你们都是训练有素的职业军人，而对方一个是个娘儿们，一个是文弱书生。如果48个训练有素的大男人不能活捉一个女人和一个书生，这将是军事界有史以来最大的笑话，如果此战不能把这两个人活捉过来，这么多年的军粮还不如拿来喂猪，谁他妈有脸回去谁回去，老子丢不起这个脸，听好了，这一战我们要有必胜的决心！”

“是——”士兵们高声回应。

“记住，每个人都给我打起精神来，别给我垂头丧气的，否则别他妈的在军营里混，明白没有！”

“明白！”

敌人的飞船像狮子撵一只野兔似的渐渐逼近普尔霏的飞船。

普尔霏和赵文俊看着监控器的屏幕。

这时，大飞船飞到了小飞船的上方，伸出一把梯子搭在小飞船上面。

“他们的人要过来了！”赵文俊有点激动。

“你在这里，我到天窗去堵住他们。”普尔霏迅速地离开了座位。

“你当心点。”赵文俊不太放心地看着普尔霏离开。

“不用为我担心。”

普尔霏刚在天窗出现，突然一束光从对面射来，普尔霏敏捷地侧了一下身，火线贴着她的胸口打到身后的钢板上，一小簇火在钢板上跳了起来。这时候，大飞船的门打开了，一个人影闪了出来，普尔霏想堵住对方不让敌人过来，可是对面的掩护火力让普尔霏无法攻击。

“我到后窗去放一下冷枪。”赵文俊在屏幕上看到局势有点紧张。

“小心点。”普尔霏关切地道。

“遵命，我还没讲解完我的记忆法，我不能大意。”

赵文俊瞄准了梯子上的人开了一枪，那人从梯子上摔到了小飞船上，接着翻滚到一边，从小飞船上掉了下去，在时空隧道里消失。

“嘿！普尔霏，我杀了一个！”赵文俊头一枪开张大吉，感到非常激动和兴奋。

“这仅仅是开始，不要大意。”普尔霏提醒道。

这时，一束火力向赵文俊扫来，赵文俊连忙拉上天窗。

“谢谢，亲爱的普尔霏，我这就教你**数字挂钩**吧，用这种方法来记住我们每一次杀死敌人的情况，回去好汇报。”

“嗯，这样的课堂很有风格、很有新意。”

“听好了，**第一个是在中枪后从梯子上摔下来的，1的数字密码是棍子，想象你用棍子打倒敌人，使敌人从梯子上摔下来。**”

“好的，记住了。”普尔霏听到火力转向了赵文俊，把舱门打开一条细缝，刚好连续两个敌人从梯子上迅速滑下来，趴在小飞船上，就在他们准备战斗的一瞬间，普尔霏嗖嗖连发两枪将他们击毙。这时敌人同时向两个天窗猛烈开火，普尔霏不得不关上天窗。

“**我杀了两个刚从梯子上滑下来的。**”普尔霏道。

“**2的数字密码是鸭子，想象两只鸭子从梯子上滑下来被你用枪杀死。**”

突然，飞船的右边传来沉重的敲击声，接着听到玻璃破碎的声音。

“注意，敌人从右边窗口闯进来了。”普尔霏警觉地提醒道，向声音的地方跑去。普尔霏刚走到右边的走道，就看到一个敌人正在往后边赵文俊的方向走去，另一个敌人刚从窗子爬进来，普尔霏没等他站起来就一枪将之击毙，同时卧在地上，第一个进来的敌人听到后边的枪响，立即回头向普尔霏射击。嗖的一声，一道激光射来。普尔霏抬头一看，敌人倒下了，后面出现赵文俊的身影，还端着枪，神情威武。

“干得好！”普尔霏夸奖道。

“第三个是怎么杀死的？”赵文俊果然是个很敬业的老师。

“**（第三个）刚进窗口就被我杀了。**”普尔霏回答。

“好，3的数字密码是耳朵，一只耳朵从窗口飞进来，记住了？第四个是我杀的，后面放的枪从他的胸椎穿透它的胸膛。4是红旗，想象我用旗杆从敌人的胸椎刺进去，像串冰糖葫芦一样穿透他的胸部。”

“嗯，知道了。”

“到现在为止我们已经杀了5个敌人，庆祝一下。”说着赵文俊张开双臂抱了一下普尔霏，然后看着她，脸上带着胜利的笑。

“战斗还没结束。”普尔霏道，“要多加小心。”

“好的。”

这时，又听到敌人在敲打左边的窗子。

“他们又进来了，”赵文俊道，“听声音是从主舱进来的。”

“去看看。”说着，普尔霏拉住赵文俊的手向主舱的门跑去。

一开门，一束火光射来，浅浅地射伤了普尔霏的手臂。

“不好，进来了3个敌人，”普尔霏道，“他们一定还会继续有人进来，你快点到驾驶舱，用飞船把他们的梯子挤掉，我在这里咬住他们。”

“你的手受伤了。”赵文俊发现她的手臂在流血。

“别理我，我是机器人，快去。”

赵文俊很担心地看着普尔霏的伤口，却不得不离开。

“一定要小心，不许出事。”普尔霏看着赵文俊，眼里流露出淡淡的担忧。

作为人类，赵文俊很清楚这种眼神的意义，他一转身往驾驶舱跑去。普尔霏打开门，就地滚进主舱，同时向敌人射击。

赵文俊握住操控杆，“注意，我要左右摆了。”他向普尔霏通报。

普尔霏收到通报牢牢地固定住身体，船身猛烈地摆动，敌人冷不防地身体失衡，就在这一瞬间，普尔霏蹦出来开枪杀死了一个敌人。赵文俊把飞船向左移动后接着向上提起来，然后向右摆，把梯子上的两个敌人挤扁在梯子上，梯子断了，掉到隧道里，飞船顶上的一个敌人也被晃掉，跌落到茫茫的隧道中，还有一个攀住了窗子，在外边晃来晃去。

“梯子已经被挤掉，还杀了3个敌人。”赵文俊感到兴奋。

“太好了，他们暂时还不能增援，现在是两个对两个。”

“你杀了一个吗？”

“是的，在船体摇晃的时候。”

“太棒了，监控器显示窗口上还攀着一个，注意他随时都有可能爬进来。”

“谢谢你的情报。就算是二比三，我们也轻松了很多。”

“我马上到主舱来帮忙。记住我们前面两次的杀敌情况，第五次是船体摇晃，敌人摔倒，被你射杀。5的密码是钩子，想到一个人被钩子钩住晃来晃去，当作靶子被人用枪射击；第六次是两个敌人被压扁在梯子上，一个掉到隧道里。6的密码是哨子，想象一个大口哨在梯子上压死两个人，另一个人站在口哨的出风口在吹口哨的时候被风吹落。”赵文俊一边跑向主舱一边讲解。

赵文俊正要开门进入主舱，发现里边毫无动静，他回过头抱起一个躺在地上的尸体，打开门把尸体推了进去，突然，一阵枪响，两束火光打在尸体上，与此同时赵文俊也发现敌人所隐藏的地方，就地滚了进去。普尔霏也趁机向敌人开火，打伤了一个敌人的胳膊，攀在窗外的敌人趁机翻了进来，双方展开了激战，火光乱闪。

敌人的飞船开始贴近赵文俊的飞船，两个飞船之间的距离只有不到两米，第一个敌人跳上了赵文俊的飞船。

“敌人又上来了，”普尔霏听到了声音，“你去开船，甩开他们，这边我来对付。”

赵文俊刚好来到飞船右侧的窗边，一个敌人正要晃进来，赵文俊抱住敌人的双脚将他推出窗外，接着开了一枪，敌人中枪后松开手上的绳子掉进隧道里。

“第七次，把敌人推出窗外，掉进隧道。记住，7的密码是拐杖，想象是用拐杖来推的。”赵文俊边跑边讲。

赵文俊驾着飞船来回摇动，船外的两个敌人紧紧地抓住绳子，无法保持平衡，敌船上的敌人更无法增援。

“普尔霏坚持住，船外有两个敌人攀在绳子上，我要耗掉他们的体力。”

“干得好，我没事。”

船体突然摆动，船里的三个敌人，不由自主地攀住物品，这时，受伤的敌人的枪落到地上，船一摇晃，枪滑到很远的地方。敌人从隐藏的地方滚了出来，企图拿回武器，尽管动作敏捷，但还是没有普尔霏的枪利索，敌人被击毙在自己的武器旁边。

“第八次，受伤的敌人去捡枪被我杀掉了。”普尔霏汇报道。

“8的密码是葫芦，敌人捡枪的时候被你用葫芦砸死了，就这么挂钩。你真是个美丽的杀手，我相信不管你杀死谁都是仁慈的，因为你的美丽对任何一个被杀者都是莫大的安抚。”赵文俊赞美道。

“谢谢夸奖，是设计者想得周到。”

“我想是的，告诉你一个好消息，我看窗外那两个家伙快要撑不住了。”赵文俊看着屏幕上的两个敌人在挣扎。

“好，继续摇晃，晃得猛烈点。”普尔霏催促。

“呜呼！成功了，他们俩终于掉下去了！”赵文俊兴奋地叫起来，“第九次，敌人终于抓不住绳子被甩了下去。9的数字密码是勺子，两个敌人吊在巨大的晃动的勺子上，耗尽体力坠入隧道。”

“记住了。”普尔霏回应。

主舱里的两个敌人稳住了身体之后又开始向普尔霏开火。普尔霏掌握住了船体摇晃的规律，找到了平衡，并利用摇晃的力量帮助自己弹跳，让敌人难以射击。突然，一个小手雷被抛到空中，向普尔霏这边飞来， 在这个紧急关头，普尔霏的身边居然没有一样可以拿得动的东西，这时一只鞋子射了出去，“吞下”了手雷，直奔扔手雷的敌人。一个人影向普尔霏的身上扑来，紧紧地护住她。随着一声巨响和敌人的一声惨叫，船舱里变得十分安静，只有火苗在吱吱地燃烧。

“没想到吧？” 赵文俊爬起来，看着普尔霏的那张美丽的脸，露出孩子般的笑，“幸亏我来得及时，否则这一路上会我很寂寞。”

“谢谢你。”普尔霏的眼睛带着一丝柔情。

“想不到机器人也怕枪炮。”

普尔霏微微一笑："我不想破坏我的表皮，它的造价高，制作程序很复杂。"

"是吗，你还是一个懂得节约的机器人，难得，难得。"赵文俊一副不谙世事的样子，"你在流汗，机器人也会流汗的吗？"

"这是水，我在剧烈运动的时候会产生巨大的热量，设计师考虑到表皮会被烧坏，所以……"

"那我尝一下是水还是汗。"赵文俊没等普尔霏说完就插上了嘴，说着趴下去舔普尔霏的脸。

就在这一瞬间，普尔霏轻轻地闭上了眼睛，似乎在全身心地投入体验这一刹那的感受，这是她从未有过的体验。当赵文俊的呼吸声在她的耳边响起的时候，似乎在唤醒她做女人的意识，他那柔软的舌头像蜻蜓点水似的，触摸了她期待的神经，让她突然有一种忍不住要爆发的欲望。

"不对，是咸的，你到底是人还是机器？"赵文俊一脸疑惑的样子。

普尔霏慢慢地睁开眼睛。"傻瓜，"普尔霏带着微微的笑和女孩的羞涩轻轻地说："我真的是机器，不信你再仔细检验一下。"

"好，我一定要得出一个可靠的答案。"说着抱起普尔霏轻轻地吻了一下她的双唇，普尔霏立即做出回应，让情感喷薄而出。那如胶似漆的深吻，让他们在彼此的口中找到了尘世间最美的甘露，它暖暖地流进彼此的心里，化作一缕清流，流入他们的血脉和每一根神经，如同春风刷新的枯枝，散发着醉人的幽香随风飘荡。他们飘出了飞船，飘向太空，在无边的太空中遨游。每一颗星月都在闪烁着祝福的目光，又像五彩斑斓的烟花在他们的身边绽放。

突然，船舱里传来了痛苦的呻吟。

"有情况！"普尔霏警觉地说。

"小心敌人还没死！"赵文俊护住了普尔霏往声音的方向望去，只见一个血肉模糊的敌人在艰难地挪动。

"他受了重伤。"赵文俊道，他边说边小心地爬过去，"不许动！"他用枪指着敌人，他看到敌人手里没有枪，便爬了过去，飞船还在摇摆，他不方便站立。

“举起手来！”赵文俊一面用枪指着敌人一面搜敌人的身，发现对方除了身上被炸坏的对讲机，和一把藏在脚上的匕首之外什么都没有。

“你们一共来了多少人？”普尔霏问。

“呃……呃……”敌人说不出话。

“杀了他算了。”赵文俊提议。

“不，他可以帮我们，这里火太大了，先把他挪到一边，去驾驶舱拿水来给他喝点，顺便把飞船设置为正常飞行。”

“他都伤成这样了，能帮我们做什么？”赵文俊从驾驶舱回来边给敌人喂水喝边问。

“你认为呢？”普尔霏带着神秘的笑。

“我们现在最想知道的是敌人的情况，可是我们一点都不知道，而敌人却对我们了如指掌，现在毫无动静，敌人一定还会过来。现在我们的船正在被烧，迟早要被烧毁，我们唯一的出路就是夺下敌人的船，可是我们冒然夺船很危险，胜算不大，只有等他们过来我们才能分批杀掉他们，抓一个活口来了解他们的情况。”赵文俊分析道。

“思路不错，但是具体又怎么操作呢？这个伤员怎么用？”普尔霏还是很神秘地看着赵文俊。

“你一定是有好主意了是吗？”

“没有一点主意的话，安全部怎么会把这么重要的任务交给我呢？”普尔霏胜券在握的样子。

“你比做机器人的时候可爱多了，不再老板着脸让人窒息。你的笑……”赵文俊激动地提高了嗓音，“啊！普尔霏，你的笑是我所见过的最美的笑。”

“呵呵，好了，别贫嘴了，快干活。”普尔霏的脸上绽放出幸福的笑。

“请吩咐，长官！”赵文俊直挺挺地敬了一个军礼。

“把他扶到天窗上，小心不要让自己暴露了，上面的敌人可是在盯着我们的船。”

“遵命！”说着抱起伤员往天窗走去，“普尔霏，我们第十次杀敌还没记呢。”

“是的，怎么记？”普尔霏跟在后边，脸上少了一个特工的严肃。

“鞋子里的炸弹炸死了一个敌人，炸伤了一个敌人。10的数字密码是棒球，想象你用球棒把一个手雷当作棒球打进了别人的鞋子就可以了。”

“这样记忆不行，”普尔霏装作为难的样子，“你每次都歪曲事实的真相，明明是两个敌人从梯子上滑下来，你却说是两只鸭子，明明是没拿球棒你又编出了一个球棒出来，我回去这么汇报的话上级会以为我得了神经病。”

“我将以证人的身份向你的领导证明你没得神经病，只是有点犯傻，我教你这样想象只是一个编码而已，通过这个编码你会想到信息的原本面貌。记忆就是这样，天马行空地想一个你自己认为好记的画面来进行编码，作为对原信息的提示，需要的时候再对这个荒谬的图画进行解码。”

“谢谢老师的讲解，不过你刚才说我犯傻是要遭到应有的惩罚的。”说着，普尔霏在赵文俊后面用巴掌抽打他的肩膀，“这是教育你以后不要侮辱我的智商。”

“我错了！看在我可怜的份上，快停手吧。”赵文俊喊道。

“不行，教育要深刻。”

“哎呀，惨无人道啊！这么帅你也打得出手，难道就没有一点怜香惜玉的慈悲吗？”

普尔霏扭开天窗的铁扣，对受伤的敌人说：“回去好好养伤。”

受伤的敌人本能地推开天窗向外爬，赵文俊在下面支着让他爬出去。

“他马上就要发挥作用了是吗？”

“是的，敌人看到自己人活着出来，必然会以为我们被杀死了，然后就会派两三个人来收你的脑袋，带回去取下你的脑细胞，然后我们再……趁机夺下他们的飞船。”

“真不愧是特工。”

“我要像你这么笨，脑袋早搬家了，我在你身边这么久你都不知道我是人。”

“我是故意的，不然我怎么有勇气向你表达我喜欢你呢？另外，你居然对一个宇宙记忆冠军说‘笨’，上帝是不会同意的。现在我考你前面10次杀敌的情况，快汇报一下。”

“是，老师！第一次赵文俊杀死一个正从梯子上爬下来的西尔兵；第二次普尔霏射死两个刚落到我们船上的；第三次普尔霏杀死一个刚从窗子进来的；第四次赵文俊从敌人身后开枪穿透敌人的胸膛；第五次船体摇晃，一个敌人摔倒被普尔霏枪杀；第六次，赵文俊驾驶飞船挤梯子压死两个，一个掉到隧道里；第七次被赵文俊推出窗外一个；第八次一个捡枪的被普尔霏枪杀，第九次船摇晃，悬吊在船外两个敌人最后掉进隧道；第十次敌人被自己的手雷在鞋子里炸死一个，炸伤一个。一共死了14个，重伤一个。报告完毕。”普尔霏很流畅地报告。

“棒极了，我非常荣幸有你这么一位有天赋的学生，我只要把方法教给你，你马上就可以去参加记忆比赛了，怪不得安全组会派你来执行这次的任务。”

上面的敌人一看是自己人出来一个，一阵兴奋。

“赵文俊一定是被杀了。”一群人七嘴八舌，只有队长眯着小眼睛，眼珠子滴溜溜地转。

“队长，让我去把我们的英雄带回来吧，还有赵文俊的人头。”一个士兵自告奋勇。

“还有我，队长！”“还有我！”“还有我！”后面的人陆续站出来。

“别吵！”队长吼道，“你们这些饭桶，这里面可能有诈，你们想过没有？不能轻举妄动，虽然他们只有两个人，但是我们从这边过去，我们就在明里，他们在暗里，我们已经牺牲14个弟兄了，回来的一个还身负重伤，这个代价已经很大了。”队长坐在椅子上，斜着眼睛看着自己的队员，沉思了良久。

“你们三个先去向伤员打听情况，然后把他带回来，我们在上面掩护。如果他们俩还没死就给我汇报，我们还要想办法进攻，如果他们死了，就直接进仓里面把赵文俊的脑袋取下来。”队长吩咐道。

西尔兵的飞船又开始靠近，三个人跳到赵文俊的飞船上，一人扶起伤员，两人戒备。伤员从天窗爬出一段距离，耗尽了体力，没等说出话来就咽了气，于是队长命令他们进入船舱打探。

三人进入船舱后，其中一个脸上带刀疤的敌人端着枪，小心翼翼地走进了走道。突然一个钝物重重地打在他的头上，他眼前一黑，瘫倒在地上。普尔霏从隐蔽处闪了出来。

一个西尔兵在几个尸体丛中看到两个和自己队友的服装不同的尸体，看起来很像前面战友所描述的目标，于是传话："报告队长，我发现有情况，有两具非自己队友的尸体，估计就是赵文俊和他的保护人。"

一个西尔兵走向赵文俊的"尸体"，另一个戒备。西尔兵翻起赵文俊的头一看，果然是赵文俊，于是向队长汇报："报告队长，赵文俊果然被杀死了，我们终于完成任务。"

就在他汇报完毕的同时，赵文俊将一把匕首迅速地插进敌人的喉咙，戒备的敌人还没等反应过来，一支箭又射进了他的喉咙，一点声音都没发出来。普尔霏闪了出来，和赵文俊相互打了一个胜利的手势。普尔霏取出一个扫描仪把两个西尔兵的相貌扫描了下来，做出了两个面具。赵文俊把被打昏的刀疤敌人扶到椅子上绑好，用水把他浇醒过来。就在刀疤迷迷糊糊的时候，赵文俊往刀疤敌人的嘴里塞进了一粒东西，然后拍着刀疤敌人的脸，说："我给你吃的是遥控炸弹，如果你好好跟我合作我就会销毁炸弹，否则我会随时将它引爆，或者它在30分钟后会自动爆炸，让你粉身碎骨。"刀疤敌人听了赵文俊的话，脑子顿时清醒了过来。

普尔霏和赵文俊换上西尔兵的衣服，戴上面具，同时把赵文俊的衣服穿到一个敌人的尸体上，并把扫描赵文俊的相貌做成的面具给尸体戴上。

三个人带着一个尸体离开了小飞船。

队长仔细地看着"赵文俊"的尸体，突然冰冷的枪口有力地戳着他的脖子，队长突然愣住了。

船上的28个西尔兵、一个驾驶员连同队长，还有两个脑医学专家都被脱去了上衣绑在了椅子上，刀疤敌人监视着他们。赵文俊和普尔霏坐在驾驶座上，面对着一群俘虏。

赵文俊长长地舒了一口气，带着胜利的喜悦看着俘虏们："真壮观！这些战利品带回去，你一定会得到一个巨大的勋章。"

"不，我不想把他们带回去，"普尔霏说，"到了拿撒勒我就把他们扔下去，任由他们自生自灭。"

“你的做法还挺仁慈，把他们带回去，他们的命运就会很悲惨。”

“你还没把记忆法给我讲完。”

“哦！是的，我前面已经给你举了10个例子了，现在你来尝试一下如何？”

“怎么试？”

“我让他们每个人说一句话，你要记住每一个人所说的话。”

“这个主意不错。”

“各位！”赵文俊站起来走近俘虏，“很抱歉，由于我的怯懦，不得不暂时委屈大家，由于上帝保佑，所以这一路上屡屡脱险，这实在不是各位壮士的错……”赵文俊给俘虏们做了一场感人肺腑的演讲，把所有的俘虏都说得低下了头，流出忏悔的泪水，哭得稀里哗啦。虽说男儿有泪不轻弹，但是此刻，所有的士兵都哭得眼泪鼻涕口水搅在一起，并且光着身子被绑在椅子上动弹不得，全从肚皮往下流，流到胯下，刀疤敌人情不自禁地拿着衣服给每一个战友擦去脸上的泪水。

“抬起头来，勇士们，”赵文俊继续说，“我们都不是天生的刽子手，杀戮不是我们的本色，我想，老天爷一定很宽慰看到各位壮士那颗仁善的灵魂，请各位说一句你目前最想说的话，从左边这位壮士开始，轮流着来，来吧。”说完，让刀疤敌人把捆着他们的绳子逐个解开。

“**我想回去见我妈。**”第一个哽咽着说。

“很好，这一定是个在家里很孝顺的儿子。”赵文俊赞美道，“下一个。”

“**感谢上帝给我重生的机会，我以后一定会好好做人。**”第二个虔诚地说。

“我相信你说的是实话。下一个。”

“**真遗憾，球赛还没看完就来执行任务。**”

“瞧瞧，战争给了人多少遗憾。下一个。”

“**我突然想起了小时候捉迷藏的山洞里那幅奇怪的壁画。**”四号好像突然想起了什么。

“**收获掌声和鲜花都是努力的结果。**”五号说。

“**换一个零件机器还可以继续工作。**”六号说。

“美丽的肥皂泡带着我七彩的梦在空中飘舞。”七号说。

“多美的意境，我想没有了你，世间会少了一些美丽的幻想，第八个。”

“零售价比批发价要贵三倍以上。”八号说。

“我想起了爷爷带我去钓鱼的情景。”九号说。

“多么纯净的心灵，幸亏我们没有在激战中见面。队长先生，到你了。”赵文俊看着队长。

队长深吸了一口气，大声说：“我要回去把西尔给做了。”

“哎呀，队长，”赵文俊吃惊地道，“冲动是魔鬼。”

“我的官衔上沾满了无辜者的亡魂，我一直以为这是荣耀，知道今天我才想到，原来在我枕着这些荣耀入睡的每个晚上，都有无数的冤魂要来索我的性命。想到这些，我就感到后怕和悔恨。我们每一个伙伴都是受西尔的蛊惑才为他卖命的，我相信是上帝在借您的嘴巴来给我们忏悔的机会，在给我们福音，让我们获得重生，对不对，弟兄们？”队长提高了嗓门问。

“是的队长，感谢上帝。”所有的人都提高嗓门回应道。

“就算我们回去了，也要炒了西尔的鱿鱼，是吗，弟兄们？”

“是的，队长！”士兵们回答得铿锵有力。

“在拿撒勒隆美尔已经有人在那里堵截，赵文俊先生，我建议让我们弟兄帮助您一起完成任务，一起对抗隆美尔，对抗西尔。”队长真诚地看着赵文俊。

“对，一起对抗西尔！”所有的士兵齐呼应。

“谢谢各位，”赵文俊施了礼，对士兵们说了番感谢的话，然后回过头向普尔霏走来。

普尔霏赞许地看着赵文俊，向他伸出一个大拇指。她那倾国倾城的笑让赵文俊感到无比满足，对他来说，普尔霏的赞美远比记忆冠军的奖杯更珍贵、更荣耀。

“天才，你真是个天才，你那一番演讲几乎都把我说哭了，更不要说他们是被说教的对象。”普尔霏称赞道。

“谢谢，我是胡扯的，呵呵。”

“那就是真天才啦，你不是说天才就是不动脑子就做对事情的吗？”

“哦，是喔，谢谢你发现我是个天才，刚才那10句话你记下来没有？”

“记完了。”

“复述一遍。”

普尔霏很流畅地复述了一遍。

“你是怎们挂钩的，跟我讲讲。”赵文俊要求道。

“第一句：我想回去见我妈。1的密码是棍子，我想到的是那个士兵做了错事，拿着棍子回去跪在他母亲的面前递上棍子，让他的母亲惩罚他。”

“这个挂钩非常好。”

“第二句：感谢上帝给我重生的机会，我以后一定会好好做人。2的密码是鸭子，我想到的是上帝把一只烤鸭变成了一只活鸭。”

“很好，继续。”

“第三句：真遗憾，球赛还没看完就来执行任务。3的密码是耳朵，我想到的是一个人正在很专注地看球赛的时候被人家拉着他的耳朵去干活。”

“第四句：我突然想起了小时候捉迷藏的山洞里那幅奇怪的壁画。4的密码是红旗，我想到的是壁画的内容就是好多红旗。”

“第五句：收获掌声和鲜花都是努力的结果。5的密码是钩子，我想到一个人在一个大钩子上表演杂技，很受人欢迎。”

“第六句：换一个零件机器还可以继续工作。6的密码是口哨，我想到的是机器坏了，工长发现情况，一吹口哨就关掉了机器，换上零件后一吹口哨，机器又开始干活。”

“第七句：美丽的肥皂泡带着我七彩的梦在空中飘舞。7的密码是拐杖，我想到每一个巨大的肥皂泡里都有一个拐杖，我躺在泡泡上飘动。”

“第八句：零售价比批发价要贵三倍以上。8的密码是葫芦，我想到卖葫芦。”

“第九句：我想起了爷爷带我去钓鱼的情景。9的密码是勺子，我想到和爷爷坐在一个大勺子上，在河里边钓鱼。”

“第十句：我要把西尔给做了。10的密码是棒球，我想到用棒球棒打死西尔。”

“我真高兴你终于掌握了这种胡思乱想的方法。总而言之，无论遇到什么内容，都要想办法和数字密码挂到一起，不要考虑合不合理的问题，不要追求所谓的完美，那只会限制你的想象。如果遇到比较长的内容，也可以找到它的关键字进行挂钩。比如说第六句的关键字是‘机器’，想到口哨卡坏了机器零件，你就可以想到整句话的内容。第七句的关键词是‘肥皂泡’，你想到从拐杖里跑出许多肥皂泡就可以。”

这时，刀疤敌人跑过来急切地问：“赵文俊先生，我肚子里的炸弹怎么办？”

“哈哈！”赵文俊和普尔霏都笑了起来，“那是一粒维生素！”

第14章

知人知面祸心包藏
情投意合痴心绝对

乔桑王子的时空飞船已经驶入太空，进入了螺旋形的时空隧道。张楠独自坐在船舱的一边看着窗外，此时，她在琢磨着一件事情，到了巴勒斯坦后怎么制止乔桑和侯格雷斯杀赵文俊，也许必须杀掉他俩，因为根据侯格雷斯的描述，乔桑是不会轻易放过他想杀的人的。从这两天她对乔桑的观察来看，乔桑是一个很会用政治语言来抚慰民心的人，很伪善。此时此刻乔桑也一同前往时空隧道，难道他的目的只是为了杀赵文俊？他完全可以靠身边的杀手来做这件事，而不需要亲自来，他现在亲自来了，说明他有更大的野心——窃取咒语，称霸宇宙。

这一点，早在他昨天说要带她一起来的时候张楠就有了怀疑。如果照这么分析，那昨天的恐怖袭击很有可能是他自己一手策划的。想到这里，张楠感到后怕，因为这一场恐怖袭击中死伤的人太多，她自己也是九死一生。如果这个假设成立的话，张楠已经理解了乔桑策划恐怖袭击的目的——主要是为了争取时间来窃取咒语，顺便考验一下她功夫。这样看来，乔桑必须死，不死不足以平民愤。

那么侯格雷斯呢？她昨天发生的一切和侯格雷斯是不是也有关系？首先必然是侯格雷斯向乔桑举荐了她，她才被编入护卫的行列，难道侯格雷斯就不怕她会发生意外？既然侯格雷斯喜欢她，为什么还要这么做，莫非侯格雷斯被她拒绝后心生怨恨想借刀杀人？可是她也并没有表示拒绝，只是表示还不能接受。难道他就这么没有耐心而且起了杀心不成？如果他是这样鸡肠小肚，动不动就杀人，那他也该死。

这样一想之后，张楠决定到了拿撒勒之后，一定要在关键的时候杀他们一个措手不及。可是怎么杀呢？乔桑和侯格雷斯带的人有50多个，她一个人对付这么多人，除非发生奇迹，否则是不可能有胜算的。

张楠正思索着，突然肩膀被人轻轻拍了一下，张楠回头一看，是乔桑。

“你怎么一个人待在这里，在想什么？”乔桑温和地问。

“马上就要见到仇人了，我在想到时怎么处置才够痛快。”

“仇人？谁是你的仇人？”

“赵文俊，他暗害了我丈夫。”

“喔？我还以为侯格雷斯是你的……”

“王子您误会了。”张楠没等乔桑说完便打断他的话。

“对不起，我不该胡思乱想，不是就好……”乔桑突然发现自己有些唐突，什么“不是就好”，这是什么意思？

“不是就好好合作，多一个人就多一份力量。”乔桑企图掩饰刚才的语言失误，“他是怎么暗害你的丈夫的？”

“关于这个问题，我不想再多给一个人详细重复，等我在折磨他的时候你就会知道来龙去脉的。”

“我理解你的心情，你不想回答，我不勉强，他暗害你丈夫确实该死。一个女人怎么可以没有丈夫疼爱呢？尤其是张小姐这样的女人，当然应该有男人的呵护才对。”乔桑说着抬起右手用手指轻轻地摸张楠的右脸颊。

这时侯格雷斯从门口走过，听到了乔桑刚才的话，他看向屋内，只见乔桑低着头深情款款地看着张楠。侯格雷斯心里凉飕飕的，顿时感觉双脚好像无法着地一样。他在吃醋，可是他不能发作，这是他的贵人、恩人，曾经在他最落魄的时候给了他咸鱼翻身的机会。

张楠听到这些话，感觉浑身起了鸡皮疙瘩，她默默地回过头去，背对着乔桑，继续看着窗外。

“张小姐不必太难过，到时，我一定会活捉赵文俊，任由你处置。”说着两手轻轻地放在张楠的肩上，胸口贴上张楠的背后。

“谢谢王子，这正是我所希望的，不然……”张楠说着回过身，从乔桑的怀里走出来，看到了侯格雷斯呆站在门口。侯格雷斯被张楠发现，吃了一惊，离开了门口。

“不然什么？”乔桑问。

“不然我也不会跟着一起来。”张楠拉开了两步的距离。

“不用着急，我说到做到，到时我会将他活捉，任凭你把他千刀万剐。”乔桑看着张楠美丽的面容流露出的淡淡惆怅，心里涌起一股要呵护她的冲动。

“不过像你这样一个美丽的女子，实在不应该承受这种精神上的痛苦，”乔桑边说边慢慢地靠近张楠，“而且还一个人千里迢迢地从地球赶来，又要赶回历史中去。女人，尤其是你这样的精致女人，就应该待在家里好好享受老公的疼爱，你看，你还要在江湖上出生入死，如果你丈夫在天有灵的话，他会为你感到心疼的，而且，我相信，他一定希望你不要永远为他难过，因为你难过会让他伤心，你还这么年轻，他一定希望你能找到一个能让你幸福一辈子的男人，而且这个男人能好好地保护你，不让你受到半点的委屈，你想要什么就能得到什么，让你从此忘记从前不痛快的一切，这才是爱你的丈夫在天之灵最大的心愿，你说是吗？”

“我没那个命。”

“不，张楠姑娘，你有，这是上天注定的，因为……你知道吗，我喜欢你。”

乔桑用很有磁性的男中音像朗诵诗歌一样说：“当你刚出现在我的眼前的时候，我就很欣赏你，当你头发散落的时候，你吊在车外面的时候，我发现，我手里紧紧抓住的不仅仅是我欣赏的人才，更是我今生今世所见到过的最美丽也最有魅力的女子，并且是我灵魂的归宿。在那一霎，你就把我的灵魂融化了。我告诉自己，我一定要救你，我不能再让你经受这种生命的威胁。我相信上帝也是这么想的，因为从你的美丽和你的智慧以及你的勇敢来看，我可以肯定你一定是上帝唯一的亲生女儿，所以你不该再刻意地选择坎坷的人生道路来让上帝为你担心，这是不对的。当我们从车上跳下翻滚下来的时候，我感受到你身上所散发的幽香，彻底地迷醉了我的心。我紧紧地抱着你，不让你受半点轻伤，虽然我的手肘已经擦破了皮，但是看到你安然无恙，我比任何时候都感到快乐。现在你该知道我有多么喜欢你了，张楠姑娘！”说着乔桑大胆地从背后搂住张楠的肩膀。

他觉得他作为一个王子，已经是一个无论权力还是财富都达到极致的人物，他完全有资格这样大胆地向一个生活在社会底层的女子表达爱欲。在他看来，美女只有傍在有钱有势的男人身边才不至于白白美丽；而作为男人，他的身份地位还有财富只有在美女的仰慕之中才不至于失去意义和价值。自古以来哪朝哪代君王不是佳丽三千，就连现在的暴发户王老五，都故意夸张地晃响衣袋角里面的几个铜板来吸引姑娘。而且，即便豁出“微软时代”，也要想办法雄赳赳气昂昂地“进入下一代”，更何况自己是个王子，才41岁，尚在精力旺盛的时候，他向任何心仪的女子示爱还不都相当于是上帝伸出拯救的手，将这可怜的女子带到天堂，从此脱离人生苦海，进入快乐之门？可是张楠还是轻轻地将他的手拿了下来，走到一边去。

“不要这样，张楠姑娘，请你放下女人多余的矜持和伪装，当你听到我浑厚而富有磁性的声音、当你看到我智慧而深沉的目光、当你领略到我无与伦比的温柔、当你获悉到我至高无上的权贵，难道你还不觉得我才是唯一值得女人一生孜孜以求的归宿和情爱吗？来吧，我的财富、我的地位还有我的荣耀都可以让你一起来分享。拥有财富和地位是漂亮女人理所当然的权利，不要因为你曾经地位卑微而自惭形秽，因为从这一刻开始，你可以自信地站在高级服装的橱窗前随意挑选你喜欢的服装，也可以大胆地挑选你所喜欢的首饰和化妆品，甚至是你喜欢的奢侈品。从这一刻开始，你就要成为一个鲜光亮丽、雍容华贵的女人，你即将得到所有女人所憧憬的但又可望而不可即的光彩。来吧，张楠姑娘，我知道作为一个女人所想的一切，再没有什么比让一个女人永远美丽高贵更令女人心花怒放了，而这一切，我都可以给予，不要再犹豫了，你应该知道你的犹豫是在令人痛惜地浪费此时宝贵的时间。我已经张开了双手，财富和权贵都已经向你展开了双臂，你只要走过来就可以了，来吧张楠姑娘，不要浪费此刻的美好时光，这是令人揪心的。新的爱情在向你呼唤，至高无上的权贵在向你呼唤，来吧……”说着乔桑从背后紧紧地搂住张楠。

“王子，请不要这样，放开我。”张楠用力掰开乔桑的咸猪手。

“没关系，这是上天安排的，不要有任何的内疚接受这一切梦幻已久却突如其来的机会，不要因为它来得太快而无所适从，你应该觉得这一切都是理所当然地为你拥有的，因为你是美丽、智慧的女人。”

“不要了，王子……”张楠扭动着肩膀试图挣脱，衣领滑落到手臂上露出香肩，她的体温带着淡淡的体香冉冉地沁入乔桑的鼻孔。视觉与嗅觉的诱惑更撩拨了乔桑那无法抑制的冲动，他吻着她的香肩和她那修长的脖子，凝脂一般嫩滑的肌肤和那醉人的体香让乔桑不能自拔，他勃发的雄性是那样令人窒息的瘙痒，如何不令人心急如焚而保持斯文？

这时，门口有人敲门，乔桑和张楠一看，原来是侯格雷斯。刚才侯格雷斯一直站在门边，并没有走开，听到里面这样的对话，他心里冰凉得让他几乎失去理智。他不能让人欺负张楠，如果是别的男人，刚才他就上去把对方痛扁一顿了，可这偏偏是乔桑王子，是他的贵人……可是，可是这女人是他心爱的女人，他怎么可以让自己心爱的女人受欺负受委屈呢？就连他自己都百般疼爱，又如何舍得拱手予人粗鲁糟蹋？他的自尊受到伤害。

侯格雷斯看着乔桑，乔桑也看着他，他发现乔桑的眼神中有责备的神色，责备他：你不该这个时候出现，不该出现之后还不马上给我滚开。

张楠用求救的眼神看着侯格雷斯，此时的她显露的那份柔弱和妩媚着实让人心疼和怜爱。

“不可以！”侯格雷斯的心里涌起了一股争斗的愤怒，每一块肌肉每一根神经都因为血液的澎湃而充满爆发的力量，“你怎么可以这样对待她，相对来说，她应该是我的人。”然而他终于控制了自己的冲动，理智地平静下来。

“对不起主人。”

“你有事吗？”乔桑还搂着张楠。

“是的，康求尔来消息了。”侯格雷斯立即编了一个借口。

“什么事情？”

侯格雷斯看了一下张楠，乔桑想到昨天的事情，明白侯格雷斯的意思是不要让张楠知道其中的秘密，他松了手。张楠从乔桑的怀里挣脱，径自向飞船后边的观景阳台走去，她站在阳台上看着这螺旋状的时空隧道，心想：天底下居然还有这么恶心的男人。

乔桑听完侯格雷斯的话应了一句：“等办完这件事我立即给他回复。”说完向船头走去。

侯格雷斯醋意未消，他晃悠着走向船尾，张楠还站在那儿，背朝着他，似乎没有察觉到他的到来。侯格雷斯停下来定了定神，右手握着拳头放在鼻子下边，清了一下嗓子，那意思似乎在告诉张楠，我在你后面。但张楠并没有回头，她知道侯格雷斯正向她走来，她的眼珠一转，嘴角露出一丝神秘的笑，此刻没有人知道她心里在想什么。

侯格雷斯走到张楠身边，什么也没说，微微地晃着身子，似乎因为不知道该说点什么而感到有点紧张。

“你到我这儿来有事吗？”张楠问。

“是不是我不该来？”侯格雷斯反问道，神情有点紧蹙。

张楠看了侯格雷斯一眼，心想，看他现在的样子好像还不至于是想借刀杀我，我何不试探一下。“我不是这个意思。”张楠回答。

“那刚才我是不是不该出现？”

“刚才我还以为你真的走开了呢。”其实她很清楚侯格雷斯不会走开，从他站在门口时的眼神就可以看出来。

“如果真的走开，会发生什么事情？”

“如果走开了，那你就是世界上最笨最蠢的男人。” 张楠没有正面回答。

“这句话是什么意思？”侯格雷斯惊讶地看着张楠。

“你自己琢磨吧。”张楠流露出一丝不自然的笑，然而恰恰是这不自然的笑，在他们之间、在这种情况下才是最管用的。

“那你愿意留在邬坦市了？”侯格雷斯的眼睛亮了一下。

“又没有欢迎我的人，我留下来干吗？”

“你何必这么说呢？”

侯格雷斯的这句话，张楠已经听明白了他现在的心思。“昨天在邬坦不是有人想借刀杀我吗？”张楠还不解闷，特意说了这么一句。

“我不明白你的意思。”侯格雷斯装糊涂。

“别把我当小孩来耍，”张楠趴在栏杆上，看着外面说话，“乔桑本来要讲三天的课，结果一场恐怖袭击之后，他并不是回库巴兹，而是连夜赶往拿撒勒，你告诉我，这两者之间是什么关系？”

“你误会了。”

“误会？等到了拿撒勒，不用你回答，便什么都清楚了，只是我不明白的是你昨天为什么要让我去挡子弹，而现在却希望我留下来。”

“做护卫是王子的意思，他想看看你的功夫，幸好，我把所有的枪都换成了麻醉枪了，护卫根本没有生命危险。”

“是吗？不打自招了，果然和我想的一样，乔桑真是个聪明人。”

“现在你既然明白了真相，就不要再把这笔账计到我头上了好吧？我还是那句话，希望你留在邬坦市。”

“哼哼，完成任务再说吧。”张楠看着侯格雷斯，鼻子哼了两下，算是带出了一点笑，接着似有期待地离开了观景阳台。侯格雷斯看着张楠的背影，心里似乎舒畅了许多。张楠刚才的笑，让他看到了女人矜持的期待。

赵文俊所在的飞船在时空隧道中穿行，离目的时间和目的地已经越来越近，探测器不断地回馈情况。队长看着这些信息进入深深的思考，士兵们静静地等候命令。

普尔霏和赵文俊很悠闲地坐在休息舱，此时此刻他们似乎忘掉了自己的任务，在尽情地享受这一刻没有战火也没有追兵的平静。他们的心情也是平静的，这种平静当然不是没有远虑的愚痴，而是自信的淡定，如同孔明借箭，任舱外箭如骤雨、战鼓如雷，舱内依然饮酒尽欢。这一刻对他们而言是可贵的，或许他们在执行完这次的任务之后又会重新回到自己原有的生活当中，虽然爱没有界限，但是他们，一个是常在狼窝虎穴中出没的特工，一个是在遥远的地球上生活的普通百姓。就算交通工具已经发达到可以在时空中自由穿梭，但是又有哪一趟航班可以特地为他们架起永久的桥梁？

“圣母玛利亚在父母的做主下嫁给一个木匠约瑟。”赵文俊在给普尔霏讲关于耶稣的故事，“约瑟是从伯利恒来到拿撒勒做木工的一个小伙子。”

“怎么可以和一个从没有接触过的男子结婚呢？”普尔霏很疑惑地看着赵文俊，等待着他继续讲述。

“是的，当时玛利亚也是这样想的，她为此感到很不愉快，但她爸妈说约瑟是个不错的男人。”

“这还差不多，哪个女人不希望自己嫁个好男人呢？不过玛利亚也需要时间来接受呀，怎么可以在第一次见面就被宣布自己是这个男人的妻子呢？”

“是的，这个接受过程就在她怀上了耶稣之后，当时约瑟很难接受，以为玛利亚是个不贞洁的女孩。甚至玛利亚的父母也很难过，刚开始的时候也以为自己的女儿做了见不得人的事情，另外，作为父母他们还担心一件事，按照当时的习俗，婚前怀孕的女子是要被人用石头来砸死的。”

“不对呀，玛利亚不是在结婚后才怀孕的吗？”

“是的，当时她是有了丈夫，但是当时的习俗是结婚一年后新郎和新娘才能圆房，这时的新娘才可以怀孕。”

“那后来约瑟是怎样接受玛利亚怀孕的事实，玛利亚又是如何接受这个丈夫的呢？”

“如果你不老问我问题的话我会更快地说到你想知道的问题。”

“哦，我错了，呵呵，你说吧。”普尔霏卖了一个乖。

“后来神的使者托梦告诉约瑟说玛利亚怀的是神的孩子，于是约瑟知道自己错怪了玛利亚，他决定做一个好丈夫和一个好父亲。当时统治着巴勒斯坦的希律王听到预言说将有一个救赎民众的人要诞生，要成为王中之王。希律王很担心自己的统治地位受到威胁，决定杀掉这个预言中的王，于是进行人口普查，希望找到这个尚未出生的人，搞得鸡犬不宁。希律政府为了便于普查人口，规定老百姓必须回到自己的出生地，所以，约瑟不得不回到伯利恒，玛利亚作为妻子，当然要跟随丈夫一起回伯利恒。于是约瑟带着玛利亚开始了第一阶段的长途跋涉。一路上经历了许多艰难险阻，但也正是因为这些困难让玛利亚和约瑟的爱情变得坚不可摧。他们到了伯利恒后天色已晚，正在这个时候，玛利亚开始肚子疼痛，她马上就要分娩了。约瑟连忙到附近的人家敲门，想借个屋子让玛利亚生孩子，可是没有人开门让他进来。就在约瑟很绝望的时候，他看到一个马圈，他把妻子抱到马圈里，让她躺在喂马吃的干草上帮助妻子分娩，毛手毛脚地做起了接生师……”赵文俊把耶稣出生的故事给普尔霏娓娓道来，“就这样，耶稣出生在伯利恒的一个马厩里。”

“地球上有趣的故事可真多！”普尔霏听赵文俊讲完耶稣出生的故事之后，那神往的目光好像看到了历史的重现。

“克伊斯曼没有好玩的故事吗？”赵文俊问。

“但是克伊斯曼没有出现这么伟大的人物。”

“难道你不是吗？”

“你是不是希望我也用同样的方式来赞美你？”

“我已经习惯了小老百姓的生活，突然给我扣个‘英雄’的帽子我不太习惯，与荣誉相比，我觉得老婆孩子热炕头更实际一点。”赵文俊说完爽朗一笑。

“别忘了你还要教我记忆法。”普尔霏突然提醒。

“还要教吗？我们一定会安全到达的不是吗？”

“你怕我夺走你记忆冠军的荣誉？”

“不，我很愿意给你这份荣誉，我只是害怕你成为冠军之后西尔会找你的麻烦。”

“那我做亚军好了，教我呀。”

“这个嘛……”

“你不愿意？”

“当然不是，我们可以改天。”

“为什么？”

“你看今夜如此花好月圆，我们是不是应该谈点别的，又何苦讲那些枯燥的理论和技术呢？浪费气氛。”

“哈哈！你的想象力真好，我看你就算是在戈壁滩，只要有佳人陪伴你都能感觉到花好月圆，还有晚风习习、琴声悠悠的意境。”

“对！这样的意境，还有才子佳人，今宵一刻值千金，真所谓只羡鸳鸯不羡仙？”

“佳人我是看到了，只是我没看到有才子。”

“谁说没有才子，你等着，”赵文俊捋了一下衣袖，清了清嗓子，“我来即兴吟诗一首，一展我大才子的风采，看你还敢小看我不。”

“嘻嘻，果然有才子的摸样，吟首诗来听听。”

“吟得好的话可得给奖品喔。”

“你已经把我当作奖品了，我还能给你什么？”

“好，那我就献丑了。”赵文俊踱着步子打着节拍开始吟起来。

“听好了：赵家公子风流帅气……”赵文俊摇晃着脑袋，眼睛不停地眨着，琢磨诗句。

“哈哈！喷饭！”普尔霏捂着肚皮笑。

“别吵，别打乱我的构思，坏了我的大作。”赵文俊装作很严肃的样子。

“赵家公子风流帅气，
文武双全多才多艺。
俊杰人豪当之无愧，
普天之下无人能比。
尔若嫁人将他考虑，
非他莫嫁否则悔矣！”

“怎么样？很有才子的风采吧？”赵文俊摆好了准备迎接赞美的架势。

“呵呵，诗圣！情圣！”普尔霏向赵文俊伸出大拇指，“你的诗好飘逸！听你的诗我好像有一种飘向太空的感觉。”

“很美妙吧？”赵文俊期待着后面的赞美。

“找不到重心，头晕，要呕吐。”

“天啊！这样糟蹋人才，于心何忍啊！”

“这么好的诗你能不能教我咏一下？”

“可以，那我就用**文字挂钩**的方法来教你记下来吧。”

“好呀，顺便教我记忆法，呵呵。”普尔霏开心地赞成。

“前面我给你讲了数字挂钩，就是把新信息和我们已知的数字链接在一起，文字挂钩和字母挂钩的道理是相同的，就是采取一切手段将需要记忆的信息和被选定的文字或字母链接在一起。文字挂钩包括：关键字挂钩、熟语挂钩、题目挂钩。接下来我就用关键字挂钩来教你。这首打油诗的关键字我们取每一句话的第一个字，即：赵文俊普尔非（霏）……”

“喔！是吗？我还没注意到呢，居然是用我们的名字做开头的呢。”普尔霏恍然大悟。

“不管刚才你是否发现，但是现在你已经知道了，不过我相信你之所以更加惊讶，一定是因为你突然发现我比你想象的更有才对吧？”

“哈哈！我看你是蹲着茅坑照镜子——死（屎）臭美。”

“请不要用你嫉妒的眼光来仰慕我的才华，你只要虚心学习，也可以像我一样才华横溢。来，我只要再咏一遍你就可以记住。”说着赵文俊又从头到尾咏了一遍。

“好，让我试一下。”普尔霏开始尝试着背诵，她一边背一边忍不住好笑，“哈哈，自恋的人我见过不少，不过还没见过像你这么自恋的人。”

“我看彼此，刚才你不是说只见佳人不见才子吗？现在后悔自己刚才过度地自我高估了是吧？”

“可我没像你这样还吟诗自咏。”

“那是因为你肚子里的墨水不够，要不说不定还天天为自己作诗呢，本公子再为你作一首现代诗如何？主题是表达我对爱情的忠贞。”

普尔霏脸上泛起了两片红晕，不管他的诗作成什么鬼样，是雅是俗，她都有一种期待，有一种幸福感、满足感。

“这首诗的题目叫作什么？”普尔霏问。

赵文俊眼珠子一转，说：“叫作《痴心绝对》。”

“哇，好感动，呵呵。”

“感动吧，为你作的，听好了：

痴心绝对

看不到你，
我如同被抠掉了眼珠；
听不到你，
我如同宇宙的鼻祖一样孤独。
想你，
我想到脑神经抽搐。

盼你，

我盼到石烂海枯。

任何见到你的人，

我都非常嫉妒；

任何认识你的人，

我都无比吃醋；

任何接触你的人，

我都极度愤怒！

痴心绝对非我莫属，

我这样的男人，

可爱？可恶？”

赵文俊深情地咏完之后摆了一个姿势停了几秒钟。

普尔霏一面拍着手掌一面被赵文俊搞笑的诗逗笑：“好感动哦，快点教我记下来，我要把你这种对爱情的执着精神铭刻在心里，带回克伊斯曼，编写到大学教材里教育那些的年轻人对待爱情要忠贞不二，并注明作者是当代杰出年轻诗人赵文俊。”

“哎呀！这次教你我再乐意不过了。”

“就知道你贪慕虚荣。”

“不，我只是看在这样有更多的人知道这是我为你写的份上。我这回教你用熟语挂钩来进行记忆。这首诗我把它分成八个部分：

“第一部分：看不到你，我如同被抠掉了眼珠。

“第二部分：听不到你，我如同宇宙的鼻祖一样孤独。

“第三部分：想你，我想到脑神经抽搐。

“第四部分：盼你，我盼到石烂海枯。

“第五部分：任何能见到你的人，我都非常嫉妒。

“第六部分：任何认识你的人，我都无比犯醋。

“第七部分：任何接触你的人，我都极度愤怒。

“第八部分：痴心绝对非我莫属，我这样的男人，可爱？可恶？

“既然分为八个部分，所以我要找八个文字来挂钩，假如这八个字是‘前、后、左、右、东、南、西、北’，现在用‘前’来挂钩第一部分，既然是‘看’那么必然是在前面的东西才能看，然而看不到，那当然是眼睛出现问题了，就这样挂上了。

“第二部分用‘后’挂钩，你躲在我的后边我自然看不到，既然看不到当然要靠听才能感知了，可是没听到你的声音，所以我察觉不到你的存在，自然就孤独。

“第三部分和‘左’挂钩，你就直接想到左边的脑袋抽筋的样子，注意，是大脑抽筋不是你抽筋。

“第四部分和‘右’挂钩，想象你的右手攀到石头，石头就会烂掉。这里的‘攀’和‘盼’是谐音的。

“第五部分用‘东’挂钩，由于在中国，生活在东部地区的人条件比较好，所以我嫉妒。

“第六部分用‘南’挂钩，‘南’和‘男’同音，凡是认识你的男人，都会让我吃醋。

“第七部分用‘西’挂钩，想象西方列强野蛮地接触我的祖国，所以我很愤怒。

“第八部分用‘北’挂钩，‘北’和‘悲’同音，想象这样的男人不可爱不可恶，是可悲。

“我这样引导你连接纯属举例，当然由于每个人都会有不同的文化背景和层次，所以会有自己独特的联想，通常情况下是自己联想的都是比较适合自己记忆的。在这里我所用的熟语是8个字，实际上是两个信息，一个是‘前后左右’，一个是‘东南西北’。也就是说，我已经把八个部分的内容包裹在两个信息里了。另外，无论你用什么字跟句子进行连接，你一定要在脑子里用画面来强调它们之间的关系，比如说‘左’和‘脑抽筋’，你要想象你的左边出现大脑的形象，并且是抽筋的样子。用一个字挂钩句子往往只要连接到句子的关键部分就可以，其他没有被挂到的部分通过关键部分的提示自然会被联想起来。现在请你尝试着把全文背下来。”

“好的，我试试。”普尔霏仰着面闭上了眼睛开始回忆。她此时坐在椅子上显得那么宁静，那张细腻的脸庞在灯光的照射下，如同蜡像一般，丝毫不含一点杂质，她的眉毛、她那轻轻闭上的眼睛和她那两片可爱的嘴唇就像工笔大师勾勒出来的一样清秀，加上湿润的嘴唇在灯光下的反射和脸部突起处柔和的反光，看起来如同水晶一般晶莹剔透。赵文俊情不自禁地凑上前去，两张脸相距只有十厘米，普尔霏感觉到赵文俊在看着她，故意久久地闭着眼睛，充满了期待。赵文俊就这么静静地看着她，充满柔情的眼睛似乎在守着一汪清泉，生怕任何接触都会污染了它原本的纯净。这样的距离、这样的眼神、这样的表情久久地停留，就像一座极具艺术感的雕塑，停留在弦满弓圆的那一刻，让人看后心里有一股期盼宣泄的强大力量，又如同在心里燃烧着一团熊熊的烈火，这团火足以同时将十艘运载火箭送到太空。

“你在干吗？”普尔霏缓缓地睁开眼睛看着赵文俊的脸庞，声音轻柔得就像石笋上的水珠轻轻滴入静静的水潭在岩洞里的那清纯与宁静的回响。

“看你。”赵文俊好像没有回过神来，依然入神地看着对方。普尔霏突然挺起身子亲了一下赵文俊的嘴唇又靠在了椅背上，咧开了嘴角笑起来，眼睛调皮地看着赵文俊。

“嘻嘻，有什么好看的，你这个傻瓜，又不是不认识我。”

“呵呵！”赵文俊傻傻地笑，眼睛还在看着普尔霏，“我只认识一个机器人，总是面无表情不懂感情的机器人，它叫普尔霏。可是眼前这个表情丰富的普尔霏让我感到好陌生，但是却给我一种浓郁的温馨感。”

“温馨感？真的吗？嘻嘻！”

“嗯……”

“你这个笨蛋，没想到你这个笨蛋那么会说话。”普尔霏闭上眼睛深吸了一口气，然后睁开眼呼了出来，“我困了。”说完又闭上了眼睛，脸上带着妩媚的微笑。赵文俊慢慢地向她靠近。

突然，哔的一声，休息室里的屏幕亮了起来，队长出现在屏幕上。

“赵文俊先生对不起打扰了，飞船一小时后到达拿撒勒。”

赵文俊回头对着屏幕说：“知道了，谢谢。”

“快到了吗？”普尔霏站起来，“蛮快的。”

“嗯，这得感谢隆美尔给我们送来这么好的飞船。”

“刚才的《痴心绝对》我已经记下来了，你现在该教我题目挂钩了。”普尔霏提醒道。

“你学习可真主动。”

“不好吗？”

“好，有这样的学生我感到很高兴。”

“那还不快点教，教好有奖励哦。”

“刚才的奖品我还没拿呢。”

“已经给你了。”

“没有，队长打扰，我没拿到。”

“哼，幸亏没拿到，否则你就透支了，真贪心，呵呵，快点教我。”

“怎么会这样，真后悔当初没有和你签合同。”

“就算签了我也可以赖掉呀，除非你听话照做，否则没奖品。”

“哎呀，没想到呀没想到，”赵文俊装作痛苦地拍了一下脑袋，“我居然就这样沦为了爱情的奴隶，尽管不情愿受人摆布，但更不情愿让你动怒。不过一个堂堂的宇宙冠军，更重要的是我这么一个堂堂男子汉居然因为对一个女子动情而无条件地听从一切指令，面子上多少有点过不去，你看是不是给我一个体面点的理由让我乐意继续讲解？”

“当然可以，理由有很多啦，比如说你讲课的时候动作很潇洒、专注的表情很帅气……”

“是真的吗，哈哈哈哈……”赵文俊的脸上绽开了花，似乎从来没有这么开心过。

“还有，你讲课时说话的声音……”普尔霏一副陶醉的样子，似乎激动得一时没找到足够好的形容来表达内心的感受而憋在喉咙里没说出来。

“是不是很有男人的磁性？浑厚而有力！”赵文俊迫不及待地补充上去。

“简直就像一个非同寻常的人物……”普尔霏两眼放着光芒，充满崇拜。

“是吗？什么人？”赵文俊已经按捺不住急切的心情想要知道接下来激动人心的结果。

“这个人就是中国封建王朝里的太——监！呵呵……”

“不——可——能——”赵文俊一副抓狂的样子，“我的声音是最具有美感的，是曾经获得星际审美委员会颁发的最佳男声奖的，甚至是造物主最骄傲的妙声，你怎么可以这样亵渎上帝的杰作？是可忍孰不可忍！”

“既然声音这么美那就接着讲呀，呵呵！自恋狂！”

“高！这招就叫请君入瓮，”赵文俊佩服地竖起大拇指，“不经意间又被你哄着我让我给你讲课了。**题目挂钩就是用题目的文字来挂钩其本身的内容，比如说假设题目是四个文字或者是四个单位词语、信息，而内容刚好是四句话，那么我们就可以直接用题目来挂钩内容**。我举个什么例子呢？”

“你可以再为我作一首诗呀。”

“好吧，那我就再作一首诗，作一首值得我们一辈子珍藏的诗。”

“一辈子珍藏？好期待，嘻嘻。”普尔霏按捺不住喜悦。

赵文俊来回踱了几步，开始情感饱满地吟起来：

“感谢上苍

苍天何怜我形单，

赐我佳人走千山？

涕泪感激谢不尽，

唯将全意倍喜欢！”

赵文俊吟完诗，普尔霏突然扑到他的怀里，搂着他，许久，什么话都不说。她也不知道该说什么，她觉得，作为一个女孩再没有什么比倍受疼爱更可贵。长年在战斗中生活，特工所该具备的素质几乎让她忘记自己是一个渴望爱情的女孩，在她的眼里，这是一首文学界里最美的诗。

“苍天何怜我形单？赐我佳人走千山。涕泪感激谢不尽，唯将全意倍喜欢！”普尔霏依然靠在赵文俊的怀里轻轻地吟着，“好诗，这是世界上最美的诗，这是你送给我的诗，我要把它永远珍藏。”接着普尔霏抬起头看着赵文俊，“你也不许忘记。”

“当然不会，我不是说了吗，这是值得我们珍藏一辈子的诗，虽然不是名师大作，却是我内心的声音。也许我多年的单身，就是上帝故意安排的，让我的情感在煎熬中等待，等待它熬成一坛陈年的佳酿，一旦启封则芬芳四溢、沁人心脾。”

“好一个‘芬芳四溢、沁人心脾’。”普尔霏突然提高嗓子，一副刁蛮公主的样子，噘着小嘴看着赵文俊，“一溢就可以了，这坛酒是我一个人的，谁也不许触碰，听到没有？”

“遵命！”赵文俊行了个军礼。

“现在告诉我怎么挂钩。”

“你不是已经记下来了吗？”

“笨蛋，我这样要求也是在品酒呀，你是记忆大师所以这坛酒才芬芳，如果你是个草包，还有什么芬芳可言。”

“言之有理，看好了，这首诗的题目是4个字。内容正好是4个句子。

“第一个字是‘感’字，和第一句话‘苍天何怜我行单’挂钩，‘感’和‘敢’同音，可以这样想，敢问上苍，问上苍什么内容，接下来就会被提示出来了。

“第二个字是‘谢’字，和‘赐我佳人走千山’挂钩，在这里你把‘谢’和‘赐’连接起来，你就会想到为什么谢，很自然你就会想到那是因为人家赐给我东西。

“第三个字‘上’和‘涕泪感激谢不尽’，你感谢的对象你自然会看得很高，而自己则下跪磕头致谢，所以和‘上’字就连接起来了，对吗？

“第四个字‘苍’字和‘唯将全意倍喜欢’挂钩，这句是报答爱情的抱负，决定爱到沧海桑田，爱到白发苍苍。这样不就联系上了吗？”

“喔，明白了，就是胡思乱想地想出一个理由来连接。”普尔霏慢慢地点着头，好像茅塞顿开的样子，“你刚才说——‘那个’要到沧海桑田、白发苍苍是真的吗？”她深情地仰视着赵文俊。

“嗯。”他回答。

她搂住他，脸上带着幸福的笑容。

第15章

历史之旅艰险重重
美人计策巧获成功

时空隧道像越来越薄的烟雾，黑烟一样的螺旋线和白茫茫的底色慢慢地隐去，终于飞船驶进了太空，前面是一个巨大的蓝色星球——地球。

队长和他的队员在驾驶舱里，一面注视着前方，一面注视着雷达显示屏，搜索着敌人的飞船和拿撒勒的位置。终于，他们发现了目标。

“注意注意，”雷达报警器开始广播，“左前方1000公里处发现有飞船，左前方1000公里处发现有飞船。”

“各位队员请做好准备，”队长提示道，“我们已经发现了隆美尔派来堵截的飞船，就在拿撒勒上空60公里处盘旋。半个小时后我们将会接近对方的飞船，随时要做好空中交火的准备。”

离地面只有70公里了，两艘飞船彼此可以用肉眼看见，对方的飞船开始迎面飞来，突然射来一道火光，驾驶员迅速让了过去。

“他们已经向我们进攻，各发射舱准备战斗。”队长沉着指挥。

赵文俊和普尔霏走到驾驶舱观看战况，队长对普尔霏说：“普尔霏小姐，我们很快就要接近地面，今天拿撒勒上空正好是多云天气，等我们的飞船进入云层的时候，你带着赵文俊先生驾驶小飞艇离开母船直达地面。我在上面和敌人周旋，你们现在立即行动。”

“谢队长操心。”普尔霏给队长行了一个军礼，拉着赵文俊向飞艇舱走去。

飞艇舱里停着10艘小飞艇，每艘飞艇可以坐4个人。他们上了小飞艇，启动引擎，这时，飞艇舱门打开，对讲机里传来队长的声音：“立即出发，上帝保佑你们好运。”

“谢谢队长，您也一样，再见！”普尔霏回答道。嗖的一声，小飞艇迅速潜入云里，垂直向地面俯冲下去。刚钻出云层一会儿，突然嘟嘟几声枪响，一缕火线从上边袭来。

“不好，西尔兵的飞艇也下来了。”赵文俊吃了一惊。

“真该死！”普尔霏嘴里骂着，把方向盘往西一打，飞艇朝西面飞去，“你用枪射他们。”

赵文俊端起枪向后看：“糟糕，西尔兵下来两艘飞艇。”

“隆美尔真是个狡猾的狐狸，眼看离成功就差一步了，还杀出来给我添麻烦。”

“不如我们不跟他们周旋，找个机会落地，然后穿上当地人的衣服，打扮成当地人的模样，他们就找不到了。”赵文俊建议道。

“听起来是个不错的主意，我们试试看能否甩掉他们。”说着，普尔霏驾着飞艇又钻进了云层，果然西尔兵无法跟踪。

“黑鸽，我是秃鹰，”自称秃鹰的飞艇向另一艘飞艇打招呼，“看样子目标是想从我们的视线外潜入地面。”

“死守拿撒勒上空，”黑鸽回话说，“我们以拿撒勒为中心20公里为半径进行搜巡。”

黑鸽和秃鹰在拿撒勒上空飞行，引起了地面上人们的注意和好奇，老百姓见状纷纷停下手头上的活儿跪下来叩拜、祈祷，以为这就是传说中的“王中王”要降临，就要来拯救他们脱离希律王朝的统治和剥削。祈祷者口中念念有词，感激上帝赐给福音。一支正在搜寻未来的“王中王”的希律军队见状，勒马而立，抬头望天。

“普尔霏，我们已经往西飞出好远了吧？”赵文俊问。

“大概有140公里。”

“这么说我们已经进入地中海，离开东岸大概有70公里了。”

“下去看看。”普尔霏钻出云层，下面是一片蓝色的海洋。

黑鸽和秃鹰还在盘旋，这时隆美尔来话告诉他们地中海有情况，于是他们立即向地中海飞去，老百姓看着这两个奇怪的飞行物离去，纷纷站起来目送。

普尔霏和赵文俊正准备低空飞行，向拿撒勒奔去，这时迎面来了黑鸽和秃鹰，两道火线射了过来，普尔霏把操纵杆向上一提，飞艇升了起来，黑鸽和秃鹰从下面蹿了过去，接着立即掉过头继续追击。地面是戈壁滩，偶尔冒出一些土丘，想要通过地形甩掉尾巴看来没有可能性，只能拼驾驶技术了。三艘飞船在空中追赶，上下翻飞，都想跑到对方后边去开火，时而在空中旋转，时而贴着海面上拉出长长的白浪，时而贴着土丘的曲线飞行。

赵文俊射出不少子弹，都从目标的边缘擦了过去，对方不断地左右上下摆动，再加上自己的飞艇也在摆动，使他的命中率大大降低。终于，他射中了对方的要害，但几乎同时，他的飞艇也被敌人射伤，飞艇保持不住平衡，眼看就要撞到土丘上，普尔霏拼命推动方向杆，飞艇碰擦到土丘，拖着长长的黑烟向海上飞去，跟在后面的秃鹰却撞在土丘上，轰地一下撞个粉碎。

扑通一声，普尔霏和赵文俊随着飞艇掉进了海里。趁着海水还没有渗入驾舱，赵文俊和普尔霏紧张地在舱内寻找救生物品，可是找了半天都没有找到任何救生物品。海水已经渐渐渗入舱内，小小的驾舱内空气已经越来越少，两人开始感到呼吸困难。这时黑鸽还在上空虎视眈眈，只要他们一浮出水面就会立即被杀死。

“难道我们就要这样葬身大海了吗？”赵文俊喃喃道。

普尔霏毫无表情地看着赵文俊，突然紧紧地抱住他：“和你死在一起我本感到很满足，可是我担心的是，西尔兵会把我们打捞起来，然后把我们分开，最后会切开你的头颅……”普尔霏说到这里，急得流出泪来。

“也许老天爷会救我们的……”赵文俊不知道说些什么才好，“因为我们还要拯救宇宙不是吗？”

普尔霏并不理会他说的这些，她抬起赵文俊的脑袋深深地吻他的唇。

“我不要离开你，可是我们在一起的时间已经不多了。”在生命的最后一刻，普尔霏觉得最值得她做的事情就是好好地跟爱人在一起，热烈地表达她的爱。

海水已经浸到了他们的胸口，有限的空气已经让他们感到窒息，他们已经连亲吻的力气都没有了。他们相互拥抱着，谁也没有说话，静静地等着死亡的到来。赵文俊想换一个坐姿，他企图用手去扶住座椅，结果手滑到了座椅下面，摸到了一个盒子。他把盒子拉了出来，打开一看，里面盘着一条长长的塑料管，和手指一般大小，在水里散出油星，不用说，这是用来输油的管子。他看到了生命的希望。

“我们有救了，你看，塑料管！”赵文俊举给普而霏看。

“可是——怎么通到海面上去？”普尔霏低声问道。

赵文俊脱下鞋子，用刀割下泡沫做的鞋底，然后在鞋底割开一道小小的缝隙，把管子的一头插了进去紧紧地夹住。他打开门，把鞋底放了出去，鞋底迅速浮出水面。他把输油管的另一头递给普尔霏。普尔霏毫不顾忌管子上面汽油恶心的味道，含在嘴里痛快地呼吸了几口气，接着递给了赵文俊。就这样，两个人轮流着呼吸，渐渐恢复了体力。

黑鸽在赵文俊他们落水的地方来回盘旋，久不见有动静，十个西尔兵在讨论他们是不是被淹死了，考虑潜水下去看个究竟，于是派一个人穿上潜水衣跳进水里，而此时赵文俊和普尔霏正在整理武器。他俩整理好之后慢慢地向东岸凫去，远离了落水的地方。在离开落水地200米处，两人悄悄地浮出水面，只见黑鸽定定地悬浮在离海面2米高的地方，下面还吊着一根绳子。

“他们一定派人潜到海里去了，准备射击。”普尔霏说。

这时那个潜水员刚好浮出水面报告情况，听完情况后，他们的领队脸一沉，知道大事不妙：“赶紧上来到岸边去找。”

突然，砰的一声，一颗子弹从赵文俊的枪口喷了出来，闪电般地向黑鸽飞去。领队迅速做出反应，恐怖的眼睛瞪得圆圆的，看着飞过来的子弹。

“快跳水！”领队喊道。

扑通，扑通，所有人都跳到了海里，与此同时，轰的一声巨响，黑鸽被炸得粉碎。

赵文俊和普尔霏欢欣雀跃，向东岸游去。

十个西尔兵在水里乱作一团，还有些人根本不会游泳，成为一部分人的拖累，整个部队失去了战斗力。

“隆美尔将军！我找隆美尔将军！”领队对着话筒疯狂地喊，“我们掉进地中海，在济合拢雅各布离东岸1000米，快来救援，目标已经向东逃离，快派人截住。”

赵文俊和普尔霏爬到海岸，看到海里落水的十个西尔兵在海浪的起伏中时隐时现，两个人美美地躺在海岸上歇了下来，面对着灰色的天空一动不动。躺下不久，赵文俊伸手去拉躺在右边的普尔霏的手，两只手紧紧地握在一起，两双眼睛依然望着天空，用手的力量来传达一些默契的言语。

“我还以为我们会葬身大海。”普尔霏低声说，眼睛依然看着天空。

“我说过，上帝会救我们的。”

“可是上帝并没有来过呀。”

“不，他过来了，他告诉我：‘孩子，座椅下面有个盒子，快点打开，里面有输油管可以救活你们，我已经赐给了你力量，赐给你们福音，你们可以永生，阿们！’”赵文俊模仿神父祷告的口吻说。

扑哧，普尔霏忍不住笑了出来，她翻身过来，趴在赵文俊的肚皮上，看着赵文俊道，“呵呵，我从来都不见你做过祷告，上帝才不会救你这个不做祷告的人，我们之所以不死是因为我不让你死。我不让你死，你就不能死，任何时候都不能违抗，你听明白了吗？”普尔霏用命令的口吻说。

“万能的女神，你这个命令我太愿意服从了。”

“这么听话，值得奖励。”说完，普尔霏亲了一下赵文俊的额头，“好了，咱们赶路吧，从这里走到拿撒勒恐怕还要走十来天呢。”

“你不起来我怎么走？”

“不，我要你先起来然后拉上我。”

“谢谢你给我一次做绅士的机会。”赵文俊说完，一翻身，把普尔霏翻在沙滩上，趴在她上面再站起来。

无边无际的荒丘吹着干风，三十多摄氏度的气温把大地蒸得摇摇晃晃。一眼望去，看不到一点生机，尽是荒土乱石。赵文俊和普尔霏拖着沉重的脚步吃力地往前走。

“真不知道当年约瑟和怀孕的玛利亚是怎样走这些路的。”赵文俊喘着粗气。

“是的，我们才走了两天呢，你还行吗？”普尔霏问。

“行！只是口渴，你呢？”赵文俊看着普尔霏，她那被吹乱的头发有几缕被汗水胡乱地黏在脸上和干燥的嘴唇上，显出一些憔悴，让他感到心疼。

“我也还行，和你一样就是有些口渴。”

赵文俊轻轻地捋了一下普尔霏的头发：“我真不忍心看到你憔悴的样子。”

“没关系，玛利亚是个普通女子，而且还怀着孕都能走，更何况我是个经过训练的特工，我不会有事的，你不是说上帝赐给我们永生了吗？”普尔霏鼓舞他。

“嗯，你说得对。”

走了一段路，二人坐在地上小憩。这时，不知道从什么地方爬出来一条约3米长的腹蛇，对着这两个人虎视眈眈，发出呲呲的声音。普尔霏竖起耳朵一听，判断出声音的方向，她朝声音的方向望去，看到附近出现一条蛇，她眼睛一亮，顺手捡起一块石头掷了过去，打中了蛇的七寸，那蛇瞬间就不动了。

“瞧，有东西吃了。”普尔霏神采飞扬，好像就要吃到美味佳肴一样。

“你说的是那条蛇吗？”赵文俊吃惊地问。

“是呀。”说着，普尔霏走过去切下蛇头，迅速把蛇身提起来，举过头顶让蛇血滴进嘴里，那蛇身还在扭动。“快过来，给你也喝点。”她招呼着赵文俊。

“这怎么能喝呢？”赵文俊的整张脸皱得像一块抹布。

“你不喝我可不能浪费。”接着把被截开的蛇颈含在嘴里拼命地吸，像小孩子吃奶似的贪婪，喝了几口之后一抹嘴上的蛇血，冲着赵文俊呵呵一笑。

“哎呀——你这个吸血鬼！”赵文俊看到普尔霏的牙齿和嘴边都黏着血，感觉像恐怖片里的吸血鬼，露出惊怕的表情。

“你不是很渴了吗？你一定要喝，否则别想走出这荒漠。”普尔霏把血淋淋的蛇拿到赵文俊面前。

赵文俊已经干渴得喉咙冒烟，看着那湿润的血液，他怯生生地把蛇接过来，把蛇颈放到嘴里吸吮。赵文俊紧紧地闭着眼睛，模样痛苦地慢慢体会蛇血流进来的过程，当血液滋润了他那干得像沙漠一样的口腔，顿时如同春雨润物一般，血液慢慢流过他的喉咙，进入胃里，一点点抚慰着他那渴望甘露的旱土，浇灌了他那垂头丧气的神经，他重新精神抖擞起来。顿时，他对蛇血的渴望超越了对蛇的恶心。喝足之后，赵文俊一抹嘴，感觉浑身畅快了许多。

“好了，血喝完了，现在我们该吃蛇肉了。”

“没有火怎么吃？”赵文俊吃惊地问。

“生吃。”

“你是原始人呀？”

“在野外求生就这样，不然会饿死的，我们又没有干粮，前面的路就要靠吃这些野味了。”说着，普尔霏剖开蛇肚子，挖掉内脏，接着剥掉蛇皮，最后从中间割断，递给赵文俊一半，“吃吧。”

赵文俊表情尴尬地看了看普尔霏，又看了看这血淋淋的蛇：“愿上帝恕罪。”赵文俊痛苦地接过蛇肉。

“没关系的，上帝早就规定了女人和蛇相互为敌。”说着咬了一口，好像吃家常便饭一样。在普尔霏的催促下，赵文俊终于痛苦地吃完了生蛇肉。

二人吃过一顿蛇肉之后，继续往东北方向走，太阳西下，又赶了一天的路，此时二人已经疲倦，走到一条河边痛快地喝过水之后在河里嬉闹。他们的嬉闹声传过东面的一个山丘，山丘后面近百个西尔兵已经在那里等候着。两个西尔兵趴在丘顶，用望远镜看着赵文俊和普尔霏，夕阳照在望远镜上面反射到普尔霏的眼睛里，一闪而过。

“有情况！”普尔霏突然说道。她向反光的地方望去，两个西尔兵迅速缩了回去，这点小小的动静更让普尔霏确定刚才的信息。他们立即上岸躲在一个大石头后面，凝视着对面的山头，却没有动静。

“你确信有人吗？”赵文俊问。

“是的，而且有百分之九十的可能是西尔兵。”

“你怎么这么肯定？说不定是强盗或者过路人。”

“那道光告诉我这是一小块玻璃的反光，这个年代还没有玻璃呢，如果是强盗，就咱们两个人，他们早就杀出来了。如果是个过路人，好端端怎么会拿个镜子出来晃，还鬼鬼祟祟的？”

“难道西尔兵会用镜子来暴露自己吗？”

“望远镜。”

“哦，那怎么没有动静？”

“估计他们是想天黑后行动，西尔兵们前面总吃亏，现在改变策略了。”

“那接下来，咱们怎么应对？”

普尔霏看了看地形："快走，如果他们要晚上行动的话可能现在就暗中布局将我们包围，现在，对方有多少人我们都不知道，更不知道他们现在的布局，快往回走。"说完，二人迅速往回撤。

果然，他们一往回走，山头马上出现一群人，并向他们赶来。二人翻过一个土丘往后看，发现有50多个西尔兵跟在后边。普尔霏示意赵文俊趴下来准备借着这个土丘的掩护做一场战斗。

西尔兵看到普尔霏二人在土丘后面消失，脚步立即慢了下来，人员分散地趴在地上。一个领头的西尔兵端起枪胡乱往土丘上扫了一通，子弹在赵文俊二人身边擦过。西尔兵见没有动静，便蹑手蹑脚地往前移动。当西尔兵靠近到二十米左右的时候，普尔霏和赵文俊立即开枪扫射，一下子就倒下了几个西尔兵。这一开枪，西尔兵发现了目标所在地，所有的枪都朝这边扫来。普尔霏二人站不起来，只好爬着向后移。

天色渐渐暗下来了，两个人对抗一群人，而且是在这样的荒丘上，几乎没有掩身之地，普尔霏无计可施，只能借着夜色的掩护跑，跑到哪里方便就回头放几枪。这时，月亮升起来，眼前的一切都依稀可见。西尔兵紧紧地跟在后边，普尔霏二人跑到一条土沟里，这条土沟如同天然的壕沟，他们借此又开始和西尔兵打起来。他俩打一枪换一个地方分散敌人的注意力，并且一个引敌开枪，一个向敌人的火力点射击。渐渐地，敌人的火力点越来越少，就在这时，赵文俊的枪能量已经用尽，两个人再也无法配合，可是敌人还在向他们靠近，二人只好离开土沟。

普尔霏看到这种情形，建议赵文俊先走，她在后边阻碍敌人，但赵文俊哪里放得下。

"快走啊，敌人很快就要包围过来了，否则两个人都无法脱险。"普尔霏催促道。

"那你走，我留下！"赵文俊伸手去拿普尔霏的枪。

"你的任务是拿到咒语，我的任务是保护你，你别忘了。"

"可是我走了会比死了还难受。"

"你要明白这一趟路，你的生命不是你一个人的，而是全宇宙的，你不能为你个人的感受而为所欲为，而是应该清楚为了整个宇宙，你该做什么事情。快点走！”普尔霏推了赵文俊一把。

这时已经可以看到西尔兵向这边跑来的身影，赵文俊回过头看了看月光下普尔霏孤单的身影，她伏在石头后面，一个人在这荒丘中迎战几十个人，美丽中露出几分悲壮。他恋恋不舍地看着普尔霏，心痛如绞。西尔兵正在一步一步地向前移，普尔霏回头看到赵文俊呆站在后面一脸为难的样子，跑过去，说：“你答应过我的，我不让你死，你就不能死。”说着，她抱住赵文俊深深地吻，没有人知道这是生命最后的告别仪式，还是坚守生命并作再会的约定。少顷，她推开他，把脖子上的一条项链给他戴上。

“戴上它，它会保你平安，快走！”语毕，爬上土坡向敌人开火。

赵文俊忍着心痛离开了普尔霏，一直向东北方向跑去，男子汉的泪水滴在荒丘上，他感到自己作为一个男人是如此失败，居然不能保护自己喜爱的女孩。他的心脏在痛，像刚被一个爆竹炸裂一样，一阵阵的疼痛随着血脉跳动的节奏涌到全身的每一根神经。他无法想象假如她真的战死在这荒丘上，他将如何忍受思念的折磨。普尔霏最后的一吻和带着她的气息的项链，难道是最后的礼物吗？看着这半轮冷月和默默无语的荒丘，他无声地痛哭，老天爷既然偏偏安排他来做这样一件义不容辞的事，就注定他要义务地付出许多。

后面的枪声已经越来越弱，他离得越远，心就越痛……他唯一能做的就是祈求上天保佑，希望普尔霏能摆脱敌人的追击，于是他每走一段路都用石头摆一个箭头指向他要去的方向，并在地上用石头写上普尔霏的名字。

乔桑王子一行四五十人走在丘陵上，绿色的植被饱和地吸收了太阳的热量，正往上冒着热气。在天与地之间，他们承受着太阳的烘烤和大地的闷蒸，每个人都汗流浃背。张楠落在队伍的最后边，还落下了一小段距离。

“后面的跟上，根据我们在空中监测的结果，目标很可能会在这一带出现。”一个专家模样的人吆喝道。

张楠听到这个吆喝，一咬牙跑到队伍当中去，超过了侯格雷斯，她喘着粗气，缓下脚步疲惫地晃了晃，接着蹲了下来。

侯格雷斯赶上去，关切地问：“你还行吗？”

“我行！”张楠又吃力地站起来，一副不甘人后的架势。她脱下外衣，露出粉红色的紧身内衣和白白的臂膀，这样的色调再加上满爬她身上的汗珠，构成了娇美的出水芙蓉。绿色的山丘衬托着她这唯一的粉红，鲜而不妖，给人一种舒适的视觉感受，自然成为这里视线的焦点。

乔桑回过头去看着张楠此刻的美态，像被孙悟空点中了穴道一样站定不动，唯一在动的是他咽口水的喉结。他装模作样地走过去问张楠累不累，张楠突然很稳健地走起来，婉拒了乔桑的关心。她走了一段距离，把衣服塞给了侯格雷斯，让侯格雷斯替她拿着，接着还取下跨在身上的女式袋子挂在侯格雷斯的身上。乔桑看在眼里，心里像掀翻了醋瓶子一样酸，可是他贵为王子，这种活儿又不能亲为，只好走在张楠的身边，希望有机会为她做点什么。可是张楠此刻却走得稳稳当当，好像脚下生风一般。

张楠用手挡了一下太阳，接着回过头对侯格雷斯叫唤：“侯格雷斯，我的太阳伞在我的袋子里，帮我拿出来。”

侯格雷斯取出伞，撑开，递给张楠。张楠接伞的同时乔桑也连忙伸手过来接伞，刚好握住了张楠的手。“我来替你打伞吧。”乔桑说。

“呵呵，王子，您贵为王子，却给一个下人打伞，说出去，恐怕有失身份。”张楠说。

“不会，一个人的身份会随着际遇的改变而改变，就比如一个穷光蛋，一旦成为富翁，他的身份就已经是令人景仰的身份了；同样的道理，一个女子，哪怕她原来地位卑微，只要做了皇后，她的地位也是显赫的，不是吗？”

“可我只是一介草民，不是尊贵的皇后。”

“难道你还不明白我的意思吗？”乔桑不好意思当着这么多人的面说一些类似上次那些肉麻的话。

“我可不敢这么想，我只是一个普普通通的女子，我只需要一个普普通通的男人给我普普通通的照顾就够了，在我累的时候扶我歇息、我冷的时候给我添衣，能够亲力亲为地照顾我的需要，这是我认为最好不过的事情。”

“当然，对于一个男人来说，这样照顾自己的女人是理所当然的，无论他是什么身份都是应该的。”

正说话间，他们走到了一个河滩，张楠看到水，一欢喜，疾步奔去。突然，张楠哎呀一声，身子一歪，坐在地上，表情很痛苦：“我的脚……”

乔桑连忙跑过去，侯格雷斯也随后跑到跟前想看个究竟。

“王子，我的脚……好疼呀王子！”

“你的脚怎么了？”

“扭了……”

“你就不能走慢点吗？”乔桑说着忙捧起张楠的脚来看。

“快给我脱下靴子看看。”张楠表情痛苦地说。

乔桑犹豫了一下，自己可是个王子，怎么可以给人脱靴子呢，可是一想到刚才说男人要亲力亲为地照顾自己的女人，他心里矛盾极了。

“快点呀王子，我好疼！”张楠痛得龇牙咧嘴。

乔桑还在犹豫，这时，侯格雷斯已经半跪下来，麻利地给张楠脱下了靴子。

“穿这么高跟的靴子走这样的路还跑这么快，能不摔吗？”侯格雷斯脱下靴子，关切地批评。

乔桑郁闷地靠在一边，不知如何是好，心里酸酸的味道直往上冒。

“告诉我，哪儿疼？”侯格雷斯很大方地端起张楠的脚踝，那白皙修长的美腿让乔桑眼馋。侯格雷斯好像很专业一样地研究着：“告诉我哪里疼，我学武术的时候学过接骨术。”

“都疼呢。”

看着张楠这么痛苦的表情，侯格雷斯故意捏了一下她的脚踝，根据他的经验，这种情况下一般会伤到脚踝，可是他这一捏，张楠并没有做出相应的反应，于是他知道张楠是装的，当着乔桑的面他不能揭穿，于是装模作样地摆弄起来。

“没关系，问题不大，我帮你活动一下，你忍着点，一会儿就好。”侯格雷斯的摆弄和张楠那几声痛苦的尖叫，天衣无缝地演了一场“医脚戏”。

“好了，试试看能走了没有。”

张楠小心翼翼地扶着侯格雷斯试探性地向前走。走了几步，张楠回过头看了一眼愣在一边吃醋的乔桑。

“噢，我的靴子。”

乔桑一慌神，忘了自己是王子的身份，立即殷勤地捡起靴子，可是就在他捡起来的那一瞬间，他意识到了自己是个王子。“嘿，你过来，”乔桑连忙指使一个人，“把靴子拿好。”

侯格雷斯顺理成章地得到一份扶美人走路的美差。乔桑走在他俩后边，看着张楠的玉臂搭在侯格雷斯的肩上，看着侯格雷斯的大手搂住张楠纤柔的腰肢，他感到自己的心凉飕飕的，那股凉气从心里扩散到全身的每一个细胞，以至于他四肢都在颤抖。没错，他是个王子，这个身份一直以来都在给他无上的荣耀和自豪，让他得到很多男人想得到而得不到的东西。可是今天，这个身份让他蒙受了欺辱，让他感到尴尬，因为，他只能眼睁睁地看着别的男人搂着自己喜欢的女子走路。看到他们那副同甘共苦的样子和那副恩爱的模样，他心碎极了。他这辈子拥有过这么多女人，却没有一个女子能让他感受到这种同甘共苦的滋味。这一刻，他明白了，幸福原来还有另一种形式，就是当自己所爱的人需要照顾的时候，能够亲力亲为任劳任怨地给予照顾，陪伴在爱人的身边，就像眼前的这一幕，哪怕是相扶而行，都令人无比羡慕。

张楠看到乔桑这副模样，好像玩得还不过瘾，偶尔还要故意娇嗔一下，让侯格雷斯扶她去喝水，或是让侯格雷斯背着她走。

赵文俊艰难地拖着双脚机械地走着，身体的疲倦和精神上的痛苦，让他像没有灵魂的肉体，他的意识已经空白，就像无人驾驶的车子径直地往前走，没有目的，直到耗尽所有的能量才会停止下来。他感到这一刻就快要来到，他看到天使在飞翔，看到上帝在天堂的门口向他招手，看到普尔霏张开了美丽的翅膀，带着美丽的笑容从天堂的门口飞了出来，轻轻地停落在他的面前，牵着他的手，用她那甜美的声音告诉他许多天堂上美丽的事物。他被她牵着走，感觉身体好轻，像踩不到地板一样。他终于走进了天堂，普尔霏扶着她，躺在那松软的云朵做的床上，他睡下了……

乔桑一行正走着，突然前面的人喊起来："嘿！有情况，前面躺了一个人。"

所有的人拥上前去。张楠心里紧张极了，那是赵文俊吗？她心里惦念着。他们走过去一看，地上趴着一个人，看穿着显然不是公元前一年的人，大家都很激动，因为他们辛苦了大半天就为找一个人。随从的一个人抱起地上的人，翻过来一看，果然是赵文俊。张楠心一惊，不知道他是死是活，几乎惊叫起来。

"呵呵，果然是赵文俊。"乔桑好像心里舒坦了一下。

"水——"赵文俊感觉极度干渴，在梦里，他梦到了普尔霏将他扶起。

"他说什么？"乔桑问那个扶着赵文俊的人。

"没听清楚。"那人回答。

"他说'水'，快给他拿水来。"张楠重复了一遍，这个字只有她能听明白，她非常庆幸赵文俊还活着。

"你这么着急干吗？"乔桑说，"你不是想杀他吗？"

"没错，我大老远这么辛苦地来拿他的命，当然不希望他的命落到别人的手里！"张楠这句话是一语双关。

随从喂赵文俊喝过水，但是他依然神志不清。

"看得出来，西尔让他吃了不少苦，一个英俊的大小伙子都憔悴成这个样子了，哪里还有……"乔桑想说"那里还有宇宙冠军的模样"，可是他立即改口，故意咳嗽了一下才接着说"哪里还有活人的样"。乔桑的第一件事完成了，要杀赵文俊，那是同捏死一只蚂蚁一样简单的事情，眼看他就要称霸宇宙了。想到这个伟大的梦想即将实现，他的心情无比舒畅，他看了一眼张楠，心想："到时，这个女人迟早都会是我的，即使不给我服服帖帖的，我也要拥有。"

"大家搭好帐篷就地休息，明天我们直达拿撒勒！"乔桑神气十足地下达指示。

"现在赵文俊就交给你处理了。"乔桑走到张楠面前，"你打算怎么处理？"

"非常感谢王子言而有信，接下来的事情就不好再让王子操心了。"

夜晚，张楠把赵文俊放在自己的帐篷里，将他松松地用绳子绑在一块木板上掩人耳目。赵文俊还在昏睡，他的身体很虚弱。张楠守在他身边久久地看着他，回想起一幕幕童年往事。趁着夜深人静，张楠把稀饭拿过来喂赵文俊吃，赵文俊只是下意识地咽着稠稠的米汤，依然眯着眼睛，他的梦境里只有普尔霏。

“小凯哥，你醒醒，”张楠心里说着，“我是楠楠，你还记得我吗？我来看你了，我找你找得好辛苦。这些年你想过我吗？我可是常常想起你，想到你给我缝补洋娃娃，想到你到地里给我偷玉米吃，想到你说过要背我出去玩。可是，那一场洪水淹没了家乡后，我就再也没有你的消息了。我回过几次家乡，可是没有打听到你的消息。你还记得你偷玉米被告状的事吗？你爸爸惩罚你跪在那块玉米地里，用玉米秆打你，可你死都不承认你是为我偷的。那天我看到你被打出伤痕，你忍住疼痛憋红了脸一声也不吭，我哭了，都怨我嘴馋。我几次想告诉你爸爸你是因为我才去偷的，可是就在我要开口的时候，你总是大声向你爸爸吼叫，以此来掩盖我的声音，以至于让你爸爸更生气地打你。此后我每次回到家乡，我都到那片庄稼地里想着你。那一刻，你知道我是多么想见到你吗？小凯哥，你快点醒过来，你现在的处境很危险，不过，我会保护好你的，你放心……”想到这些，张楠禁不住落泪。

这时，外面传来了脚步声，张楠连忙藏起米汤，擦去泪水。进来的是乔桑，乔桑看了看张楠，又看了看被绑着的赵文俊。

“怎么还不睡？”乔桑问道。

“看到仇人心思很乱，所以睡不着。”

“你怎么哭了？”乔桑看到张楠哭红的眼睛。

“思念亡夫，悲从心起。”

“那你为何不马上杀了他？”

“中国侠士杀人也要杀得光明磊落，让被杀者死得明明白白。”

“你还喂他吃过东西？”乔桑看到赵文俊干裂的嘴唇上的米汤泛着光，“把一个仇人服侍得这么好，这就是你所说的中国侠士的风格？”乔桑立刻想起了什么，心里有种受骗的感觉。

“没错，中国侠士即便面对杀父仇人也不会乘人之危，不像有些人在背地里放暗箭冷枪，现在你该为自己的所作所为感到羞耻了吧？”

“你这话是什么意思？”乔桑恼羞成怒。

“宾馆里的炸弹、体育馆的事情你比谁都清楚，你这个伪君子，三岁小儿都看得懂的伎俩你还藏着掖着，你还不感到羞耻？”

乔桑恼羞成怒，他贵为王子，还没有人对他这样无礼过：“你敢骂我？你活得不耐烦了？”

“你是不是伪君子你自己心里明白，你有种向世界公开体育馆的事实呀，你那一番演讲还让无辜死者的家属感动，可我听着都起鸡皮疙瘩，我为你这样无耻的人感到恶心！”

“够了！你看我怎么揍你！”说着，乔桑啪地一下给了张楠一个耳光，“你看我敢不敢打死你。”

“你有种！你算什么男人，仗势欺人，亏你还是个王子，你的名字沾满了无耻、卑鄙，你还想主宰整个宇宙，还想称霸宇宙做宇宙之王？上帝怎么可能会让你得逞？”

“我就是上帝，你没完没了了是吗？我打烂你这张嘴。”又是啪啪两个耳光扇在张楠的脸上。

张楠故意羞辱乔桑，惹得乔桑大怒，狠狠地打她，所有的人都被这动静吵醒了。侯格雷斯迅速赶来，乔桑正打得起劲。张楠听到有脚步声朝这边走来，知道是侯格雷斯，她哭着掩着脸往外跑，刚好撞在侯格雷斯的怀里。侯格雷斯本能地将张楠搂在怀里。乔桑一看，醋气翻滚，故意把气撒在张楠身上，举起手继续打张楠。侯格雷斯一手搂住张楠，一手抓住乔桑的手。

“不要打了！”侯格雷斯火冒三丈，想到白天张楠的温柔，现在看到她被打，他的心里不知道有多难受。

乔桑吃了一天侯格雷斯的醋，正愁着没有机会出气，这会儿终于逮到了机会：“你管我闲事，嗯？什么时候轮到你来管我的闲事，我连你一起打。”接着乔桑咣地一下，一拳朝侯格雷斯的脸上打去。侯格雷斯转手一挡，手掌砍到乔桑的手腕，乔桑哎哟一下，被侯格雷斯砍痛，再看着侯格雷斯一手抱住的张楠小鸟依人地躲在他的怀里，羞辱感和吃醋感一同涌上来，他不顾一切劈头盖脸地打侯格雷斯，嘴里还骂着一些难听的话：“你这丧家狗，我当初是怎么喂你的，你他妈的忘恩负义……”

侯格雷斯放下张楠，连连被骂实在受气不过，刚才打他的心上人他就是强忍着，没想到现在乔桑却得寸进尺。“骂够了？”侯格雷斯大吼一声，同时抡了乔桑两拳，打得乔桑口鼻流血。

“来人，给我把这丧家狗给毙了。”乔桑歇斯底里地喊。作为一个王子，他实在无法接受这样的打骂、这样的羞辱。这时乔桑的人和侯格雷斯的人都跑了过来，端起了枪。

“别过来！”侯格雷斯抱过乔桑，对着乔桑的人说，“谁敢轻举妄动，我就把他的脖子扭断。”

“快向他开枪！快点！”乔桑发疯般下达命令。但是两边都没有人开枪，只是相互用枪对峙着，紧紧地绷着神经。突然啪的一声枪响，所有人都扣动了扳机。一瞬间，五十多人全部倒下。

此时大地又回复了宁静，而且是死一般寂静。张楠站在一边，借着月光看着这横七竖八的尸体，然后慢慢地走到侯格雷斯的身边，他的怀里还抱着奄奄一息的乔桑，他自己也在喘着大气，身中数枪。

“在你们俩下地狱之前，”张楠说，“我要告诉你们，别得罪女人，尤其是漂亮的女人更不能得罪。知道第一枪是谁开的吗？是我朝天开的。尊敬的王子，我很痛心一个才华横溢的王子因为权力而丧失了理智，以致得到这样的结局！您在严惩贪污的属下时，大概没有想到他们所患的权力昏晕症会感染到你吧？你拥有得太多了，可是你还不知足，你这么贪婪，这是咎由自取。亲爱的侯格雷斯，从个人感情上说我并不想让你死，因为你最起码还没有对我起什么坏心，你是个忠于情感的人，甚至值得同情，可是你杀的人太多了，是老天爷要杀你，我也没有办法。不要以为你们今天的结果是我策划的，你告诉我佛说‘生死自有天命，作恶者自有天公做主’，所以今天的你是上天根据你的罪绩所给你的结果。虽然你们的秘密我不完全知道，甚至瞒了天下人，但是老天爷知道，请不要在你离开人世之际还执着于不属于你的东西而感到愤恨。安息吧，愿上帝给你重新做人的机会。”

第16章

两颗痴心一个男人
情感使命何去何从

在张楠无微不至的照顾下，赵文俊终于苏醒，他感觉浑身无力，眼皮沉重得难以睁开。眼前一片模糊，只有一片白光，他不知道这是什么地方，是普尔霏带他进入的天堂吗？

“小凯哥！”张楠惊喜地看到赵文俊睁开了一道眼逢。赵文俊听到叫唤，努力地睁开眼睛，他看到了一个女子模糊的轮廓。

“普——尔——霏——”赵文俊虚弱地叫唤。

“小凯哥，你说什么？我是楠楠，你看清楚了吗？我是楠楠！”张楠压抑不住内心的激动。

赵文俊神情恍惚，张楠的提示他还不能迅速反应过来：“楠楠？张楠？”

“嗯嗯……”张楠使劲地点头，高兴得眼里闪烁着泪花。

“我回到童年了？”赵文俊恍惚着眼神向四周游移，感到不可思议。

“不是的，凯哥，我们都长大了，你快点看看我。”张楠给赵文俊垫高了枕头，扶他坐了起来。

赵文俊努力地看着面前的女子，渐渐地，他看清了张楠的模样，包括她的汗毛都看清楚了。

“楠楠？是很像楠楠……”赵文俊很虚弱，故而语速很慢。

“我就是楠楠，你看我脖子后边凸出的红痣，你经常说是红豆豆你还记得吗？”说着，张楠趴在赵文俊的怀里展示出脖子上右后侧那颗黄豆大的鲜红的痣，它隐含着他们俩无限的童年回忆，在召唤着赵文俊重拾童年时两小无猜青梅竹马的感情。

赵文俊低着头看着张楠脖子上的那颗红痣，在修长而白皙的脖子上，它像白雪中的一朵红梅，在岁月的寒风中摇曳，呼应着雪后天晴湛蓝的天空，点缀着银白的大地，同时，在天与地的衬托中显得娇翠欲滴，让人看着欲罢不能。

“果然是楠楠！”赵文俊似乎清醒了一半。

“嗯，是的，你想起来啦？”张楠热切地看着赵文俊，只要赵文俊有半点肯定的表示，她就会压抑不住内心激动的情绪，尽情地释放。

“我回到了莲花村？”赵文俊还在琢磨。

“不，我们现在在公元前一年的巴勒斯坦。”

“怎么会在这里？”

“你要去拿撒勒呀，到玛利亚那里去窃取耶和华的法杖和咒语，好回去拯救宇宙呀。”

“拯救宇宙？”赵文俊还在恍惚，他努力地回忆着。

“嗯，是的，我知道你有危险，所以我来看你来了。”

听到这里，赵文俊忍不住失声痛哭了起来，张楠急了。“小凯哥，”她尽可能地用童年时的叫法，“你怎么了？”说着，她跪下去紧贴着赵文俊，紧紧地抱住他的脑袋，像母亲抚慰孩子一样抱住他，让他尽情地释放情绪。她知道他一路上一定经受了很多的苦，现在普尔霏没有和他在一起，一定是惨遭不测了。想到这里，她突然为普尔霏感到难过。英雄惜英雄，她能想到，普尔霏是一个非常优秀的女子、非常优秀的特工，所以才能担此大任。

赵文俊越哭越伤心，伤心到控制不住哽咽的声音，他情不自禁地紧紧抱住张楠。张楠似乎感受到了赵文俊内心的苦涩，她希望尽可能用自己的温情给他填补，于是更紧地把他抱在自己的怀里，并低下头用脸贴着他的头发，什么也没有说，就让他尽情地哭。她也情不自禁地流下眼泪，眼泪为普尔霏的惨遇而流，为赵文俊一路的艰辛和使命的伟大而流，也是为自己多年的思念如今久别重逢在这苦难中而流。因此她的泪是悲的、是苦的，也是甜的。

赵文俊感受到了张楠在哭泣，他停了下来，松开手，抹掉眼泪看着张楠，捧着她的脸端详着。童年楠楠的模样依稀可见，就连哭泣的模样都显得那么明显相似。他捋了捋张楠的头发，用两只拇指抹去她脸颊上的泪水，张楠慢慢地坐下来，赵文俊把她哭泣的脸蛋埋藏在自己的怀里。

“楠楠，你知道吗？小时候我最不舍得让你哭。”赵文俊一手搂着张楠的头部，一手轻轻地拍着她的背。她搂着他的腰趴在他的怀里，此刻她感到无比幸福，多年的思念和自己一路的艰辛终于换来了这样的重逢和此刻的幸福。

“我一看到你哭泣的样子我就心疼，”赵文俊默默地说，“我那时就发誓不让任何人欺负你，哪怕是一只让你受惊的小动物我都不会饶恕。你还记得麻老李家的大黑狗吗？”

“嗯……”张楠在赵文俊的怀里点了一下头，哽咽得说不出话来。她很幸福，因为他们有这样的回忆，她真希望时间就此凝固，她就这样永远这样趴在他的怀里，听他柔和地讲述他们俩的过去。

“那次，那只大黑狗刚生完狗崽，变得很凶。”赵文俊继续回忆，“那天上学的时候你叫我的外号，我追过去抓你，你边跑边喊我的外号，跑到麻老李家门口的时候，那只狗狂吠着向你奔来，你吓得站在那里不知所措，就在它扑过来咬你的时候，我冲过去用膝盖顶开它的脖子，那只狗翻到一边，它爬起来向我扑来，我抱住它的脖子往地上一甩，它坐在地上，我一脚跺到它的大腿，它惨叫了一下，瘸着逃开了。从那以后，每次上学放学你都让我牵着从他家门前过。那只狗近视眼，每次我们走过去它都狂吠，我一吼它就安静下来。话说回来，我真感谢那只狗，让我有更多的借口牵着你。”

“牵我的手你也要找借口吗？”张楠甜甜地笑。这些美好的童年回忆，让张楠渐渐停止了哭泣，“小凯哥，你还记得那次在公鸡岭打雷下雨的事吗？”

“记得，你的脚被石头划破了，为了不让你走路，我骗你伤脚下来走路，以后就不可能再走路了。因为我喜欢背着你的感觉，那是我第一次背着你，当时，我希望不论是什么时候，只要你不想走路时我都可以背着你，但不是因为你受伤，而是因为我不希望你受到伤害。”

“你还说如果我以后不能走路，你就背我出去玩，你还记得吗？”

“记得。”

“不过现在我不相信你那时说的是真话，因为那时候我们还是小孩子。现在你告诉我，如果我再也不能走路了，你还会背着我到我想去的地方吗？”张楠轻柔地问，那双美丽的大眼睛清澈如水，看着赵文俊，像两汪涓涓而流的泉眼，流淌着清凉的玉液，流进赵文俊的心里，洗涤了赵文俊所有的困倦疲乏。

就像童年时一样，在她面前，他不忍心对她说任何欺骗的话，不愿做任何让她不开心的事。他看着她的脸，可爱得让他不忍转移视线，在他的心里，他感受到一股柔波在轻轻地抚摸着，酸酸的、痒痒的，是一种无法表达的畅快。就在他情不自禁地想说“会”的时候，他想到了普尔霏，不知道她现在是死是活，也许她正在荒丘上伤痕累累艰难地循着他的足迹向他走来，也许她已经殉职，暴尸荒野，也许她已经被西尔兵俘获，正在经受更不堪设想的苦难。而现在，自己这条她用生命的代价换来的生命却在这里谈情说爱，把她抛在九霄云外。想到这里，赵文俊长叹了一声，重新把张楠搂在自己的怀里。张楠似乎明白他的心思。

“你是不是和她有了承诺？”

“对不起，楠楠……”赵文俊的声音开始哽咽，他努力地稳定自己的情绪，想说点什么，可是始终没有说出来。

“17年了，难道我所等到的就是你的‘对不起’？”

“不是的楠楠，我以为那场洪水带走了你们……”

“这是造化弄人吗——”张楠喃喃地道，“我真后悔在宾馆的时候我没有先一步敲开你的房门……”

“你到过我所在的宾馆？”

“嗯，还在中东的时候，我在电视上看到报道：有一个叫赵文俊的代表地球去参加星际记忆赛，突然听到你的消息我很惊喜，我查了资料，确认就是你之后便到了克伊斯曼坞坦市，和你住在同一个宾馆。为了不影响你比赛，我决定等你比赛完之后再和你见面，谁知，一颗炸弹炸碎了我所有的预想。你知道是谁要炸死你吗？”

“是谁？”赵文俊惊讶地问。

“乔桑。那个彻头彻尾的伪君子。”

“是他！为什么？”

“因为你夺走了他的荣耀。你脱险后，他还雇了杀手要追杀你，我找到了那个杀手，我骗他说我也是来追杀你的，让他跟我合作找到你的下落……”张楠把她是如何跟侯格雷斯在一起、如何窃取关于普尔霏的情报，以及乔桑想趁机做宇宙之王、她是如何杀掉乔桑和侯格雷斯一行的事前前后后说了一遍。

赵文俊听到这些感到无比震惊，他蹒跚着走出帐篷外，果然看到地上躺着几十具尸体。他看了看这些尸体又看了看张楠。张楠站在门口，平静得像一朵荷花，亭亭玉立在静静的湖面上，粉红色的上衣映着她白皙的脸颊显得娇美动人，让人无法将这么美丽的女子和这一摊血淋淋的尸体联系在一起。而且，在赵文俊的记忆里，张楠是一个爱哭的女孩，一个曾经十分依赖他的女孩。赵文俊的情绪变得激动起来，他一把抱着张楠，一种无法描述的心情沁入他的血液，在他的每一根血管里激荡，这是后怕，是感激，是感动。

“楠楠……”赵文俊的眼里闪出了泪花，就连呼吸都在颤抖，什么也说不出来。他没有想到另一个死神一直在向他伸手，更没有想到是张楠在用生命的代价来为他做了这一切。他紧紧地抱着张楠，似乎在为她弥补他所亏欠的什么。真不知道该怎么感激上苍，尽管经历了这么多危险，还是把她带到了自己的身旁。此时，他又想到了普尔霏，另一个用生命的代价来守卫他的女孩，现在却生死未卜……她可爱的面容和临别时的那份坚定和从容在怀念里揪得他的心阵阵剧痛。他把张楠紧紧地埋在自己的怀里，浑身因为抽泣而颤动，好像这份拥抱是给普尔霏的。

张楠似乎察觉到了什么：“她呢？”

赵文俊没有回答。

“被西尔兵杀死了吗？”

赵文俊摇摇头，面部肌肉在抽搐，他强忍着不要哭出来。

“她到底怎么了？你们是怎么分开的？”

“敌众我寡……为了……为了掩护我，她一个人……抵挡几十个……”

张楠抱着他：“小凯哥，我敬仰她这样的女子，她一定会没事的。”张楠安慰说，然而赵文俊依然抽泣。

“小凯哥，你不要再哭了，会哭伤身体的。”张楠见赵文俊哭得好像要窒息一样，连咳嗽都咳不出来，感到心痛。张楠从没有见过男人哭成这样，不知道该怎么安慰，她害怕得哭了起来："小凯哥，你不要再哭了，我求求你，你哭伤了身体我怎么办？我求你了！她一定会安全回来的，老天是公道的，一定会保佑她的，不要再难过了，你现在身体虚弱，你先吃点东西，我马上回去找找看。"说着，张楠去取了他们携带的食物递给赵文俊，然后就收拾东西出去了。

夜色渐浓，突然传来一阵马蹄声，张楠朝声音的方向看去，原来是一伙强盗，一眼看去有八个。强盗们围了过来，见是一个如此美丽的女子，打算劫色。张楠端起枪杀掉了这八个强盗，选了三匹最好的马，骑上一匹，后边跟着另外两匹前行。

张楠借着月色前行，正走着，马突然嘶鸣了起来，她意识到有情况，勒住了马向四处看了看，仔细地思索马到底看到了什么。马立即明白了张楠的意思，小跑着向南走。走出100米左右，张楠看到前方隐隐约约有一个摇摇晃晃的人影，看得出来那人很疲劳。张楠立即拍马过去，就在离目标50米左右的时候，那人倒下了。张楠走过去一看，是个女子。

"普尔霏！"张楠一边下马，一边试图叫唤。

"嗯——"那人回应。

张楠走到跟前，借着月光看到那人的脸，果然是普尔霏。张楠立即给普尔霏拿来水壶喂她喝水。普尔霏喝了两口水后，缓过神来问："你是……"

"我是赵文俊小时候的朋友，我是来找你的，感谢老天保佑，你果然还活着。"

"他——他……"普尔霏想说他现在怎么样了。

"他在前面等你，"张楠一面说着，一面查看普尔霏的身体，发现她肩膀受了刀伤，"你受伤了！不要说话，我带你回去养伤。"说着，扶起普尔霏，把她扶到马背上。

普尔霏猜想，这个人和赵文俊的关系一定不同寻常，不然怎么是小时候的朋友，那就是青梅竹马呗，而且还跟着他来到着这个时代、这个地方。她心里在吃醋，但还是很感谢她来找自己。

张楠扶着普尔霏骑在同一匹马上，牵着两匹马往回走。张楠扶着憔悴的普尔霏，既心疼又心酸，心疼的是这么美丽勇敢聪慧的姑娘憔悴成这样，心酸的是她是自己情感上的竞争对手。尽管这么想，此刻，她怜惜这位姑娘的情感还是占了上风。也许是心底的善良让她对眼前这位身经苦战后负伤的女英雄产生了怜悯和尊敬，她紧紧地抱着普尔霏，尽可能地用自己的身体紧贴着普尔霏，希望能给到她坚持的力量和情感上的温暖。

深夜里，马蹄踏着月光驰骋在荒野上，迅速地穿过阻隔的距离向前方奔去。马蹄声给赵文俊捎来了消息，他以为是来了强盗，端起了枪走到门口。

“小凯哥！我找到啦！”

赵文俊听到张楠的呼喊，扔下枪，激动地迎面跑去。赵文俊来到马前，唤着普尔霏的名字。普尔霏微弱地回应，脸上露出艰难的笑。张楠看到赵文俊如此紧张普尔霏的模样，心里浮起一阵凉意，可是她不能埋怨谁，只能说是造化弄人。

两人把普尔霏扶到帐篷内，立即给她清洗伤口，敷药、包扎，还给她熬了粥。张罗完毕，张楠服侍普尔霏睡下，普尔霏在疲倦中很快睡去。赵文俊和张楠相视而坐，分别多年，他们有太多话还没说。

“楠楠，我很惊讶你是如何从爱哭的女孩变成……”

“是这个世界造就的。”张楠坐到了赵文俊的身边，“因为妈妈是半个中东人，那场洪水之后，爸爸妈妈就把我带到了中东。那时你爸妈带你出去探亲还没回来，我没来得及和你打招呼就走了。初到中东，爸爸靠收破烂养家，由于爸爸思维广，很快成为这个行业的顶尖者，同行嫉妒他一个外国人还如此成功，就排挤他，甚至不许回收站接收爸爸的废品，爸爸只好把收回来的废品拉到更远的回收站去卖，但是那些人还是不放过爸爸。一次爸爸为了带我去买衣服，在去卖废品的时候把我也带上了。回来时，几个流氓拦下爸爸的三轮车，把爸爸打了一顿。我吓哭了，我那时才12岁，我上前去阻挡，被他们扔到路边的水沟里，他们还把我新买的衣服撕烂，最后警告爸爸不许再做这一行。爸爸被打得趴在地上，甚至不能开车，直到妈妈寻路而来才把我们带回家。亲眼看到自己的父亲被人欺负，我发誓我不能成为父母的负累。爸爸经常看着我叹气，说‘如果阿凯能和你在一起就好了’，我知道爸爸的意思，他是认为我是个女孩子，以后要给女儿找一个可靠的男孩，否则他和妈妈不放心，所以我常常想起你。”

“爸爸常说女性是人类社会的弱势群体，由于女性的生理限制，男人的罪恶心理常常会施加于女性身上。从古至今，罪恶的男人都想尽办法从女性的身上满足自己的财欲和肉欲，人类的文明一天不能把女性都当作圣母或观音来膜拜，女性就一天不能真正安全。”

“社会现实就是这样，我不能再让父母为我担心，我告诉爸爸我要学武术，爸爸很震惊。于是爸爸经常给我买一些中国武术片，并带我去拜师习武。后来，我考上了武警学校。毕业后，通过实战考核，我被提为特警。这就是你问的为什么。”

“你也说说洪水之后你的情况。”张楠讲述完自己的事情之后补充了一句。

“那场洪灾发生后的第三天，我们才得到消息，等我们赶回村里时，已经过了一个星期了，咱们两家都在洪流最急处，我向王胖子、张玉玲、赵兰他们打听你的消息，他们都说不知道，还说大水把咱们两家的房子都冲走了。我想一定是再也见不到你了，那时我伤心了很久，看到什么都会想到你。爸妈带我去看医生，医生说我得了忧郁症，为了治好我的病，爸妈决定换个环境生活，于是我们就搬到了临省的一个亲戚家……”

他们聊着聊着，张楠因为劳累了一天，靠在赵文俊的怀里睡着了。

大地在黎明时分渐渐苏醒，天空中笼罩的层层薄云像心中的缕缕惆怅，太阳从云缝投下的斑驳阳光能否温暖心中的希望?

张楠醒过来，发现自己躺在地铺上，赵文俊还在他的地铺上熟睡，让她感觉有一丝被遗弃的滋味。张楠走到熟睡中的普尔霏跟前，静静地看着她。她的睡态甜得让人不忍惊扰，她那圆润的脸蛋上嵌着两片红润得惹人亲吻的嘴唇，在甜睡中轻轻地闭合。秀美挺拔的鼻尖和双唇的起伏构成的轮廓可爱得让人忍不住爱惜地轻吻，长长的眼睫毛整齐地排列在两道闭合的眼缝上，和弯弯的眉毛在她的脸上构成了精致细腻的点缀，清秀得像春雨刷新的晴空和山川。可是，偏偏是这么美丽可爱的女孩，此刻却是自己的情敌，然而她的勇敢和聪慧又是自己可敬的对象。如果不存在情敌的关系，她肯定会与她结成好姐妹，才足够表达自己对她的喜爱，可是……

张楠带着心中的惆怅慢慢地走出帐篷，望着广阔的大地，心中掠过一丝迷茫。快乐的童年在她的脑海里一幕幕浮现，在流逝的岁月里化成了触摸不到的幻影不停地撩拨着她内心强烈的渴望。她应该努力争取这份本该属于她的爱情，可是她不能不尊重他的承诺。她怨不得他，只恨自己在离开家乡之前没有机会向他道别，恨自己在坞坦市的时候没有抢先一步出现在他的面前。17年的等待和争取换来的竟是迟到的悲剧。想到这些，她不自觉地流下了忧伤的泪水，她跑到更远的一个土坡上坐了下来，尽情地释放自己的情绪。

赵文俊静静地站在她的身后，离她几米远。看着张楠在哭泣，他像误吞了一口硫酸，五脏六腑都在灼烧。良久，他走过去坐在她的身边，一把将她搂在自己的怀里。她更加强烈地释放自己的情绪，边哭边捶打着他的胸膛。他默默地流着泪，什么话也没说，只是怜爱地抚摸着她的头发和背脊，任她在自己的怀里痛快地哭。终于，她哭够了，疲惫地趴在他的怀里，两个人就这样静静地依偎在一起，久久没有说话。

“真怀念我们小时候。”她轻轻地说，“那时我们坐在村头的土坡上，你给我讲自编的故事，你边讲边演，把我逗笑。那些故事在现在看来是那么不成文章，甚至没有头绪，可是当时的我还是那么神往你瞎编的那些故事。我真想回到我们的童年，你也怀念吗？”

“是的，我怀念。”他轻轻地回答。

“你知道吗？我常常一边怀念一边哭泣，每当夜深人静的时候回想起我们的过去，我就感觉你好像在我的面前，我情不自禁地伸出手去想要抓住你，可是，在我的面前只有令人绝望的空气和无边的黑夜。你能感受到我的失落吗？”

“嗯……”他用力地抱着她，什么也没说。

“我回过两次莲花村，四处打听你的消息，可是那场水灾之后好多人都搬走了，当我回去的时候已经很难找到当年的村民了。看着那片保存着我们童年回忆的土地，我哭了很久，我真希望一抬头就能见到你，或者像刚才那样被你突然搂在怀里，可是我哭到太阳下山，还是只有我一个人。”

赵文俊依然默默地搂着她，轻轻地抚摸着她的头发，轻轻地拍着她的背脊。

“我真希望我们能永远在一起，并且像童年时一样快乐，永远都能够像现在一样被你搂在怀里，可是……可是我担心这是不是最后一次，你告诉我这是不是最后一次？”张楠有些激动。

赵文俊被问得不知所措。

“你回答我呀，这是不是最后一次？”她抬起美丽的眼睛看着他。

他用力地把她拥进怀里，低着头，用脸腮贴着她的脑门：“无论时间如何演变，我们都要珍惜现在。”

“不，如果这是最后一次，它越美妙，在我的记忆里就会越疼痛。”

“不要说话，就让我们继续这样待着，珍惜这一刻。”

“呜呜呜，为什么哭不出来？”她尝试着用眼泪来释放心头的郁闷，可是却不能像刚才那样畅快淋漓地哭出来，急得用手捶打他的肩头。

“不要再哭了，你已经哭过了。”

“可是我还想哭，呜——”她的号叫弄醒了普尔霏，普尔霏轻轻地走到门口，看到远处他们俩依偎在一起的背影，因为毫无准备而感到愕然。

“如果你不是等到我比赛结束，一切都好了。”

“可是事实没有如果，我知道你必须在我和她之间作出选择，你是不是舍不得她？”

“不，不是的……我是……我的承诺……”赵文俊心很乱，语无伦次。

“17年了，为什么得到承诺的不是我？呜——”

“对不起，楠楠，其实，即便是童年的承诺我也该兑现，我——我没想到事情会是这样。”

“那你告诉我，你还喜欢我吗？”张楠期待地看着他，好像这是她最后能争取的一点满足，她柔美的声音显得凄凉，温柔得足以酥软任何一个铁骨男儿。

“嗯……”

“我要你说出来！”

“喜——喜欢——”赵文俊艰难地回答。

赵文俊话音刚落，张楠就搂住他的脖子激吻他的嘴唇。顿时，天地万物骤然黯淡，片片云朵柔柔地交织一起，分不出彼此，只有两个鲜活的生命在跳跃着爱的火花。

这一刻，赵文俊终于释放开自己压抑在心头矛盾的渴望以及情感的歉疚，他如同找到了重心，让一份失重的情感终于着陆。但是，越是这样深吻，面对另一份承诺，他又越深地犯下了一份无法交代的过错。突然，他推开张楠，喘着粗气："对不起，楠楠，我……我还不知道该怎么做……"他扶着张楠坐好，自己站了起来。

普尔霏连忙缩进帐篷里，躺在铺上装作熟睡，心里感到冰冷。

"啊——"张楠突然抓狂地喊起来，"讨厌！我根本就不该来。呜呜呜……"

赵文俊默默地站在她的身边，心碎地听着她的哭泣声。

黑夜和着云朵掩盖了岁月在大地上留下的沧桑痕迹，却掩盖不住人们内心看不见伤痕的疼痛。希律王朝的苛政让老百姓无法享受夜的宁静，纠缠交错的情感让人无法享受到青春的绮丽和爱情的甜蜜。

黯淡的月光透过云层探入窗口，窥探着三个人的惆怅。两个姑娘的迷茫和一个小伙的彷徨在这苍茫的黑夜里，在这小小的帐篷内静静地交织着各自的忧郁。

张楠万万没有想到自己多年思念的煎熬，历尽千辛万苦找到了自己心爱的人，现在却杀出一个普尔霏，她不知道假如没有了赵文俊，她这辈子还能喜欢上什么人，她的心早就属于赵文俊，她无法将自己的心从赵文俊这里取出来，重新选择可以托付的人。

张楠这么想着，也不知道过了多久，突然听到普尔霏的咳嗽声，赵文俊立即起来走过去，用手探了探普尔霏的额头，估计是没探出什么结果，又将自己的脸贴了过去。这个举动被张楠看见，她感到前所未有的心凉。长这么大，她还是头一次吃一个女人的醋。可是赵文俊并不知道张楠此刻的心情，也不知道她在看着他此时的举动。他摸了一下盖在普尔霏身上的毯子，寻思着是不是太薄，便把自己的毯子拿去给她盖上，然后捋了一下普尔霏的头发，回到自己的铺上坐着，也不知道在想什么。张楠心想：生病真好，为什么自己现在不生病呢，这样她就可以得到他的体贴和关心。他朝张楠这边看了过来，张楠迅速闭上眼睛装睡，张楠翻了一下身子，故意把毯子掀到一边露出背脊对着他。赵文俊立即起来，轻轻地走过去拉过毯子，准备给她盖好。张楠翻了个身，仰躺着，还故意用手装作无意识地把头发弄到脸上。赵文俊同样给张楠盖上被子，然后捋了一下她的头发。他端详着张楠，寻找着童年张楠的印迹。张楠感到赵文俊在看她，她故意深呼吸了一口气，微晃了一下脑袋，轻轻嗯了一声，抿了一下嘴，做了一下媚态，心中默默地祈祷：吻我，快点吻我。可是好一会儿都不见有动静，于是她故意咳嗽了一下，赵文俊也用脸来探了一下她的额头。就在这一刹那，张楠趁机做了个假动作，她稍稍一仰头，亲到了他的下巴。她希望这个动作能够起到抛砖引玉的效果，可是赵文俊试探完她的额头之后又拿了一张毯子给她盖上。

普尔霏悄悄地睁开眼睛看着赵文俊的一举一动，她突然感到他暂时的离开是那么的长久和遥远。她看到赵文俊给张楠盖被子，也翻了个身，故意弄出声音引起赵文俊的注意，然后把整条腿都露在了外边。

这一夜，赵文俊没有睡好，因为这两个“熟睡”的女孩睡觉总是不安静。

第二天，张楠睁开眼睛，已经天光大亮，她做的第一件事是看看赵文俊，看到他正在熟睡，身上的毯子已经滑落，她走过去轻轻地给他盖上。这个动作让普尔霏看到，她慢慢地坐了起来，朝张楠笑了一下，张楠看着她，她的笑真的很美，自己是个女子都忍不住赞叹，更何况男人，又如何能抵挡这种笑的诱惑。

“早上好。”张楠笑着招呼，实际上这时应该已经快到中午，她是一时慌了神不知回应什么才唐突地这么招呼。

“你真美。”普尔霏说，“尤其是你笑的时候。”

“谢谢，你也是，你的伤口还痛吗？”张楠关切地道。

“不痛了，谢谢你救了我，否则我可能会被狼吃掉。”

“不用谢我，是他……”张楠一不小心说到自己敏感的地方，“不，也应该感谢你自己。”

“我不明白为什么。”普尔霏一脸疑惑。

“因为你是英雄，我景仰你，换作别人也会去找你的。”

“谢谢你的夸奖，我只是在执行任务而已。对了，你是我的恩人，我却还不知道你的名字呢。我叫普尔霏，今年25岁。”

“我叫张楠，你应该叫我姐姐，我大你2岁。我听他说了你的事，我想知道你是怎么脱险的？”

“是一伙强盗救了我。”

“强盗？怎么可能？”

“我和西尔兵的厮杀引来了一伙强盗，他们从西尔兵的后边来的，本是来看个究竟的，结果被西尔兵发现，一个西尔兵向他们射击，可能是有强盗被射中了，激怒了那伙强盗，他们端起箭和西尔兵打了起来。那伙强盗有一百多人，估计是因为没有见过枪，对枪的杀伤力估计不足，只是骑着马杀了进来拿刀乱砍。我被砍了一刀，就昏倒过去，然后什么事都不知道了。我醒过来，发现西尔兵都死光了，强盗也死了不少。就这样我一直朝东北方向走，我看到了赵文俊摆的方向箭头，所以走了过来。”

“张楠姐姐，你是怎么来到这里的？”普尔霏问。

张楠重新说了一遍她来的经过。

普尔霏听完之后说：“姐姐，是什么力量促使你这么做，你喜欢他对吗？”

张楠不知道该怎么回答，她不好意思霸道地说“是”。

“我只是担心他的生命安全……”张楠稀里糊涂地说了一句。

“不管姐姐是怎么轻描淡写，其实从姐姐的做法中我能看得出来。你说你和他是小时候的伙伴，是这样吗？”

“是的，我们是邻居，我们像兄妹一样在一起玩。”

“你们之间一定有很多难忘的童年故事，可以告诉我吗？”普尔霏想搞清楚张楠和赵文俊究竟好到什么程度。知道他们俩的过去，虽然让她心里感到不畅快，可她还是忍不住往细节里打听。

“小孩子的事情，没什么好说的，就像普通的兄妹一样。”

“不，普通兄妹会争东西吃，争玩具玩，你们一定不会，不然你是不会这么辛苦地来找他的。”

“呵，随便你怎么想吧。”张楠勉强地笑笑，不知道该怎样在普尔霏面前表现自己。

“姐姐，从你的表情我就能看出来，从小他就很关心你，他一定很疼你，你只是不想让我知道，但我能看得出来。姐姐你真幸福，我要是能和你一样从小就有这样一个哥哥疼爱该有多好。”

“你喜欢他是吧？”张楠明知故问，也终于鼓起勇气主动谈及这个问题。

“姐姐请别瞎猜。”普尔霏吃了一惊，她担心张楠知道这个秘密，但是又希望得知张楠对此的态度。

“我不是瞎猜，我见到他的时候，他昏迷过去了，他清醒过来之后的第一件事情就是哭，哭得很伤心，他是担心你。”

普尔霏听到这里感到有些不安，她很感动，可是面对他的这个发小，她不敢轻易表露出来。“姐姐，如果咱俩换过来，他也会为你担心为你哭的，但这不代表我和他有什么特殊关系。”普尔霏还在努力地表现矜持的一面。

“我看他哭得如此伤心，就问他，你们之间是不是有了承诺。他没有回答我，只是对我说了声对不起，他说他以为我在多年前的那场洪灾中已经遇难，还因此得了忧郁症。我跟他说老天爷会保佑你平安的。”

“谢姐姐吉言，我才大难不死。”

“好人自有好命，我昨晚想过了，既然他给过你承诺，我不该让他因为我而做一个无信无义的人，君子应该成人之美，所以我不该成为你们在一起的障碍。”

“啊！姐姐不要。”普尔霏吃了一惊。

“请姐姐不要这样，我会不安的。”普尔霏不知道张楠是不是在试探她，“虽然我是喜欢他，可是我和他在一起只有几天的时间而已，而你们本来就是天生的一对、地造的一双，再加上你多年思念的煎熬和他为你患上的忧郁症，就凭这点，我就不敢接受你的大方。”

“傻妹妹，男人说话就应该一言九鼎，什么是承诺，说了就要兑现的才是承诺，只要还活着，就一定要想办法兑现，这样才是可爱可敬的男人。如果他当时因为对你的死活没有把握而接受了我，才会让我感到难过，因为我鄙视这样见风使舵没有责任感的男人，我会为我多年思念的煎熬而感到不值，会为我这一路的辛苦感到不值，值得欣慰的是，我没看错人。”

“姐姐这种品格实在让我景仰，但如果我就因此而占便宜，我会在你面前渺小得无地自容。我相信你们小时候他一定也给过你承诺，不是吗？”

“小孩子说话不能算数，没有人会计较一个小孩子的誓言。”

“不对，如果姐姐不计较，怎么可能牵挂了将近20年呢？姐姐，我求求你不要这样苦苦推让，对不起，我不知道你们有这样的过去，退出的应该是我而不是你。”

“好了，好妹妹，让老天爷做主吧？”

正在她俩谈着话的时候，帐篷外鬼鬼祟祟地来了一个当地人，骑上一匹马，一溜烟地跑开了。张楠和普尔霏听到马蹄声赶出来一看，那人已经走远，在起伏的土丘之间时隐时现。普尔霏正想驱马赶去，张楠把她拉住了。

“你受了伤，应该好好休养，估计我们已经被人盯上，又或者这只是个偷马的贼，安全起见，我们应该尽快离开这里。”

第17章

希律王忧思弥赛亚
未来人血战希律兵

拿撒勒镇上非常热闹，衣衫褴褛的乞丐、衣不蔽体的贫民、食不果腹的百姓交织在一起，偶尔还有一些达官贵族混杂在这里，还有叫喊买卖的小商贩、讨价还价的顾客，以及骑马赶路的过客……各自带着自己不同的目的聚在这里。

石头砌的民房低矮昏暗，参差不齐地排列在街边，店铺前面搭着或高或低或大或小花花绿绿的布棚，被风吹得摇摆不定，棚下摆放着廉价简单的商品，货主在卖力地招呼着来往的过客；那闭着眼睛念念有词的巫师，摇摇晃晃地在祈求着什么；那演戏的小矮人正在十分卖力地逗笑围观者；脏兮兮的铁匠光着膀子淌着汗，举起刚打好的剑向别人演示剑的锋利和韧性；嬉闹的小孩在人群中乱跑……

突然听到后面人群惊叫："快跑呀！希律官兵来了！"只见一群高头大马横冲直撞而来，马背上的人提着兵器，穿着盔甲，披风在背后随风飘摆，显得威风凛凛。马蹄嗒嗒嗒地踏在地上，如同敲裂了地板一般。街上的人慌忙闪到一边，迅速让道。来不及收拾的货摊被踢翻践踏，官兵们穿过小镇往村子里赶去，留下一片狼藉。

村子里，村民们正在忙着自己的活儿，官兵们突然闯进村来，村民们乱作一团，小孩子忙躲在父母的后边，惶恐地看着这些官兵。

"大家注意了！"一个官员骑在马上喝道，那马匹很不安静地晃动着身子。

"根据国王陛下的旨意，从现在开始，税收制度要作一下调整，因此，要重新统计人口，外来人口必须回到户口所在地配合人口普查。另外，凡是以上还拖欠税务的，今天必须缴齐，没有钱的用家产来抵。"官员说完看了看村民，"大家自觉点。"

村民们低声地嗡嗡议论，没有人出来回应。

"怎么无动于衷？"接着官员拿出名单，念了几个人的名字，那几个人站出来，抱怨税收不合理。官员下令抄他们的家，士兵们呼地一下涌向一个村民的房子，男主人和士兵们扭打在一起，妇女拼命地去夺回士兵手里自己的物品，孩子们在一边嗷嗷地哭。

“没有家当的把家里的姑娘给我带走！”官员下令。士兵们呼地一下涌到妇女后面去拉年轻的姑娘。

“我的孩子，我的孩子就要结婚了，别带走我的孩子！”一个妇女死死地抱住自己的女儿，苦苦哀求。士兵们抡起棍子用力敲打妇女的手，两个士兵架住女孩的腋下狠狠地拖，用脚狠狠地踹女孩的母亲。妇女的手淌着血，一点一点地往下滑，最后整个身体都躺在地上了，还紧紧地抱着女儿的脚，就这样一直被拖了好一段距离。

“啊——妈妈——啊——”女孩吓哭了，恐怖地尖叫，像绝望的小羊羔在屠刀面前歇斯底里的嚎叫，吓得脸色发青。女孩的父亲操起家伙跟官兵拼命，士兵一棍子抡过去，男人瘫在地上。他艰难地试图爬起来伸手去拉自己的女儿，但最终却无能为力。那女孩终于被扔上马背，被士兵带走。

这个过程中，一个中年妇女一直站在屋里透过窗子看着外面的情形，她怀里搂着一个高挑清秀的女孩，那女孩由于缺乏营养脸色显得有些苍白，女孩的肚子不易察觉地微微隆起。妇女看到情况不妙，立即对女孩说：“玛利亚快走，到村后去躲起来。”说着母女俩迅速地从屋后溜了出去。

官兵们除了带走了几个女孩子之外没什么战果，搞得乌烟瘴气之后撤出了村子。

耶路撒冷城的皇宫内，希律王正在大兴土木，他在十来个文臣武将的拥护下走在工地上一面视察、指点，一面描述他的构想。视察完之后希律王问一位穿盔甲的将军：“巴鲁将军，关于预言中弥赛亚（上帝选中拯救悲苦民众的人）的事情查得怎么样了？”

“回陛下，”那位将军答复，“举国上下我都派人查遍了，通过普查人口和税收等形式深入民众中去调查，仍未见到可疑的人，我想这应该仅仅是个民间传说而已。”

“难道你没听说前几天有两个不明飞行物在拿撒勒上空盘旋吗？而后向西方飞去，我听说这是‘王中王’出现的预兆。”

“这个……”巴鲁一时无语，正在这时传来一个信使的呼叫声：“报告！”

信使跑过来，报：“有人前来报告说见到一群奇怪的人，他们在济合拢雅各布从天而降，然后向东北方向行走。他们服装怪异，语言听不懂，来报者还偷了他们一匹马。据来报者说，这伙人还相互斗争死了几十人，现在只剩一男两女。”

“巴鲁将军，你看这个事情和弥赛亚的预言有关系吗？”希律王问。

“我立即派人盯住这伙可疑的人。”巴鲁回应。

赵文俊三人骑着马渐渐走近目的地，这时太阳已经被西边的地平线吞没，三人决定找一个舒适的地方休息一晚。他们来到一个由四面的丘陵所组成的盆地，山上凌乱地长着树木，树丛中隐约有一条被踩出来的路，估计是很久没有人走过了，路边一条水沟细细地流淌。

普尔霏和张楠坐在同一匹马上，被张楠从后面搂着，远远地听到了水声，便驱马过去。三人在水沟边喝了水，痛快地洗了一把脸，赵文俊一抬头，发现附近有座小石屋，估计是放羊人搭建的，三人走进石屋歇了下来。

“明天我们就要到达拿撒勒了，后天才是耶和华降临，”普尔霏说，“看来我们还可以到镇上玩玩，买点好吃好玩的。”

“馋猫，”赵文俊说，“就知道吃。”

“你不知道女孩都爱吃零食吗？”

“我们的钱他们可不认识。”张楠提醒道。

“没关系，我用东西跟他们换。”

“我们就剩下身上穿的衣服了，拿什么跟人家换？”赵文俊问。

“就用你的衣服换呀，呵呵。”

“凭什么你买东西要脱我的衣服？”

“你是男人嘛，当然要有点绅士风度啦。”

“对，男人嘛，怎么可以没有绅士风度呢？”赵文俊豪爽地说，“脱衣服算个啥，我卖血去。”

“算了吧，铁公鸡，如果这个时代真有买血的，估计你就不这么大方了对吧？”

普尔霏在和赵文俊贫嘴，张楠默默地在屋里生火，感觉自己好像成了多余的人。普尔霏看了一眼被冷落在一边的张楠，特意过来帮忙。

“姐姐，我来帮忙吹一下。”普尔霏吹了几口气，火苗刺啦啦地燃起来，“姐姐，等我们完成任务回去后我请几天假，带你到邬坦市疯玩一下，我做东怎么样？”

“真的吗？你可不要后悔。”

“我才不稀罕花掉几个钱，只要姐姐愿意陪我。”

“你放心，张楠不乱花钱，她就喜欢吃玉米。”赵文俊插话。

“姐姐，这是真的吗？”

“那是小时候的事情。”

“那你有没有给姐姐买玉米吃？”

“他哪有，”张楠说，“他到玉米地里偷，还让人给抓了。”

“哎哟，这下可惨了对吧？”

“他爸爸罚他跪在那块玉米地里，用玉米秆打了他一顿。”

“不要说那么详细了，我嫌丢人。”赵文俊插了一句。

“好感人哦，姐姐你心疼吗？”

“我才不心疼他呢，我怪他没用，偷个玉米都偷不到。”张楠脸上止不住地露出了幸福的笑容。

“我才不信，姐姐一定感动哭了，姐姐你好幸福啊。对了，回去之后呢，我要带你们到邬坦市最大的一个教堂，也是整个克伊斯曼最大最著名的教堂，我要在那里为你们主持婚礼，让他亲自给姐姐戴上戒指，给姐姐许诺，因为在那里许诺，上帝听得最清楚。”

“我不是说了吗，这事让老天爷做主。”张楠看了看赵文俊。

“姐姐——你还看不出来吗，老天爷就是这样安排的，”普尔霏撒娇道，“要不怎么会安排你们一起度过童年，长大后无论你们相距多远，还依然把你们凑在一起？”

赵文俊不好插嘴，他默默地走出去，让这两个女人讨论她们的话题。他觉得他这辈子是幸运的，遇到两个这样的女子，可是不幸的是他将很难在这两个女子当中作出最后的选择，不是因为他贪得无厌，而是因为他对这两个女子都有过承诺，即便是年少时的承诺，那也是要用心履行的。不过从情感上来说，这两个女子他确实都不忍割舍，她们不但美丽，而且优秀、高尚。然而这也是令他感到郁闷的事情，老天爷为什么要让这两个女子在某个时间同时和他相爱，他是人，有人的贪婪，但是道德不允许他这么做，他很清楚，他最终必须在这两者之间作出一个艰难的选择。里面的两个女人还再讨论，她们认真得好像忘记了赵文俊的存在。

“姐姐，其实我已经想通了，不管抉择有多么痛苦，于情于理退出的都应该是我，你不是说吗，男人就应该一言九鼎，从小大人就教育小孩说话要算数，如果你原谅一个不履行承诺的小孩，就等于纵容他撒谎。如果一个女人看到一个男人欺骗了在她之前的女人，你认为她还应该相信这个男人吗？”

张楠听罢普尔霏这番话，感动地把她搂在怀里，亲昵地抚摸着她的头：“好妹妹，你真让人心疼，连我是个女人都禁不住喜欢你，如果这辈子没有百分百的爱情在等着你，我会为你感到不值。因为，我不想让你受到委屈。”

“没关系，如果没有，我就终身不嫁。”普尔霏心里沉甸甸的，无力地靠在张楠的怀里，她很难释放，也不知道未来还能不能遇见一个让自己如此心动的男人，可是面对这位可敬的女子，面对他们的历史，她不得不做出这个决定。

赵文俊听到这里泪水禁不住流下来，他偷偷看了她们俩一眼，只见她们默默地依靠在一起，赵文俊不忍进去打扰她们。直到她们慢慢地睡去，发出轻柔均匀的呼吸，赵文俊才抬起脚，准备进去。

“什么人？”赵文俊突然察觉到有动静，大吼一声。

一个人影连忙闪了出来往远处跑，赵文俊举起手枪向人影射击，那人被击中了大腿，啊的一声倒下，不停地喊：“救我，救我。”接着，旁边沙沙地闪出几个人影，朝那个倒下的人奔去。赵文俊想追过去，转瞬间一想，张楠她们两个人还在屋里，他走了不安全。

张楠和普尔霏被惊醒，走出门外，不知道发生了什么事情。

“看来，我们得离开这里了。”赵文俊对她们说。三人收拾完毕离开了石屋。

刚才逃跑的人当然是回去报告情况了，巴鲁听到情况后对这三个神秘的人物更是来了兴趣，他不惜代价地带领五百士兵要活捉这三个人，看看这从天而降的人到底是个什么模样。部队浩浩荡荡地开出，向目标奔去。

赵文俊三人走了一夜的路，此刻正在一个林子里打盹，听到军队前进的脚步声都醒了过来，连忙拿起武器准备迎战，他们走出林子，朝军队来的方向走去。

巴鲁的军队从土丘后面冒出来，三人摆好架势站在林子前面。

“就是他们。”前面一个领路的人对巴鲁说。

巴鲁骑在马上，仔细打量着，觉得这三人确实挺新鲜，一个个细皮嫩肉的，服装怪异，手里端着的不知道是什么玩意。

“你们是什么人？”巴鲁用阿拉伯语问。

“我们是未来人。”张楠用阿拉伯语回答。

“未来人？”巴鲁想不明白，未来人怎么会出现呢？可是看他们的模样和现代的人确实不同，“未来人怎么会出现在今天？”

“将军，这是一个很复杂的问题，说出来你会很难理解。”

“你们到这里来有什么目的？”

“拯救宇宙。”

“啊！”巴鲁大吃一惊，他想，预言果然没错，果然是有人要做新王。

“给我杀！”随着巴鲁的一声令下，士兵们提起刀涌了上去。

赵文俊三人端起枪嘟嘟嘟地扫射过去，前面的士兵纷纷倒下。

“盾墙！”巴鲁指挥道。顿时，拿盾的士兵在前排架起了盾墙。三人见状，纷纷掏出手雷往盾墙里面扔。巴鲁损兵惨重，立即下令往回撤。

赵文俊三人见士兵后退，便停止射击，却发现巴鲁退回去后立即整顿队伍，命士兵们用弓箭袭击。顿时，箭如雨下朝三人射来，他们连忙躲在树后边等待还击的机会，而此时希律士兵正在依靠不停的箭雨打阵向前移动。

张楠见状，觉得这样躲着不是办法，于是躺倒在地上向希律士兵扫射，以打击他们嚣张的气焰。接着，赵文俊和普尔霏也开始反击。巴鲁见这三人的武器确实厉害，下令部队分散，硬冲，包抄过去。赵文俊三人的命中率因此下降，士兵们正在逐渐逼近他们。三人只好边战边退，退进林子里。这种情况下更不好射击，希律士兵拉开的网也来越大，弓箭从各个方向射过来，于是三人边退边在草丛里藏好延时炸弹，当希律兵的弓弩手经过时用炸弹炸死弓弩手。巴鲁见状，令其他士兵利用树木的掩护迅速靠近敌人。希律兵一窝蜂涌过来，尽管大多人中枪倒下，但仍有少数的士兵冲到了他们仨身边展开肉搏。

“杀出一条路来，你们先走，我殿后。”打了一阵后，张楠建议道。

“不，要走一起走。”赵文俊说。

“还是你们先走吧。”普尔霏说。

“不行，我再也不会放下你们任何一个，”赵文俊拿着两只手枪忙得不可开交，这次他是铁了心不走了，他再也不能放下自己喜爱的女人，于是三人共敌希律士兵。尽管三人奋力作战，但终究寡不敌众，为了避免敌人的包围，三人边战边退，最后退到悬崖边。

普尔霏和张楠总是尽可能地夹住赵文俊，减少他的危险。眼看希律士兵逐渐倒下，这时，一条长枪向赵文俊侧面刺来，张楠不顾一切地翻过去护住赵文俊，隔开了长枪，可是另一杆长枪却朝她刺了过来，张楠躲闪不及，长枪唰地一下刺进她的心窝，张楠惨叫一声倒下了。赵文俊和普尔霏见状，愤怒得杀红了眼，毫无章法地朝希律士兵的身上砍。巴鲁见识了他们的功夫，害怕得带着几个残兵落荒而逃。

“楠楠！”赵文俊仰天哀号，抱起张楠跪坐在地上，她的鲜血止不住地往外涌。

“啾——”天空中一只秃鹰在长鸣，在上空盘旋，俯瞰着默默无语的高山，听着山风呜呜地吹过树梢，如哭如诉。“啾——”又是一声长鸣，声音在山间久久回荡。

普尔霏跪坐在张楠的另一边。地上横七竖八地躺着一地希律士兵的尸体和七零八落的兵器。

“楠楠，你不能死，我……我给你包扎伤口，你会没事的。”赵文俊急得不知如何是好，他用手捂住张楠的伤口，鲜血从他的手指缝溢出来。

“姐姐，你顶住，你不能死！”普尔霏手忙脚乱地撕下身上的衣服来给张楠堵住伤口，可是鲜血还在不停地流。

“没有用的，”张楠无力地说，“你们不要管我了，完成任务要紧。”

“不，我要带你回家，回我们小时候的家乡莲花村，我一定给你掰好多玉米，你不能死！”赵文俊哭得鼻涕口水都流了出来，他的心脏如同被人硬生生地掏了出来一样疼痛，他感到窒息，哭得喘不过气来，脸色变得肝红，脖子和额头上的血管高高地突起。

“姐姐你不能死，我要在那所大教堂为你们主婚，让上帝听清你们的誓言……”

“好妹妹，我说过，老天爷会做主的，现在果然选择了你……”张楠说着，把赵文俊的手放在普尔霏的手上，对赵文俊说：“现在，我兑现我的承诺正式退出，你也一定要兑现——你给她的承诺。”

“不！”赵文俊像疯了一般，大叫着，“我不要你这样退出，我接受不了，我已经为你心痛过一次，我无法承受第二次。”

“你是男人，这是上天的安排，是要你加倍去爱普尔霏，不要让她受委屈。”

普尔霏不知说什么好，哭得像个孩子。

“好妹妹，姐姐没有什么礼物送给你，这就是我心目中最珍贵的礼物：我的爱人。请你接受他，无论遇到什么困难都不要放弃他。”

“不要这样，姐姐，我是真的决定退出的，我不愿意你用这种方式来退让给我。呜——呜——”

“小凯哥——把我搂紧一点，好吗？”

赵文俊把张楠紧紧地楼在怀里。

“我——我想要——你——”张楠越来越虚弱了。

“快点吻一下姐姐！”普尔霏帮忙说道。

赵文俊低下头去，实际上他痛哭的脸部肌肉根本无法让他做好一个亲吻的动作，但是张楠已经感到满足，她带着微笑随着最后的抽搐离开了人世。

赵文俊痛苦地把脸埋在张楠的怀里，良久之后，普尔霏抹掉了泪水，稳定了一下情绪后庄重地吻了一下张楠的额头，这是对她的敬重，也是向她吻别。

赵文俊和普尔霏静静地呆站在张楠的土坟前，最后普尔霏用手紧紧地抓住赵文俊的手，拉着恋恋不舍离去的他朝玛利亚所在的村庄走去。

第18章

窃取咒语被神发现
字母挂钩地狱脱险

拿撒勒的黑夜静悄悄的，山风轻轻地吹过，村民们破败的小石屋七零八落，像疲倦的人们随意地就地躺下。村庄刚刚被希律官兵洗劫过，留下一片狼籍。枯朽的灌木被风吹得发出轻轻的呼呼声，好像在痛苦地呻吟、呜咽。玛利亚和父母躺在一起进入了梦乡。

赵文俊和普尔霏静静地坐在村后的山坡上看着脚下的小村庄，赵文俊还在为张楠的离去而难过得精神恍惚，普尔霏轻柔地靠在他身边，两手握住他的左手，希望能给他力量。

“文俊，”这是她第一次叫唤他的名字，“你要振作起来，再过两个多小时上帝就要降临了，否则我们会功亏一篑的。”她看了看他，他依然像个植物人一样一动不动。

“文俊，如果你爱姐姐，就不要让姐姐为你感到失望，姐姐说过，完成任务重要。你不要难过，姐姐的灵魂就和我们在一起，我能感受到，你这样姐姐会难过的。”

“真的吗？”赵文俊默默地开口，“真的会有灵魂相随吗？”

“是的，所以，你要表现好，姐姐才会放心。”

“楠楠，”赵文俊搂住普尔霏，轻柔地抚摸着她的脑袋，“我真希望能感受到你的存在，如果你在我的身边，请你说句话好吗？我会为你做好每一件事情的，因为我不想让你失望，我不要看到你的沮丧和委屈。”

“小凯哥，”普尔霏故意换了个称呼，“我相信你能顺利地拿到咒语，因为你是冠军，我相信，你不会让我失望的。”

“嗯，楠楠……”赵文俊用力地抱住普尔霏。

“哎哟，你弄疼我了——”普尔霏娇嗔道，“姐姐叫你关心我，你怎么可以这样欺负我呢？”

“对不起，普尔霏，我刚才是想告诉楠楠，我不会让爱我的人为我失望。”

“你所说的爱你的人也包括我吗？”

“是的。”赵文俊用脸颊紧紧地贴着普尔霏的脑门，“从现在开始，你就是我的唯一，楠楠走了，我不能再失去你，我不要让你委屈，不要让你哭泣，如果你流下眼泪，它必须是幸福、骄傲和自豪的泪。只有这样，我才能在若干年之后来到楠楠面前时对她说，我已经认真地执行完她所嘱咐的事情。”

“到那时我们要一起去，在那个世界里，我要亲手把你交还给姐姐，所以你不能一个人先走。”

“嗯，不会，因为我舍不得让你一个人留下。”

“我希望一会儿见到上帝的时候你能亲自告诉他，让他见证我们的承诺。”

“我担心上帝会以为我们是坏人。”

“不会，上帝是神，他一眼就能看出来。”

“这么说一会儿我们可以光明正大地问他要咒语了？”

“当然不是，因为上帝很低调，而且来无影去无踪，他不愿意有人看到他。”

“那我们应该藏什么地方？”

“玛利亚的肚子里呀。”

“什么？怎么进去？”

“不用担心，你看这个，”普尔霏从袋子里拿出一个小仪器，“这个叫作空间转移器，它可以将物品在小范围内进行转移。我只要把你扫描下来，然后设置成缩小为1/100的样子，再将发送目的地设置为玛利亚的肚子，再一点发送，你就进去了。”

“真是高科技。”

“时间差不多了，咱们进去吧，来，我先给你扫描，然后你再给我扫描。”普尔霏二人扫描、设置完之后一点击，就进入了玛利亚的肚子里。

“漆黑一片，我们进来了吗？”赵文俊问，“普尔霏你在哪里？”

“我在你的背后。”普尔霏回答。

“那我们在玛利亚身体的哪个部位？”

“在她的子宫里，跟耶稣在一起。”

“这么说，我和耶稣是双胞胎呢！有意思，不对，我们三个是三胞胎。我摸到了这个胎儿，哇！好大。”

“当然了，我们现在被缩小了100倍。”

“哦怪不得，呀，耶稣动了，是要给我赐福音吧。普尔霏，快，别老待在我的背后，一起来祈求耶稣赐给我们福音。”说着赵文俊开始挪动身体。

“别闹了，耶和华就要来了。”

“那就抓紧时间过来祈福呀，祈求耶稣赐给我们一生平安。”

这时乌云中出现一道缝隙，月光从缝隙里投下来，照在玛利亚的石屋上，耶和华降临。他静静地站在玛利亚的身边，手里拿着法杖，深吸了一口气，突然，他警觉地看着玛利亚的肚子，他听到有人说话的声音。

“什么人在里面？”耶和华说道。

“糟糕，被发现了！”普尔霏说。

耶和华轻轻用手一招，普尔霏和赵文俊就滚到了地上：“你们俩是什么人？来这里干什么？”

赵文俊二人跪在耶和华的面前，看着耶和华，赵文俊看呆了——耶和华身高两米，穿着白色的长袍，面容端庄威严。虽然在黑夜里，但是他的身上好像自发光一样让人看得清晰。

“他说什么？”普尔霏碰了一下发呆的赵文俊。

“哦，他说的是英语。”赵文俊显然是没回过神来。

“你们是什么人，来这里干什么？”耶和华再次问道，他语气不重，却很有力量。

“我是中国人，”赵文俊回答，“就在巴勒斯坦的东边。我们是为了拯救2050年后的宇宙劫难而来这里的。”

“年轻人，我不喜欢听谎话。”

“求圣主相信，我没有说谎。”于是赵文俊把来这里的原因和经过都告诉了耶和华。

“你说的好像是真话，不过我现在还没有预算到2050年后发生的事情，现在也没有时间证实你所说的话，你知道偷听我的秘密会是什么结果吗？”

“被杀死，但死不足惧，我只想请求圣主查明事实后再作处理。”

“凡偷听我的秘密者，必被送到地狱里受折磨，永远不得翻身。你说得这么坚定，我暂且信你。既然你是东方人，那我就把你送到东方的神手里，让他们来调查你，我暂时没有时间理会，如果你没说谎，到时我会帮助你。”

“谢主慈悲，请问您要把我送到观世音菩萨那里吗？”

“不，把你送给阎罗王，如果你说的是谎话，那么他直接可以惩罚你。”耶和华说完，立即唤来使者送走了赵文俊和普尔霏。

地府里一片阴郁，像走进了一个巨大的山洞，又像是一个巨大的迷宫。空间的构造变化多端，层层叠叠，一层与一层之间参差不齐，从上边看不到下边，深处只能通过每一层的火光来判断它的存在，这就是十八层地狱。空间的形状十分别致，怪石嶙峋，如同张牙舞爪的妖魔鬼怪，让人看了不寒而栗。每一层里，都有小鬼们在忙碌着，给那些生前作恶多端的人进行炼狱。

使者带着赵文俊和普尔霏从狱场走过，场面惨不忍睹。受刑者都被脱光衣服，被锯子肢解的、被扔到锅里煮的、舌头被钉在木头上拉伸的、被火炉烤的……各种酷刑足以折磨得他们要活活不爽，要死死不快，受刑者的惨叫声混成一片，腥血成流汇在一起冲到地狱底层构成湍急的血河，泛起浓浓的血腥，弥漫了整个地狱的空气。

赵文俊和普尔霏被带着走进了一道大门，里边豁然开朗，无灯而明亮，再也听不到嘈杂的惨叫声。展现在眼前的是一座皇宫，大气而森严。加上道旁站着表情威严面目可怖的鬼兵，让人看了立即四肢无力。

二人被带入朝，阎罗王端坐上方，黑脸长须，眼睛又大又圆，大概就是因为这样一双眼让他能洞悉人间事物。二人跪地行了礼。

“平身。”阎罗王的声音低沉有力，如同从地下往上冒一样，不怒自威，“你们俩的事情耶和华已经和我说过了，在没有查出事实之前，我权当你们不是罪人，所以允许你们站着与我说话。不过你要知道，如果你说的是谎话，那么我将判你盗窃欺骗并罪惩罚，盗窃者要受烤手之痛，然后浸泡石灰水，让双手慢慢腐烂；欺骗者，将被割嘴，并把舌头钉在木桩上被狗拉，这个惩罚的过程遥遥无期，总之要死死不快，要活活不成，如果你听明白的话，现在还有机会陈述事实。”

“谢阎王爷。”赵文俊回礼，“我对上帝所说的一切都是实话，请阎王爷明察。”

“主簿官。”阎罗王叫唤。

“臣在，大王。”一位精神饱满的老先生从左边站了出来。

“查一下赵文俊对耶和华所说的事情是真是假。”

“回大王，咱们目前只能推算到后面1000年的事情，如果要算到2050年后宇宙间发生的事情就需要很长的时间，假如赵文俊说的话是真的，那么等我们算出来恐怕他也已经错过拯救宇宙的时机，此事宜速不宜缓。”

“那你就只算赵氏的事情，这样可以节省很多时间，看2050年后是否真有一个叫赵文俊的宇宙记忆冠军要拯救宇宙。”

“大王此计甚妙，臣还有一计验证事实。”主簿官神秘地看着阎罗王。

“说来听听。”

主簿官在阎罗王的耳边嘀咕了一下，只见阎罗王点点头，让主簿官回到了原位。阎罗王看着普尔霏，觉得这个人怎么和他所见过的人类不太一样。

“她是什么人？”阎罗王指着普尔霏问道。

“她就是克伊斯曼星球的特工，是为了拯救宇宙而向我学习记忆法的。”赵文俊回答道。

“哦。”阎罗王沉稳地点了一下头，声音温和而有力，“来人啊。”

“是！”列队里站出来一个大汉。

“你把她带到书房去。”阎罗王吩咐道。

“等等！”赵文俊向阎罗王做了个手势，然后对普尔霏说：“开通对讲机。”说完挥挥手示意可以去了。

普尔霏走进书房，看到一个老先生正在寻找什么，过了一会儿，老先生拿出一卷竹卷，来到普尔霏面前："听说你是来听记耶和华的咒语的，相信你的记忆力一定很好，现在我手里有一份咒语，世上没有人能看懂，我看你是否能把它迅速地默写下来，如果默写不下来，阎王爷可能会视你前面所说的话是谎话。"说完，他把竹卷展开来。

普尔霏一看，心里感到慌张，这位老先生给她的是化学元素表，怪不得他说世界上没有人能看懂。尽管如此，普尔霏还是吃了一惊，竹卷上有120个化学元素，而她原来只记得十来个，如何记忆这种信息赵文俊还没有教过她。她立刻告诉赵文俊她所面临的问题。

"别慌，我给你举几个例子你就会记了，这正好拿来让我给你讲字母挂钩法。用字母挂钩，你可以把26个字母像编数字密码一样先编出26个密码，可以根据它们的形状或者谐音来记忆，比如：

a 帽子　b 笔　c 新月　d 刀　e 鹅　f 拐杖　g 弹簧　h 椅子　i 蜡烛　j 海狮

k 机枪　l 棍子　m 门　n 磁铁　o 球　p 球拍　q 气球　r 豆芽　s 蛇　t 伞

u 杯子　v 蛋筒　w 灯泡　x 剪刀　y 丫杈　z 折尺

如果用字母形象来挂钩，方法和数字密码挂钩是一样的。

比如：

氢H，"氢"和"轻"同音，"H"像梯子，身体轻才能爬上梯子。

硼B，"硼"和"碰"谐音，B像半个提琴，想象你碰坏了提琴。

碳C，C像新月，想象月亮像一块黑碳，一部分正在燃烧所以发光，一部分已烧完所以黑暗如炭。

氧O，O像张开的大嘴，人在缺氧的时候会张大嘴巴来呼吸。

氟F，F像斧头，"氟"和"斧"读音很相似。

磷P，P像水瓢，"磷"和"鳞"同音，想到水瓢里装满了鱼鳞。

硫S，S像弯曲的河流，"硫"和"流"同音。

"也可以把字母当作拼音来看，下面我以前面的18个化学元素作为例子，这18个分别是：

“氢H　氦He　锂Li　铍Be　硼B　碳C　氮N　氧O　氟F。

“氖Ne　钠Na　镁Mg　铝Al　硅Si　磷P　硫S　氯Cl　氩Ar。

“先将这18个汉字进行谐音，变为：

青海里皮碰碳，但痒，敷奶。

那美女桂林留绿芽。

“现在我们把18个字变成了两个句子。120字你可能会谐音成若干个句子，这些句子你可以用**地点法**来储存。这两个句子不是完美的，你后面编的句子也不用刻意追求完美。不完美的句子你要在自己的心里把它补充完整。比如说这两个句子的意思你可以这样想：

“在青色的海里，皮肤碰到了火炭，不疼，但是很痒，敷点奶就好了。

“第二句想象成有一个美女在桂林留下了许多绿芽。

“现在要把相应的字母连接在一起。

“首先我们由‘氢’想到‘轻’，是同音，把‘H’想成是‘很’的声母，那么连起来就是‘很轻’，这样‘氢’和‘H’就挂钩到一起了。

“‘氦’谐音成‘海’，‘He’是‘喝’的拼音，想象你要喝完海水，这样‘氦’就和‘He’挂钩上了。

“‘锂’和‘Li’是拼音关系。

“‘铍’和‘劈’同音，‘B’是‘白’的声母，‘e’是‘鹅’的拼音，连起来就是‘劈白鹅’，想象你拿一把斧头劈一只白鹅，这样就联系起来了。

“‘硼’和‘碰’是同音，‘B’和‘壁’同音，连起来就是‘碰壁’。

“‘碳’是柴烧出来了，‘C’是‘柴’的声母。

“‘氮’和‘担’同音，‘N’是‘难’的声母，想象担子很难挑。

“‘氧’，想象一个人张开圆圆的嘴巴，像个‘O’在呼吸氧气。

“‘氟’的声母是F。

“‘氖’和‘奶’同音。‘Ne’是‘呢’的拼音，想象你想喝奶的时候找不到奶，于是你会问‘奶呢？在哪里？’

“‘钠’的拼音是‘Na’。

"'镁'和'美'同音。'Mg'是'每个'的声母，变成一句话就是'每个人都爱美。'

"'铝'，'A'是英文一，'l'形象棍子，连接起来就是，用铝来做了一条棍子。

"'硅Si'想到'龟死'。

"'磷P'想到'鳞片'。

"'硫S'，想到'流失'。

"'Cl氯'想到'丛林绿'。

"Ar——矮人，'氩'和'亚'同音，联想：矮人一节就是亚于别人。

"好，给你举例完了，都记住了吗？"赵文俊问。

"先让我回想一下。"普尔霏回答，"我记住了，好，下面我自己来解决。"

K钾　Ca钙　Sc钪　Ti钛　V钒　Cr铬　Mn锰　Fe铁　Co钴

Ni镍　Cu铜　Zn锌　Ga镓　Ge锗　As砷　Se硒　Br溴……

很快，普尔霏默写完了120个化学元素，被带出了书房，阎罗王一看，果然神速。

"主簿官。"阎罗王唤道，"你那里算的结果如何？"

"回大王，2050年后确实有个记忆优秀的赵文俊，从相貌上看确实是此人，至于宇宙危机的事，容我再花十几秒钟。"

"大王，赵文俊说的果然是实话。"主簿官果然算出了宇宙劫难的事实。

第19章

平安归来传授咒语
浪漫海边抽象记忆

太阳慢慢沉入海平线，夕阳恋恋不舍地退场，白色的海浪轻轻地舔着细软的沙滩，海鸟在空中舒畅地飞舞。沙滩上突然出现一对青年，躺在细软干净的沙子上。

“我们回来了。”普尔霏睁开眼睛看着翡翠绿的天空。

“这是克伊斯曼吗？”赵文俊问。

“是的，你看这天空的颜色，地球的天空是蓝色的？”

“哦，对。”赵文俊举起法杖横在他们的前面，“真没法想象，这个威力无比的东西居然会在我的手上。”他转过脸去看普尔霏，“你敢想象吗，此时此刻我只要一动坏脑子，整个宇宙就是我的了！不，太可怕了！”

“我知道你不会。”

“你怎么知道？”

“就凭耶和华敢把它交给你。”

“Oh！我想起来了！”赵文俊兴奋地爬了起来，跪在沙滩上，面对着普尔霏，把法杖横在胸前。普尔霏坐了起来，好奇地看着他。

“你在干吗？”普尔霏不解地问。

“别吵，我在许愿，否则不灵验。”说完闭上了眼睛，一副很虔诚的样子。

“能量无限的法杖，”赵文俊心里说道，“请给我能量，让我紧紧地吸引住身边的这个女孩，让我们永远在一起，现在就让她过来亲我，来亲我，来亲我，快点……”

普尔霏看着他那副大男孩的样子让人感到可爱，同时又有男人的沉着，给人一种安全感，他有一颗纯净的心灵，纯净得没有一点污渍。长期的特工生涯让她习惯用谨慎的思维去处理一切人和事，跟赵文俊在一起让她突然有一种可以尽情释放自己的感觉，她不需要再将自己的精神绷紧，她找回了做一个普通女孩的心，也找回了做一个女人的本性。她爱上了他！普尔霏跪了起来，偷偷地亲了一下他的嘴唇。

“呵呵，我就打扰你，让你的心静不下来。”

“可恶！”赵文俊喊道，“看我怎么惩罚你！”

“来呀，呵呵！惩罚我呀。”普尔霏迅速闪到一边。

赵文俊站起来跑过去追赶，他们的笑声、喊声和着海浪的声音在海滩上回荡，沙滩留下两串长长的脚印……

樊希尔星球上的阳光反射到海面上，柔和而明亮，追逐的青年疲倦地躺在沙滩上看着明媚的“月光”。

“任务完成了，你要回地球去吗？”普尔霏问。

“我正在矛盾，可是我必须回去。”赵文俊回答。

“那你矛盾什么？”

“我怕我太想你。”赵文俊扭过头温和地看着普尔霏。

“你该回去，因为你代表整个地球的荣誉。”普尔霏继续望着天空。

“我们就到这里结束了吗？”赵文俊翻过身来趴在普尔霏的胸口，依恋地看着普尔霏那张好看的脸，在“月光”下显得格外娇美。

“你觉得我们还会在一起吗？”她依然看着天空。

“会的，我们一起回地球！”

“我有使命，我就职的时候宣过誓。”

“那……那我留下来可以吗？”

“你不能留下来，你是地球的荣誉，你们的民族需要你。”

“我回去地球做一个交代，我不想离开你，真的。”他渴望地看着她。

“为什么？为什么你要这样对我，以你现在的身份，回到地球上会有很多机会。”

“因为我的心被你偷走了。”

“你会一直都这样对我吗？”她看着他。

“嗯！我承诺过了。”

普尔霏微微一笑：“你喜欢的是一个女特工，不是一个女孩。”

“不管是保护了我的女特工，还是现在在我身边的这个女孩我都喜欢。”

“我做女孩的时候你会受苦的。”

“不会，你做机器时，我那才叫真正的痛苦，只要你做女孩，即便是为你做奴做卒我也幸福，即便为你赴汤蹈火我也快活，就算是为你肝脑涂地我也乐意，呵呵。”

“少贫嘴了，你真的会疼我吗？”

“会。我可以对着法杖起誓。”

“对了，还不知道这个法杖到底有没有传说中的那么神奇呢。”

“真的有，我刚才试了。”

“我没看你使用呀？”普尔霏很疑惑。

“刚才我祈祷让你亲我，你真的亲了。”

“讨厌，你坏死了，我惩罚你。”普尔霏撒娇道。

“怎么罚？”

“罚你教我咒语，我学会之后要祈祷你一辈子为我做奴做卒。”

“这你就不用祈祷了，我会的。”

“不行，万一你耍赖我可不干，快点教我。”

“好，你听好了：

伊忍最赫，鲁忍就斯，巨野，桑迪纠午，鲁忍曲，贝聪泇呛，伊荃久兹，巨野，桑迪纠午，悲匆如咳，冷圈久兹，任居九，岩嗖，林混道田唐，简桑迪，文午什尊如和补拉久，桑迪搭也，无九桑尔燥居，不炎胚四合棱九。

记住了吗？”

“记不住，我又不是记忆冠军，告诉我你是怎么记的。”

“可以，像这样的信息属于很抽象的信息，记忆抽象信息就必须要把信息进行加工，加工成你所能理解的信息。加工方法有两种，一种是谐音法，另一种是借代。谐音不是同音，我们在进行谐音的时候不要刻意地追求十全十美，你是知道的，这个世界上根本没有十全十美的东西，尽管汉字里有不少的同音字或者同音词，但如果刻意追求也会很难寻找。谐音有三种类型，分别是：

“☆头谐音，如：di dui头同尾不同。

"☆尾谐音，如：di pi 头不同尾同。

"☆声似，如：nv li 头尾都不同。

现在我就告诉你我是怎么通过谐音来记这个咒语的，听好了：

一人坠河，路人救之，拒曰：上帝救我。路人去。被冲入江，渔船救之，拒曰：上帝救我。被冲入海，轮船救之，仍拒救。淹死后，灵魂到天堂，见上帝，问：我甚尊汝，何不来救？上帝答曰：我救三而遭拒，不愿被救何能救？"

"哈哈，这就是具有伟大力量的咒语？"普尔霏笑道。

"呵呵，也许耶和华是要告诉耶稣，对于那些死都不愿意接受你拯救的人就任其自生自灭好了，从另外一个角度说，就算是神也有无能为力的时候，也不可能尽善尽美，作为人，又何必刻意追求尽善尽美呢？所以如果你觉得你的记忆力不太好，请你好好珍惜我告诉你的这些方法，如果你在联想、加工信息的时候总找不到自己满意的，那说明你可能太刻意了。"赵文俊温和地看着普尔霏。

"你是在讲解咒语呢，还是在教导学生？"

"你怎样想就会有怎样的结果，呵呵。"

"那借代是怎么回事？"

"借代就是用形象的、可见的具体事物来代替不可见的抽象事物。我举一些简单的例子。"

赵文俊打开电脑，"请看电脑上的词语。"

公平（天平） 法律（手铐） 领导（毛泽东） 时光（日历）

交通（红绿灯） 保险（锁头） 所有权（印章） 时间（手表）

公正（律师） 和平（鸽子） 传统（春联） 规律（日出） 价值（条形码）

防范措施（消防栓） 独立自主（国旗） 资源共享（互联网电脑）

"括号外的词是抽象词，括号里的都是具体形象可见的事物，每一组里面的两个词语之间有一定的关系在里边。假如你遇到一些抽象的信息，不管你是否理解，为了能够长期记忆，最好把它转换为形象信息，也就是前面所说的将之进行编码，需要的时候再进行解码。为了给你说得更具体，下面请看我的电脑，我给你举例更多例子，教你如何记忆抽象的信息。”

赵文俊在电脑上翻到下一页。

“我教你如何记忆中国的55个少数民族。”

55个少数民族：

1. 蒙古族　2. 回族　3. 藏族　4. 维吾尔族　5. 苗族

6. 彝族　7. 壮族　8. 布依族　9. 朝鲜族　10. 满族

11. 侗族　12. 瑶族　13. 白族　14. 土家族　15. 哈尼族

16. 哈萨克族　17. 傣族　18. 黎族　19. 傈僳族　20. 佤族

21. 景颇族　22. 高山族　23. 毛南族　24. 水族　25. 东乡族

26. 纳西族　27. 布朗族　28. 柯尔克孜族　29. 俄罗斯族

30. 锡伯族　31. 羌族　32. 畲族　33. 撒拉族　34. 拉祜族

35. 仡佬族　36. 仫佬族　37. 阿昌族　38. 塔吉克族　39. 怒族

40. 乌孜别克族　41. 达斡尔族　42. 鄂温克族　43. 崩龙族

44. 保安族　45. 裕固族　46. 京族　47. 塔塔尔族　48. 独龙族

49. 鄂伦春族　50. 赫哲族　51. 普米族　52. 门巴族　53. 珞巴族

54. 基诺族　55. 土族

“虽然理解是我们记忆的一种手段，但是像这样的信息，理解能力是帮不上忙的，而通常我们遇到这种情况就只有死记硬背，可是结果如何，很多人都有过很多刻骨铭心的感受，那就是很难记，很快忘。那么现在我们来看一下用谐音法怎么记忆。

“先让我们来记忆前十个：

1. 蒙古族　2. 回族　3. 藏族　4. 维吾尔族　5. 朝鲜族

6. 彝族　7. 壮族　8. 布依族　9. 苗族　10. 满族

“我们用谐音的方法编一个故事，可以不按照原来的顺序，这样更方便我们编故事。”

1（蒙古）人　2（回）到　3厂（藏族）里　4为我儿（维吾尔）子把

5（朝鲜）人的　6衣（彝族）　7装（壮族）到　8（布衣）袋里才感到

9毛（苗族） 10（满）足。

“通过谐音编一个故事你会发现，本来看起来很难记的信息结果你只看一遍就可以记住了，对于某些民族的名称平时听得比较少，可能看一遍还不行，这没关系，你可以再看一遍，看一遍之后闭上眼睛去想象这个故事所描绘的情景，把前一次的缺漏补上。争取在看3遍之内完全记住。现在试着根据故事的顺序把刚才的10个民族名称说出来。

“接下来，我们继续记忆11到20个民族：

11. 侗族 12. 瑶族 13. 白族 14. 土家族 15. 哈尼族

16. 哈萨克族 17. 傣族 18. 黎族 19. 傈僳族 20. 佤族

“和前面10个一样，我们先谐音编故事：

15喊你（哈尼族）爬到 20瓦（佤族）上的 19梨树（傈僳族）上用

13白（白族） 18梨（黎族）砸唱 11童（侗族） 12谣（瑶族）的

14土家（土家族）老 17太（傣族），一边 16喊杀客（哈萨克族）。

“现在，按照刚才的做法闭上眼睛回想故事的情景，并说出那10个民族的名称。

“现在我们来记忆21到30：

21. 景颇族 22. 高山族 23. 毛南族 24. 水族 25. 东乡族

26. 纳西族 27. 布朗族 28. 柯尔克孜族 29. 俄罗斯族 30. 锡伯族

“谐音编故事。

30细脖子（锡伯族）的29俄罗斯（俄罗斯族）人 23逃难（毛南族），他

28哭啊哭着（柯尔克孜族）从 26那西（纳西族）边

25向东（东乡族）走到 22高山（高山族）上，那里 21景色颇（景颇族）美，

24水（水族）土好，天气 27不冷（布朗族）。

“接下来，我们依然按照刚才的做法闭上眼睛回想故事的情景。

“通过刚才的谐音法记忆，我们已经轻松地记下了30个少数名族，但如果我们用死记硬背的方法来记忆，像这些读起来都拗口的文字信息，就算我们记10个恐怕都有很大的困难，即使是好不容易记住，过不了多久，也许不出一个小时就会忘得差不多

了，这种抽象信息的记忆经常会发生这样的情况。

“刚开始你可能会觉得这样谐音有点难度，但是只要稍加练习，谐音能力就会迅速提高，就像我们小时候，有些人很会给别人起外号并且还为此编了顺口溜，这都说明我们原本就有这种能力，但是后来不用了，所以脑细胞就开始沉睡。**初学者虽然在刚开始编的时候稍微慢一点，但是一旦谐音编写成功就会获得长久的记忆，省去很多不必要的复习时间。**

“剩下的25个你可以自己尝试着去谐音。”

第20章

霸权主义阴谋潜伏 记忆数字拯救爱情

邬坦市中心车水马龙，尽管很多人都知道这里坐落着一栋塔楼——商贸大厦，但没有一个无关人员知道克伊斯曼安全部所在。

部长赛弗站在办公室的玻璃墙前俯瞰着这座城市，高空的风呼呼地从窗口吹进来，人好像在腾空飞翔，天边一排乌云慢慢地向城市涌来，下边拉着深灰色的雨幕，邬坦市快要下雨了。部长坐到办公椅上唤普尔霏进来，普尔霏走进来行了个礼，笔挺地站在部长的前面。

“普尔霏，你这次的任务完成得非常出色，”赛弗面带微笑，“作为你的上司，我也感到脸上有光、感到骄傲，你解救了一次宇宙危机。作为一名特工，由于要对自己的身份保密，所以不能让你像明星一样获得荣誉，但组织里会对你的工作贡献给予相应的奖励。”

“谢谢！认真执行、完成任务是我的分内之事！”普尔霏道。

“很好，我就欣赏你这种做事风格。”赛弗站了起来，慢慢地走出座位，接着温和地说，“你跟着我已经10年了，这些年来要么是艰苦的训练，要么是出生入死地执行任务，受了不少苦。”

“部长，这都是组织对我的栽培，执行任务也是我报答组织、报答民族的机会。”

“话是这么说，但是这样的生活却剥夺了你做一个普通人的权利，像你这样年龄的姑娘，本该好好地拥有自己的爱情，享受该有的正常生活，但是做我们这一行，却注定没有这些，或者说不能美满，就像我和你阿姨一样。”

“部长，民族的利益高于一切，您在我们面前身体力行，永远是我的榜样，从第一年刚接受您的训练的时候，我就立志成为像您这样的英雄。”

“我很高兴我对你有这样的影响力，我更欣慰的是你有这样的民族精神。从情感上来说，我真不舍得让你受这些苦，尽管你是我们部里最优秀的一名，但每一次执行任务我都好像是让自己的孩子初闯社会一样有许多担忧。”

“谢谢部长的牵挂，您的这份牵挂我只有在工作中誓死完成任务才能报答。”

“呵呵，普尔霏，我们整个安全部就是一个大家庭，我不希望谁在执行任务中出现意外，这是我作为一个领导、作为一个家长最大的心愿。”

“明白了部长，完成任务，安全回来，是向部长您最好的汇报。”

“嗯！”赛弗沉重地看着普尔霏，眼里流露出一种慈爱，好像欲言又止。

“部长，”普尔霏看出了对方的表情，“您多年来在自己的工作中早把自己练就成一个铁汉子，可是我们每一个同事都能看到你内心有一股柔情，这种柔情可以用慈父来形容，那次我在执行任务的时候头部受伤，需要切开头颅做手术，您就像一个父亲一样替我担心，尽管您工作很忙，可是您来看我的时间几乎和我的父亲一样多，我的父亲都为此感动落泪，而您却一笑而过。”普尔霏的情绪有些激动。

“呵呵，看你这孩子，一名优秀的特工还这么容易感动，都过去了。”赛弗轻松地说，“再说这是我的义务，我有义务对每一个属下的安全负责。”

“部长，今天叫我该不是就只和我谈这些吧？”

“当然不是，我是想给你批几天假，这段时间你辛苦了，并且这次任务这么艰巨。”

“真的吗？”普尔霏脸上露出灿烂的笑，笑得好无邪，“谢谢部长。”

“平时给你批假我好像没见你有过这样开心，是不是谈恋爱了？”部长好笑地看着普尔霏。

普尔霏脸一红，露出羞色：“看您瞎说什么呀，才不是您想的那样。”

“看你这孩子，也不小了，还这么害羞。我给你批一个星期的假，满意吧？”

“嗯。”普尔霏开心地点头，“不过我不介意可以休息更长时间。”

“看你开心的样子，我就知道我没猜错，呵呵。赵文俊都说了你们所经历的种种危险，我真的好感谢上帝保佑你平安回来。对了，有一件小任务你做最合适，虽然难度很小也没有任何危险，但是事关整个克伊斯曼的利益。”

“保证完成任务！部长请吩咐！”

“请你把赵文俊杀掉。”

普尔霏一震，但立刻镇定了自己，问：“为什么？”

“法杖具有无比强大的法力，持有法杖就可以控制整个宇宙。克伊斯曼在宇宙中不是最强大的星球，但克伊斯曼需要发展强大，因此中央决定把法杖留在克伊斯曼。而赵文俊是唯一知道咒语的外星人，这对我们很不利，所以最好的办法就是把他杀掉。”

“他只是一个小老百姓，对我们构不成任何威胁，况且，在这次行动中他也有一半的贡献，我们不能杀一个无辜的人，更不能杀一个既无辜又有功的人。”

“民族利益高于一切！”赛弗的语气变得斩钉截铁。

“但是他是无辜的，他是一个很本分很善良的人，如果他有半点野心就不会把法杖交到我手里，也不会把咒语教给我，我不明白我们为什么要杀一个对我们毫无威胁的人。”

“他不是一个普通人，他是宇宙间的一个人物，就算他自己没有野心，可是会有多少有野心的人在他身上打主意，一旦他把咒语泄露给别人，克伊斯曼将会遭受巨大的灾难。”

“如果中央考虑到这些后果，那么最好的办法就是将法杖交还给耶稣。在上帝面前，任何生命都是平等的，我不希望看到某一个民族凌驾于另一个民族之上，我更不愿意自己的生命为永不知足的野心家付出，我们这么做和西尔这个狂徒有什么区别？”

“你怎么可以把我们和西尔相提并论，我们是为了克伊斯曼，而不是某个人的利益！”赛弗开始火了。

“西尔也说是为了他们民族的利益，也说不是为了他个人，为什么会烙下可耻的罪名？”普尔霏也跟着提高了嗓门。

“你忘了一个特工的誓言了吗？你知不知道你在违抗自己的民族？”赛弗雷霆大怒。

“对不起。”普尔霏突然意识到自己的情绪过激，她是不由自主的，因为领导要她做的居然是杀死自己心爱的人，“这件事我做不了。”

“好，你回去休息吧！”赛弗的口吻突然平静下来。

“我不是要违抗民族，我只想维护正义，维护我伟大的民族所教导我的正义。如果您一定要我杀害无辜的话，请您先以我不服从命令的罪名把我杀掉。”说完大步走了出去。

赛弗接通了一个电话：“你去给我看着普尔霏，随时告诉我她的行踪。”

普尔霏走出办公室，她很为赵文俊担心，她知道，赛弗一定会叫其他人去杀赵文俊的，她恨透了这种霸权主义，然而实行这个霸权主义的居然是自己的民族，自己无限热爱和敬仰的民族，更加可恶的是她的爱情被卷在其中，成为这种霸权主义里微不足道的牺牲品，而最最可恶的是自己可敬的领导、自己崇拜的偶像居然要她亲自杀死心爱的人。对整个克伊斯曼来说，牺牲一个外星人是多么无足挂齿的事情，然而对她普尔霏来说，这是她生命中非常重要的一部分。她感到抓狂，引以为傲的民族突然变成了狂徒，狠狠地摧毁她内心界定是非的坚实围墙。她无法接受这些，就好像是曾经养育自己并给自己谆谆教导的伟大父亲、导师，突然当着自己的面做出无耻的事情。她想骂，却骂不出口；她想哭，却哭不出来；心中堵塞着一股闷气，像一股辣辣的浓烟憋在里边。

普尔霏走出写字楼来到喧闹的大街上，乌云已经覆盖了城市的上空。

“啊——”普尔霏试图大声地叫喊，希望能让心里好受一点，接着立即通过电话告诉赵文俊刚才发生的事情，让赵文俊立即离开克伊斯曼。

“可是要明天下午才有飞往地球的飞船。”赵文俊在旅馆里接到普尔霏的电话，感到震惊。

“那就先离开邬坦市，到潘德萨，那里明天早上就有到地球的飞船。”

“那你怎么办？”

“不用管我，我一会儿去接你。”

“我不能这样离开你，我在沙滩上许过愿的。”

“你许了什么愿？”

“永远和你在一起！”

“可是……”普尔霏鼻子一酸，声音有点哽咽，“你要先活着回到地球上我们才有希望。”

轰，一个响雷在城市的上空炸开，大风夹着灰尘、树叶和街上的一些垃圾袭来，吹乱了普尔霏的头发。

“你说什么，刚才雷响我没听到。”赵文俊说。

普尔霏捋了一下飘在脸上的长发：“你要先安全地回到地球上……我们才有希望，你在大厅等我。”她又重复了一遍，内心的恐惧、爱情的感动、对民族的矛盾与挣扎让她的话变得断断续续，几乎要哭出来。

普尔霏驾着磁力车迅速来到赵文俊所在的宾馆，赵文俊已经在大厅里等候。

赛弗办公室的电话响起了，赛弗接过电话听完后，命令封锁各个飞船港，务必抓到赵文俊。

普尔霏来到大厅，却没有赵文俊的人影，她慌张地把大厅里所有的人都扫了一遍，没见到他。

“赵文俊！”普尔霏喊着跑到厅里的几个角落中寻找，还是没有见到他。她着急地拨通赵文俊的电话，铃声响着久久没有回答。

“快点接，快点接。”普尔霏急得直跺脚，可是一次一次地拨打始终没人接听。她感到一种不祥的预兆，赛弗一定是派人来过这里，她又气愤又害怕，不停地拨打赵文俊的电话，终于，赵文俊接电话了。

“喂！你在哪里？”普尔霏的声音在颤抖。

“有两个人在追我，可能是你的领导派来的。”

“王八蛋！”普尔霏紧紧地捂住自己的胸口，几乎要哭出来，“你现在在哪里？”她迫切地问。

“我在邬坦市的空中，后面的人在追我。”

普尔霏愣住了，她无计可施，发呆地听着电话，她突然感到身体好像失去了重量，浑身发冷、冒汗、颤抖、呼吸不畅，体力随着呼气越来越弱，她失去了思考。

“喂！喂！喂……”赵文俊没有听到普尔霏的声。

轰，普尔霏听到电话里一声炸响，接着听到电话中的盲音，她猛地一惊，浑身肌肉僵硬，瞪着一双恐怖的大眼睛发呆了几秒钟，接着狠狠地吸了一口气，用尽全身的力气发疯般地尖叫，“赵文俊——”

这时，一个惊雷在头顶炸响。她突然发出的恐怖尖叫声，吓坏了大厅里胆小的人，大厅里所有的人都看着她。她赶紧跑到外边，雨下得更大了。她拨通了赛弗的电话发疯地喊：“这是谁的旨意，告诉我，是谁的旨意？”

“普尔霏我警告你，你不要一错再错。”赛弗呵斥道。

“赵文俊是不是被炸死了？”

“我只是奉命行事！”

“这是霸权主义，悲哀！耻辱！你为什么不杀了我，为什么？呜呜……”普尔霏抓狂了，怒火与心痛同时袭来。

“你冷静点！你庇护赵文俊依法是要受严格处理的，但是赵文俊既然已经死去，你这里我给你掩着，先好好调整自己，别太难过，别做傻事！”

“霸权主义！耻辱！部长，我讨厌你，你是个刽子手！”她骂完后狠狠地甩掉手机。普尔霏这次真的是恨透了自己的民族，恶心自己的领导变成这种邪恶的帮凶。

“呜——呜——呜——”普尔霏瘫软地跪坐在流淌着水的路边，抱着头，泣不成声，眼泪、鼻涕、口水被雨水打得分不清彼此。她全身都被雨水打湿，头发乱成一团。心脏好像被一只手揪住狠狠地一阵一阵地往下拽，胸口剧烈地疼痛，随着心脏的跳动体力越来越弱。

“王八蛋——”不知道普尔霏是在哭还是在号，她一会儿仰起头拼命地喊骂，一会儿弯下身子伏在地面上拼命地捶着大地。她的神经崩溃了，她无法接受这个结局，它来得太突然。最后的拥抱还残留着他的余温，然而此刻，他已经化作了乌有，怀念他的回忆像魔咒一样残忍地折磨着她的灵魂。哭泣让她因为大脑缺氧二感到眩晕，哽咽、呼吸不畅所带来的咳嗽像铁锤一样敲打着她的胸口，她咳到喉咙发痛，筋疲力尽。最后她无力再骂，便无声地哭泣，任凭来往的车辆溅起地上的水，一次次打在她的身上，她始终跪坐在地上，万念俱灰。

赛弗悄悄地躲在附近看着普尔霏，他担心她会出事，他从未见过她这样伤心绝望的样子，他感到心里沉重，他怜爱这个自己一手培养起来的孩子，这个自己一手培养出来的优秀人才。此时此刻，他不能出现在她的面前，他不愿意重新激起她的情绪。

克伊斯曼全球政府办公区始终戒备森严，连一只苍蝇都飞不进去，在办公区正中央一号大楼是要政办公楼，里边存放着机密文件和重要物品，是这个办公区网络管理的中枢。由于功能的重要性，这栋楼一天24小时都有特种部队的士兵看守，无论是地面、楼顶，每一个楼层都有人守卫，即便是空中，除了政府的飞行交通工具，其他飞行交通工具不得靠近该楼500米的范围，法杖就存放在这栋楼的保险库里。

一天过去了，雨还在下，雷电在夜空中狂闪，街上来往的人已经稀少，无数的雨滴打在地上、墙上、屋顶上，发出沙沙的噪音，整个城市冷落而不安。

普尔霏把一些攀爬工具放在背包里，驾着车来到政府办公区附近，把车停在街边一个地下水道出入口的上边，然后从车子的底窗把下水口的井盖打开，进入了下水道。此时的下水道像一条河一样，普尔霏穿上了救生衣跳进水里，顺着地下水道来到一号大楼，接着顺着通风道爬到网络管理室，准备窃取进入保险库的密码和保险柜的密码。

管理室外边两个士兵在来回走着。普尔霏打开电脑开始进入程序，她在屏幕上操作了难熬的十几分钟后终于弹出了进入保险库的密码，她拿出微型相机拍那一串数字，这时，两只嬉闹的小老鼠突然从她的手边跑过，她吓得手一甩，相机被甩到老远的角落，啪的一声落在地上。外面的守卫通过扩音器听到里边的动静，准备开门进来，普尔霏听到门的响声立即闭屏，轻快地爬到一个隐蔽的角落里。守卫打开门亮起灯往里边扫视了一下，什么都没看到，只见两只小老鼠跑了出来。

“哦，原来是两只老鼠。”一个守卫说。接着关掉灯关上门又在外边守卫。普尔霏轻快地回到电脑前，打开屏幕，她企图找到掉落的相机，可是四周黑漆漆的，她找了好一会儿都找不到。此地不能久留，那一串数字可怎么记呢？这时，**她突然想起了赵文俊教她记忆数字密码时所用的锁链法**。于是她回到了电脑前，看着那一串数字：

1 6 4 5 4 2 3 2 3 1 5 6 7 6 5 6 1 8 5 9 9 5 6 4 3 2 1 6 3 3 5 4 6 1 9 6 8 5 7

一共有40个数字，这40个数字就有20 个密码，分别是：

玫瑰　师傅　柿儿　扇儿　鲨鱼　蜗牛　气炉　锣鼓　儿童　白虎

舅舅　葫芦　石山　鳄鱼　沙和尚　珊瑚　石榴　一休　喇叭　武器

于是她把这20个数字密码应用锁链法记了下来，接着开始窃取保险柜的密码。普尔霏进入程序后大吃一惊，原来里边有100个保险柜，如果每个保险柜的密码都是40个数字那就麻烦了！可是，事到如今无论如何也要进行到底，普尔霏又开始在屏幕上操作，终于每个保险柜的密码都出现在屏幕上，她发现，每个保险柜的密码是4位数字，但是这100个保险柜的密码她都必须记下来，不能存有侥幸的心理，这可如何是好。她突然想到了地点记忆，于是她在每一个地点上放四个数字，即两个数字密码。第一个地点表示第一个保险柜，第二个地点代表第二个保险柜。

第一个保险柜4 6 6 4　密码是：石榴 螺丝

第二个保险柜9 5 1 6　密码是：酒壶 玫瑰

第三个保险柜5 6 4 9　密码是：蜗牛 桌子

第四个保险柜8 6 1 3　密码是：八路 医生

第五个保险柜2 3 1 3　密码是：乔丹 医生

第六个保险柜5 4 9 6　密码是：舞狮 牛

第七个保险柜5 2 3 0　密码是：斧儿 三菱汽车

第八个保险柜2 3 0 3　密码是：乔丹 蓝衫

第九个保险柜3 8 4 3　密码是：妇女 石山

第十个保险柜31 8 8　密码是：鲨鱼 爸爸

…………

接着，普尔霏把这一组一组的密码放到地点里。

第一个地点，想到一个和凳子一样大的石榴爆裂开后里面全是螺丝。

第二个地点，想到地板上有一个酒壶，从酒壶里倒出好多玫瑰花。

第三个地点，一只像狗一样大的蜗牛爬到桌子上，桌子上还摆放了音箱。

第四个地点，八路军骑在医生的肩膀上喊冲锋。

第五个地点，乔丹把医生捆作一团当球打。

第六个地点，舞狮跳到牛的身上。

第七个地点，斧头砍在三菱汽车上，砍得稀巴烂。

第八个地点，乔丹穿上蓝衫。

第九个地点，妇女爬到石山上。

第十个地点，鲨鱼张开嘴，爸爸从里面走出来。

十几分钟后，普尔霏完全记住了每个保险柜的密码，迅速地沿着通风管道来到保险库。保险库有60多平方米，高10米，地板、墙壁、天花板都用不锈钢加固，像一个结结实实的钢桶，而且还有两道智能防盗门。普尔霏见门口有人守卫，于是用小乙炔枪割开通风口的钢罩，把绳子系在腰上，一按收放按钮，整个人嗖地一下潜进保险库里，轻轻地落在地板上。墙的四周都是大小不同的保险柜，普尔霏直接忽略小保险柜，找足够大的柜子。

此时，会议室里，克伊斯曼最高秘书长赫托尔、秘书长助理巴图、安全部部长赛弗以及几个政府高官正在开会。参会人员围坐成一圈，中间一个立体屏幕，正在显现出法杖的原貌，形同真实的法杖飘在空中。

“至于说法杖不能显示法力的原因，”秘书长赫托尔说，“从法杖的材质上看，它非金非银非铜非铁，更不是石头木头，根据科学部研究，这种材质在克伊斯曼还找不到，地球上也找不到这种材质，这应该是目前各星球上的智能生物都未曾见过的物质，因此我们完全可以排除仿造的可能性。”

“您的言下之意是赵文俊和普尔霏不可能用假的法杖来糊弄我们，是这个意思吗？”一位官员说道。

“这点我可以确定，”安全部长赛弗说道，“普尔霏跟随我多年，根据她对工作的一贯性，我相信在这点上她不会弄虚作假。”

“如果法杖没有任何问题话，我估计是咒语有问题。”巴图猜测说。

“咒语也是普尔霏亲自录音的，”安全部长赛弗说，“如果发生错误的话，有可能是她的发音出现问题，或者是您在重复时发音有所偏差。”

“普尔霏本人有尝试过吗？”一个肥胖的官员问赛弗。

“这里有纪律问题，所以她没有试过。”赛弗回答。

“这正是我们怀疑咒语正确与否的问题所在。”一个戴眼镜的官员说。

“我建议，”一位高个子官员说道，“不如拿法杖来再做一次小小的尝试，看看是不是在操作上有什么问题。”

普尔霏还在一个一个地打开保险柜，秘书长和刚才参会的官员向保险库走来。此时高官们已经打开保险库的第一道门，正在走向通往最后一道门的走廊，然而里面的普尔霏毫不知觉，仍然在一个一个地打开可能的保险柜。这时，普尔霏打开了第46个保险柜，终于看到了法杖安然无恙地躺在里边，却栓着一圈圈的铁链，普尔霏赶紧用铁丝、小铁钩打开锁头，准备解开铁链。与此同时，高官们已经走到第二道门，正当秘书长准备开门的时候，他突然感到鼻子发痒，准备要打喷嚏，所以他连忙伸手到口袋里掏手帕。而在这争分夺秒的时候，普尔霏还在解铁链。

“阿嚏”秘书长痛痛快快地打了个雷声般的喷嚏，此时普尔霏还剩下最后两圈铁链。听到这喷嚏声，普尔霏的手脚更加麻利起来。高官们看到秘书长打喷嚏，都过来关切，助理巴图给他捶背。秘书长用手揉了揉鼻子把手帕放进了口袋里，开始用指纹开门。电脑确认完毕，门缓缓地打开。普尔霏正在空中往上“飞”向通风口，就在钻进通风口的那一瞬间，由于手持法杖动作不够利索，哐当一声，法杖碰到了通风口。下面的人抬头一看，不得了！一个飞侠正从通风口逃走。

“有飞贼！”秘书长喊道。巴图连忙按响报警器，整栋大楼都响起了警报声，守卫们立即封锁整栋大楼。

普尔霏被铐着手蒙着眼带到一个密室，里边只有一张桌子两把椅子，桌上放着一台视屏电话，四面是厚厚的隔音墙，秘书长的助理巴图坐在里边。

“普尔霏小姐，请坐，”助理客气地说，“我是克伊斯曼秘书长的助理，我叫巴图。没想到我们第一次见面的方式竟然如此特别，对于你不服从命令并企图放走赵文俊的事情我不想过问，因为这不是我的份内之事，不过你闯进保险库的事可不是我个人追不追究的问题，而是法律的问题。先放下这件事不谈，有一件事我不知道说出来你会不会感到很惊讶，你得到的咒语不灵验，我们怀疑赵文俊根本没有告诉你真正的咒语。”

普尔霏一听，感到惊讶和疑惑。她原以为自己掌握了赵文俊所教的咒语，只要拿到法杖就可以通过法力唤来耶稣，亲手把法杖归还原主，避免自己的民族染上罪恶，可是巴图居然说这道咒语不灵验。她没做任何反应，第一她庆幸自己的民族终于不能称霸，第二，她很心痛法杖不能回归原主，最后，她对自己的前途感到万念俱灰，她很清楚自己做了一件要受法律严惩的事情。

“我不知道这样一个不信任你的人你还有什么必要这样为他付出？”巴图

继续说，“我知道你是一个很有民族感的特工，你拥有很多值得骄傲的成就和荣耀，你这么年轻就拥有这些成就，实在可喜可贺，克伊斯曼因为有你这样的人才而感到骄傲，就像你的家人为你骄傲一样，我相信你不会让民族失望。你肯定也不希望民族抛弃你，你已经是克伊斯曼的英雄，你在人民的眼里已经流光溢彩，你不可能希望突然坠入晦暗的深渊，让民众心痛地唾骂你——他们心目中曾经的英雄，还有我本人，尤其是一手栽培你的领导赛弗部长对你闯入保险库的错误都感到心痛，但念在你还年轻，以及你以前的功劳，并且克伊斯曼很需要你这样的优秀人才，希望你可以交出真正的咒语，让我们一起为克伊斯曼的美好未来做更多的贡献。”

“我不知道咒语，真的不知道。”普尔霏摇头说。

巴图去掉普尔霏的眼罩，看着普尔霏的眼睛，试图通过普尔霏的眼睛看清楚她的内心：“不要急，你慢慢想，会想起来的。”

“如果你没把我当作老年痴呆的话，请相信我真的不知道，赵文俊教给我的咒语我已经交上去了，我都不知道你叫我想什么。”

“普尔霏小姐，如果你还这么固执的话，那对于你的前途我就无能为力了，你好自为之。”说完，巴图走了出去。

普尔霏被带到了审讯室，黑漆漆的屋子，亮着一盏刺眼的照射灯，照在普尔霏的脸上，审讯员坐在灯后看不见人影。

“你真的不知道咒语吗？”审讯员语气很重。

“是的。”普尔霏低着头避开强光，很平静地回答。

“抬起头来回答问题！”审讯员怒斥道。接着一个人走到她的身后，猛地托起她的脑袋。

“你的谎言只能骗过3岁小孩，你如果不知道咒语，你怎么可能还冒这么大的风险闯进保险库？如果赵文俊还活着，我倒很好理解你这么做的原因，可事实上你知道赵文俊已经死了。你说你不知道咒语，这话怎么解释？”审讯员咆哮起来。

普尔霏不说话，因为她已经跟官职更大的巴图说了都不顶事，她觉得再解释也没有用。

“你哑巴了？”

“跟你解释你也不会相信！”普尔霏声音不大但是语气很有力度。

“还嘴硬，我看你是不见棺材不掉泪。来，给她喝水！”接着一个人拿着毛巾折叠得厚厚的，捂住她的嘴巴和鼻子，然后往毛巾上倒水。普尔霏被呛得直咳嗽。但是任凭他们使用酷刑，普尔霏始终只说：“我解释了，你们不相信。”

赛弗在办公室里坐立不安，他知道普尔霏正在受审，以她的脾气一定会硬碰硬，她肯定会受折磨。她是他一手栽培的，是他的骄傲，可是在这个节骨眼上他却毫无办法，并且事情闹到这个份上，上级也给了他压力，他没法对上级说不关自己的事。

突然，电话铃响了，他接过电话：“喂。”

“我是赵文俊，你们把普尔霏怎么样了？”

“赵文俊先生，我把你低估了，”赛弗接过电话说，“我原以为你仅仅是一个有特殊能力的普通知识分子，没想到你的金蝉脱壳做得这么漂亮。”

“请回答我的问题，我知道你们想要咒语，可是你们太着急杀我，幸亏我没死，否则你们就永远都得不到正确的咒语，请回答我，普尔霏到底怎么样了？”

“你放心，她很好，我知道你想把她带走，这个很好说，只要你有诚信跟我们合作。”

赵文俊还活着的消息传到了高层官员那里。

“赵文俊先生，”这是巴图的声音，“我是克伊斯曼秘书长巴图，普尔霏在我们这里，她很好，并且她希望你也很好，所以我想我们能够合作愉快，你只需要把咒语交出来，你们将可以获得自己想要的生活。”

“我很愿意跟你合作，可是即使我现在把咒语告诉你你也记不住，这样吧，你把普尔霏带出来，给我一艘飞船，开到市郊北面的高岗山，我把咒语的录音给你，咱们一手交人一手交物。”

巴图走出密室，跟几位高官说了赵文俊的条件。

“不能让他回地球。”胖官员说，“更不能让普尔霏就此逍遥法外，擅自闯入最高机密的保险库，这还得了，一定要按照克伊斯曼的法律严格处理。”

“可是如果不交出普尔霏，赵文俊是不可能把咒语给我们的，即使我们杀了他也没有用，这会影响到我们克伊斯曼的未来。”巴图说。

“我看要不这样吧，”赛弗发表意见说，“普尔霏的罪行是理当依法处理，但是一个人的事情显然比不上一个民族的事情重要，既然我们用普尔霏就能换来民族的美好未来，那我们又何乐而不为呢？”在这个关头上，赛弗显然是不愿意普尔霏遭受更重的惩罚，因为这个惩罚是死刑，他自己心里很清楚。

“不如我们给他一个假普尔霏，”高个子官员献策说，“和他交换咒语，等他在回地球的路上让假普尔霏偷偷把他杀掉，然后抛尸宇宙，这样更加干净利落。”

这个建议得到了在场大多数人的认可。

5分钟后，飞船果然开来了，船上下来巴图、安全部长赛弗和几个持枪警卫，还有被铐着的普尔霏。

“赵文俊先生，”巴图说，“你的条件我们已经满足你了，咒语呢？”

“咒语在我这个U盘里边有录音，是两百个无规律的数字。”赵文俊把U盘扬起来。

“很好。”巴图把普尔霏的手铐解开，轻轻地把她推向赵文俊。

“苍天何怜我行单！”赵文俊念了一句诗。

普尔霏抱着他：“我一直担心你。”

“谢谢，我没事。”赵文俊掰开普尔霏的手，把U盘交给巴图。

“那我现在可要走了。”赵文俊问道。

“等等。”巴图突然说，表情有点犹豫，“我怎么确定你给我的咒语就是真的呢？”

“我又怎么确定你给我的普尔霏是真的呢？”

巴图心一虚，但立即镇定下来：“呵呵，我只是和你开个玩笑而已，好了，回你的地球去吧，再见。”

赵文俊和普尔霏上了飞船，向天空飞去。

巴图把U盘拿给秘书长一试，依然不行，秘书长很生气，把巴图狠狠地骂了一顿。

巴图立即呼叫："雅丽，先别动手，咒语是假的！"

飞船上的普尔霏听到巴图的呼叫，打了一个喷嚏做回应。

"小姐，"赵文俊说，"你一过来我就知道你是假的，很高兴你陪我出来走一圈，把你的话筒给我，我跟巴图说话，这是你的东西，"赵文俊把匕首出示在雅丽面前"你的身材很不错，只是这个硬邦邦的东西好碍手，所以我把它拿开了。"

"你怎么知道？"雅丽很疑惑，一边把话筒给他，"是我演得不好吗？"

"当然不是，你是一个非常合格的演员，绝对的，演得很好。至于为什么被看破，这不是你的问题，而是我和普尔霏有暗号。"

"好了，演完了，"雅丽说着揭下面具，"我们该返回克伊斯曼了。"

"你也很漂亮，"赵文俊看了一眼雅丽的真面目，"喂，巴图先生，你太不够诚意了，给我一个100%的赝品，而我给你的咒语却只有4个数字是我故意换掉的，我本想在和普尔霏安全离开克伊斯曼时告诉你正确咒语的，可是没想到你这么做。好了，我们回头见，还在高岗山，你把普尔霏带来，否则你得不到正确的咒语。"

赵文俊回到高岗山，巴图等人已经在那里等候，还有普尔霏。

赵文俊看到普尔霏，发现她有些憔悴，身上还带伤，让他感到心痛。

"赵文俊先生，现在我给你带来的可是100%的普尔霏，所以我希望你这次能给我100%正确的咒语。"

"不是赝品倒是真的，但100%就说不上了，你们就是这样对待自己的英雄的吗？"

"这是我们内部的事情，咒语呢？"

普尔霏见到赵文俊高兴地跑过去，抱着他的肩膀，在他耳边小声地说："鬼机灵。"接着轻轻咬了一下他的脖子，松开了手站在一边。

"你放心，"赵文俊对巴图说，"我说过等我安全离开克伊斯曼，我会告诉你真正的咒语。"

“你这样我很没保障，你得现在就向我们证明你的咒语是正确的。”巴图前番被骂了一顿之后不得不谨慎行事。

“既然这样，那你认为我怎样才能证明咒语是正确的呢？”

巴图犹豫了一下，因为他很清楚，除了把法杖交给赵文俊尝试一下以外，再没有任何方法可以证明了，但问题是，一旦把法杖交出来，后果可能不堪设想，可能会上赵文俊的当，这该如何是好呢，巴图左右为难。思索良久，最后巴图还是同意拿出法杖让赵文俊演示，并且要求重新录音，因为他知道，如果他拿不到真的咒语，那么回去就无法交差，个人前途就会很麻烦，如果他上了赵文俊的当回去也无法交差，但起码开了眼界。

赵文俊接过法杖嘴里念出了一串数字，接着一道光芒从天空射来，然后一个男人从天而降，他，就是耶稣。在场的人都睁大了眼睛看着耶稣，纷纷跪下膜拜。

耶稣接过法杖朝巴图及其随从们手一挥，让他们全部跪着不能动弹：“记住，不是自己的东西不能占为己有，你们两个小时后会恢复过来。先好好地反思一下，我念你们不是主谋，所以宽恕。”

耶稣转过身来对赵文俊和普尔霏说：“你们为民众做了一件伟大的事，神会保佑你们的，你们去吧，回到地球上去，那里将是你们幸福的乐土。”说完立即消失。

赵文俊和普尔霏上了飞船朝地球飞去。

“是你把耶稣请来的吗？”普尔霏问。

“是的，我许的愿就是耶稣快来，我要还他东西，呵呵，真灵验。”

“万一不来怎么办？”

“我知道一定会来的。”

“你这么有把握？”

“是的，在沙滩上的时候我许愿让你亲我，结果马上就实现了，呵呵。”

“满脑子坏水，我看你欠打。”说着趴到赵文俊的怀里上用力咬了一口他的肩膀。

“啊！吃了我吧！”

“没那么严重，给你盖个章而已，好了，现在你是我的私人物品了。”

“什么物品？”

“这个嘛，根据不同情况而定，现在你是我的私人老师，你的记忆法还有什么没教你就教什么。”

“好吧，就差数字没有教了，就教你记忆数字吧。”

“数字不用教了，我已经会了。”

“什么？”赵文俊很惊讶，“我还没教你呢。”

“我又不是傻瓜，我把你教的数字密码和地点法一组合就会啦。”

“果然有才。”

“我也是被逼的。”

“怎么被逼法？”

“你还不知道我是怎么落入巴图他们手里的吧？”

“对，我正想问你呢。”

“我一个人去偷法杖，眼看就要成功逃离了，可是就在我逃离的时候，秘书长和七八个高官到保险库里去拿法杖，我一心急，钻通风口没钻利索发出点声音，结果被发现了。”

“你还没有告诉我你是怎么被逼就悟通了记忆数字的方法呢。”

“话说那个雷雨交加的夜晚，一个勇敢智慧的女孩为了拯救整个宇宙以及拯救自己的爱情，还有给自己的民族一个清白之身，她决定跟强大的恶势力做斗争，于是……”普尔霏绘声绘色地讲述了一遍她去偷法杖的过程。

“呵呵，没想到一个久经沙场的老将居然怕一只小老鼠。”

“我才不怕呢，敌人我都不怕，只不过是敌人出现的话我心里已做好准备，可是谁想到会有老鼠呢？”

“不过也很感谢那两只老鼠，不然现在还要麻烦我来给你讲课，呵呵。”

“你欠打，给我讲课就那么麻烦吗？那边肩膀也要咬一下。”说着又趴到赵文俊的肩膀上咬了一口。

“我错了，原谅我吧！”

“这是教育你要绝对服从命令。你还没告诉我你从大厅离开之后到底发生了什么事，你知道吗，你吓死我了，我以为……”普尔霏想到这些还感到后怕，一头扎进赵文俊的怀里。

“好了，现在没事了。”赵文俊轻柔地抚摸着普尔霏的头发，亲了一下她的头顶，抱着她把脸贴在她的头上。

“那天晚上，”赵文俊说，“我开着车飞到高岗山，那天树林茂密，我从高空中往海面斜着潜下去，后面的人不断向我开火。当车子靠近悬崖的时候，我拉开了手雷放在车上，然后从车上跳下去落在树枝上。我是故意让你听到爆炸的，对不起让你受惊了，可是不这样，他们可能不相信我已经死去。”

“我从来没有这样害怕过，尽管我是一个特工，可我还是控制不住自己像一个普通的女孩那样歇斯底里。”普尔霏浑身都在颤抖，她紧紧抱着赵文俊。

“咒语的事情你怎么会留这一手，我还以为你教给我的就是真正的咒语呢。”

“当然要留这一手了，既然你告诉我只要我们拿到咒语和法杖，西尔的法杖就会消失，那我们就已经拯救到宇宙了。咒语是机密，多一个人知道不如少一个人知道，人的欲望往往是无限的，况且，历史上强权政治比比皆是，民族间的较量从来就没有停止过。这些超能力的宝物常常是惹祸上身的东西，把它还给万能的神最好，免得它落在人间引发血光之灾……希望你不会认为我是不信任你。”

“你竟然把我当作眼光狭隘的小女人，我可是个特工。”普尔霏拧了一下赵文俊的胸部。

“噢，轻点。”

“轻点？我还没用力呢，我早就跟你说过不能轻蔑我的智慧，否则会挨打，呵呵。”说着又深深地捏起赵文俊的胸肌，用力一拧。

“啊——救命啊！”

“还敢不敢？呃？”普尔霏咬牙切齿地问。

“不敢了，下不为例！”

“这还差不多，记忆法都讲完没有？”普尔霏松开了手。

“听你刚才讲述你的数字记忆，最后我要给你补充一下，就是在一个地点里边，你要让两个数字密码形成一个固定关系，比如前者在左后者在右，前者上后者下，前者包含后者，前者主动后者被动，这样你就不会把一个地点里的前后两个密码的顺序搞乱。按照这种方法，记忆更多的数字不过是找更多地点的事情。”

飞船在繁星点缀的太空中穿梭，载着欢乐幸福，飞向另一个蓝色星球——地球。